MAIGRET SUR LA RIVIERA

Liberty Bar

Maigret voyage

Georges Simenon, écrivain belge de langue française, est né à Liège en 1903. Il est l'un des auteurs les plus traduits au monde. À seize ans, il devient journaliste à *La Gazette de Liège*. Son premier roman, publié sous le pseudonyme de Georges Sim, paraît en 1921 : *Au pont des Arches, petite histoire liégeoise*. En 1922, il s'installe à Paris et écrit des contes et des romans populaires. Près de deux cents romans, un bon millier de contes écrits sous pseudonymes et de très nombreux articles, souvent illustrés de ses propres photos, sont parus entre 1923 et 1933... En 1929, Simenon rédige son premier Maigret : *Pietr le Letton*. Lancé par les éditions Fayard en 1931, le personnage du commissaire Maigret rencontre un immense succès. Simenon écrira en tout soixante-quinze romans mettant en scène les aventures de Maigret (ainsi que vingt-huit nouvelles). Dès 1931, Simenon commence à écrire ce qu'il appellera ses « romans durs » : plus de cent dix titres, du *Relais d'Alsace* (1931) aux *Innocents* (1972). Parallèlement à cette activité littéraire foisonnante, il voyage beaucoup. À partir de 1972, il cesse d'écrire des romans. Il se consacre alors à ses vingt-deux *Dictées*, puis rédige ses *Mémoires intimes* (1981). Simenon s'est éteint à Lausanne en 1989. Il fut le premier romancier contemporain dont l'œuvre fut portée au cinéma dès le début du parlant avec *La Nuit du carrefour* et *Le Chien jaune*, parus en 1931 et adaptés l'année suivante. Plus de quatre-vingts de ses romans ont été portés au grand écran (récemment *Monsieur Hire* avec Michel Blanc, *Feux rouges* de Cédric Kahn, ou encore *L'Homme de Londres* de Béla Tarr), et, à la télévision, les différentes adaptations de Maigret ou, plus récemment, celles de romans durs (*Le Petit Homme d'Arkhangelsk*, devenu *Monsieur Joseph*, avec Daniel Prévost, *La Mort de Belle*, avec Bruno Solo) ont conquis des millions de téléspectateurs.

Paru dans Le Livre de Poche :

LES GRANDES ENQUÊTES DE MAIGRET

MAIGRET À PARIS

MAIGRET DANS LES ENVIRONS DE PARIS

MAIGRET EN BRETAGNE

MAIGRET EN NORMANDIE

MAIGRET EN MER DU NORD

LES PREMIÈRES ENQUÊTES DE MAIGRET

GEORGES SIMENON

Maigret sur la Riviera

Liberty Bar

Maigret voyage

PRESSES DE LA CITÉ

Liberty Bar

1

Le mort et ses deux femmes

Cela commença par une sensation de vacances. Quand Maigret descendit du train, la moitié de la gare d'Antibes était baignée d'un soleil si lumineux qu'on n'y voyait les gens s'agiter que comme des ombres. Des ombres portant chapeau de paille, pantalon blanc, raquette de tennis. L'air bourdonnait. Il y avait des palmiers, des cactus en bordure du quai, un pan de mer bleue au-delà de la lampisterie.

Et tout de suite quelqu'un se précipita.

— Le commissaire Maigret, je pense ? Je vous reconnais grâce à une photo qui a paru dans les journaux... Inspecteur Boutigues...

Boutigues ! Rien que ce nom-là avait l'air d'une farce ! Boutigues portait déjà les valises de Maigret, l'entraînait vers le souterrain. Il avait un complet gris perle, un œillet rouge à la boutonnière, des souliers à tiges de drap.

— C'est la première fois que vous venez à Antibes ?

Maigret s'épongeait, essayait de suivre son cicérone qui se faufilait entre les groupes et dépassait tout le monde. Enfin, il se trouva devant un fiacre surmonté

d'un taud en toile crème, avec de petits glands qui sau-
tillaient tout autour.

Encore une sensation oubliée : les ressorts qui s'écra-
saient, le coup de fouet du cocher, le bruit mou des
sabots sur le bitume amolli…

— Nous allons d'abord boire quelque chose… Mais
si !… Mais si !… Au *Café Glacier*, cocher…

C'était à deux pas. L'inspecteur expliquait :

— Place Macé… Le centre d'Antibes…

Une jolie place, avec un square, des vélums crème ou
orange, à toutes les maisons. Il fallut s'asseoir à une terrasse, boire un anis. En face, une vitrine était pleine
de vêtements de sport, de maillots de bain, de peignoirs… à gauche, une maison d'appareils photogra-
phiques… Quelques belles voitures le long du trottoir…

Un air de vacances, enfin !

— Préférez-vous voir d'abord les prisonnières ou
bien la maison du crime ?

Et Maigret répondit sans trop savoir ce qu'il disait,
comme si on lui eût demandé ce qu'il buvait :

— La maison du crime…

Les vacances continuaient. Maigret fumait un cigare
que l'inspecteur lui avait offert. Le cheval trottait au
bord de la mer. À droite, des villas étaient enfouies
dans les pins ; à gauche, quelques roches, puis l'eau
bleue piquée de deux ou trois voiles blanches.

— Vous vous rendez compte de la topographie ?
Derrière nous, c'est Antibes… À partir d'ici commence
le Cap d'Antibes, où il n'y a plus que des villas, surtout
de très riches villas…

Maigret approuvait, béat. Tout ce soleil qui lui entrait dans la tête l'étourdissait et il clignait de l'œil vers la fleur pourpre de Boutigues.

— Vous avez dit Boutigues, n'est-ce pas ?

— Oui, je suis niçois… Ou plutôt nicéen !…

Autrement dit niçois pur jus, niçois au carré, au cube !

— Penchez-vous ! Vous voyez la villa blanche ? C'est là…

Maigret ne le faisait pas exprès, mais il regardait tout cela sans y croire. Il n'arrivait pas à se mettre dans une atmosphère de travail, à se dire qu'il était là par suite d'un crime.

Il est vrai qu'il avait reçu des instructions assez spéciales :

— Un nommé Brown a été assassiné au Cap d'Antibes. Les journaux en parlent beaucoup. Il vaudrait mieux qu'on ne fasse pas trop d'histoires !

— Compris !

— Brown a rendu, pendant la guerre, des services au 2ᵉ Bureau !

— Re-compris !

Et voilà ! Le fiacre s'arrêtait. Boutigues tirait une petite clef de sa poche et ouvrait la grille, piétinait le gravier de l'allée.

— C'est une des villas les moins jolies du Cap !

Ce n'était pourtant pas mal. Les mimosas saturaient l'air d'une odeur sucrée. Il y avait encore quelques oranges dorées sur de tout petits arbres. Puis des fleurs biscornues, que Maigret ne connaissait même pas.

— En face, c'est la propriété d'un maharadjah… Il doit y être en ce moment… À cinq cents mètres, à gauche, c'est un académicien… Puis il y a la fameuse danseuse qui est avec un lord anglais…

Oui ! Eh bien ! Maigret avait envie de s'asseoir sur le banc qui se dressait contre la maison et de sommeiller une heure ! Il est vrai qu'il avait voyagé toute la nuit.

— Je vous donne, en vrac, quelques explications indispensables.

Boutigues avait ouvert la porte et on pénétrait dans la fraîcheur d'un hall dont les baies s'ouvraient sur la mer.

— Il y a une dizaine d'années que Brown habite ici…

— Il travaille ?

— Il ne fait rien… Il doit avoir des rentes… On dit toujours : Brown et ses deux femmes…

— Deux ?

— En réalité, une seule était sa maîtresse : la fille… Une nommée Gina Martini…

— Elle est en prison ?

— La mère aussi… Ils vivaient tous les trois, sans domestique…

On ne s'en étonnait pas en voyant la maison, d'une propreté douteuse. Peut-être y avait-il quelques belles choses, quelques meubles de valeur, quelques objets ayant eu leur moment de splendeur ?

Tout cela était sale, en désordre. Beaucoup trop de tapis, de tissus qui pendaient ou qui étaient étalés sur des fauteuils, beaucoup trop de choses pleines de poussière…

— Maintenant, voici les faits : Brown avait un garage juste à côté de la villa… Il y mettait une auto démodée qu'il conduisait lui-même… Elle servait surtout à aller faire le marché à Antibes…

— Oui… soupira Maigret, qui regardait un pêcheur d'oursins fouillant, de son roseau fendu, le fond de l'eau claire.

— Or, pendant trois jours, on a remarqué que l'auto restait sur la route jour et nuit… Ici, les gens s'occupent peu les uns des autres… On ne s'est pas inquiété… C'est lundi soir que…

— Pardon ! nous sommes bien jeudi ?… Bon !

— Lundi soir, le boucher revenait avec sa camionnette quand il a aperçu la bagnole qui démarrait… Vous lirez sa déposition… Il la voyait de derrière… Il a d'abord cru que Brown était ivre, car il faisait de terribles embardées… Puis l'auto a roulé un moment en ligne droite… Tellement en ligne droite qu'au tournant, à trois cents mètres d'ici, elle a foncé en plein sur le rocher… Avant que le boucher soit intervenu, deux femmes étaient descendues et, entendant un bruit de moteur, elles se mettaient à courir vers la ville…

— Elles portaient des paquets ?

— Trois valises… C'était le crépuscule… Le boucher ne savait que faire… Il est venu ici, place Macé, où, comme vous pouvez le voir, il y a un agent en faction… L'agent s'est lancé à la recherche des deux femmes qu'il a fini par retrouver alors qu'elles se dirigeaient, non pas vers la gare d'Antibes, mais vers celle de Golfe-Juan, à trois kilomètres…

— Toujours avec les valises ?

— Elles en avaient jeté une en route. On l'a découverte hier dans un bois de tamaris… Elles se sont troublées… Elles ont expliqué qu'elles allaient voir une parente malade à Lyon… L'agent a eu l'idée de faire ouvrir les valises et il y a trouvé tout un lot de titres au porteur, quelques billets de cent livres et enfin des objets divers... La foule s'était amassée... C'était l'heure de l'apéritif... Tout le monde était dehors et a escorté les deux femmes jusqu'au commissariat, puis jusqu'à la prison...

— On a fouillé la villa ?

— Le lendemain à la première heure. D'abord on n'a rien retrouvé. Les deux femmes prétendaient qu'elles ne savaient pas ce que Brown était devenu. Enfin, vers midi, un jardinier a remarqué de la terre remuée. Sous une couche de moins de cinq centimètres, on découvrait le cadavre de Brown, tout habillé...

— Les deux femmes ?...

— Elles ont changé de musique. Elles ont prétendu que, trois jours auparavant, elles avaient vu l'auto s'arrêter et qu'elles s'étaient étonnées, parce que Brown ne la rentrait pas au garage... Il a traversé le jardin en titubant... Gina lui a crié des injures par la fenêtre, le croyant ivre... Il est tombé sur le perron...

— Mort, bien entendu !

— Tout ce qu'il y a de plus mort ! Il a reçu un coup de couteau par-derrière, juste entre les omoplates...

— Et elles ont vécu trois jours avec lui dans la maison ?

— Oui ! Elles ne donnent aucune raison plausible ! Elles prétendent que Brown avait horreur de la police et de tout ce qui y ressemble...

— Elles l'ont enterré et sont parties avec l'argent et les objets les plus précieux !... Je comprends l'auto sur la route pendant trois jours... Gina, qui ne sait pas très bien conduire, a hésité devant la manœuvre à faire pour pénétrer au garage... Mais dites donc ! il y avait du sang dans la voiture ?

— Pas de sang ! Elles jurent que ce sont elles qui l'ont effacé…

— Et c'est tout ?

— C'est tout ! Elles sont furieuses ! Elles demandent qu'on les relâche…

Le cheval du fiacre hennissait, dehors. Maigret n'osait pas jeter son cigare, qu'il n'avait pas le courage de fumer jusqu'au bout.

— Un whisky ? proposa Boutigues en avisant une cave à liqueurs.

Non, vraiment, cela ne sentait pas le drame ! Maigret faisait un vain effort pour prendre les choses au sérieux. Était-ce la faute au soleil, aux mimosas, aux oranges, au pêcheur qui visait toujours des oursins à travers trois mètres d'eau limpide ?

— Vous pouvez me laisser les clefs de la maison ?

— Bien entendu ! Du moment que c'est vous qui prenez l'enquête en main…

Maigret vida le verre de whisky qu'on lui tendait, regarda le disque qui se trouvait sur le phonographe, tourna machinalement les boutons d'un appareil de T.S.F. et on entendit :

— … blés à terme… novembre…

À ce moment, juste derrière l'appareil, il avisa un portrait qu'il saisit pour le regarder de plus près.

— C'est lui ?

— Oui ! Je ne l'ai jamais vu vivant, mais je le reconnais…

Maigret arrêta l'appareil de T.S.F., avec un rien de nervosité. Quelque chose s'était déclenché en lui. L'intérêt ? Plus que cela !

Une sensation confuse, assez désagréable, d'ailleurs ! Jusque-là, Brown n'avait été que Brown, un inconnu, étranger presque à coup sûr, qui était mort dans des circonstances plus ou moins mystérieuses. Personne ne s'était demandé ce qu'il avait pensé durant sa vie, quelle avait été sa mentalité, ni ce qu'il avait souffert...

Et voilà qu'en regardant le portrait, Maigret était troublé, parce qu'il avait l'impression de connaître le personnage... Pas même de le connaître pour l'avoir déjà vu...

Non ! Les traits lui étaient indifférents... Une face large d'homme bien portant, plutôt sanguin, aux cheveux roux assez rares, à la petite moustache coupée au ras de la lèvre, aux gros yeux clairs...

Mais il y avait quelque chose, dans l'allure générale, dans l'expression, qui rappelait Maigret lui-même. Une façon de tenir les épaules un peu rentrées... Ce regard exagérément calme... Ce pli à la fois bonhomme et ironique des lèvres...

Ce n'était déjà plus Brown-le-cadavre... C'était un type que le commissaire avait envie de connaître davantage et qui l'intriguait.

— Encore un coup de whisky ? Il n'est pas mauvais...

Boutigues rigolait ! Il fut tout étonné de voir un Maigret qui ne répondait plus à ses plaisanteries et qui regardait autour de lui d'un air absent.

— Si on offrait un verre au cocher ?

— Non ! nous partons...

— Vous ne visitez pas la maison ?

— Une autre fois !

Quand il serait seul ! Et quand il n'aurait plus le crâne bourdonnant de soleil. En rentrant en ville, il ne parla pas, ne répondit que par des signes de tête à

Boutigues, qui se demandait en quoi il avait pu manquer à son compagnon.

— Vous allez voir la vieille ville... La prison est tout près du marché... Mais c'est surtout le matin qu'il faut...

— À quel hôtel ? questionna le cocher en se retournant.

— Voulez-vous être en plein centre ? demanda Boutigues.

— Laissez-moi ici ! Cela fera mon affaire...

Il y avait un hôtel genre pension de famille, à mi-chemin du Cap et de la ville.

— Vous ne venez pas à la prison ce soir ?

— Demain, je verrai...

— Voulez-vous que je vienne vous prendre ? D'autre part, si, après dîner, vous désiriez aller au casino de Juan-les-Pins, je...

— Merci... J'ai sommeil...

Il n'avait pas sommeil. Mais il n'était pas en train. Il avait chaud. Il était moite. Dans sa chambre qui donnait sur la mer, il fit couler l'eau dans la baignoire, changea d'avis, sortit, la pipe aux dents, les mains dans les poches.

Il avait entrevu les petites tables blanches de la salle à manger, les serviettes en éventail dans les verres, les bouteilles de vin et d'eau minérale, la bonne qui balayait...

— Brown a été tué d'un coup de couteau dans le dos et ses deux femmes ont tenté de s'enfuir avec l'argent...

Tout cela était encore bien flou. Et malgré lui il regardait le soleil qui, du côté de Nice, dont la

Promenade des Anglais était marquée par une ligne blanche, plongeait lentement dans la mer.

Puis il fixait les montagnes aux sommets encore blancs de neige.

— Autrement dit, Nice à gauche, à vingt-cinq kilomètres ; Cannes à droite, à douze kilomètres… La montagne derrière et la mer devant.

Il bâtissait déjà un monde dont la villa de Brown et de ses femmes était le centre. Un monde tout gluant de soleil, d'odeurs de mimosas et de fleurs sucrées, de mouches ivres, d'autos glissant sur l'asphalte mou…

Il n'eut pas le courage de marcher jusqu'au centre d'Antibes, à peine distant d'un kilomètre. Il rentra à son hôtel, l'*Hôtel Bacon*, demanda au téléphone le directeur de la prison.

— Le directeur est en vacances.

— Le sous-directeur ?

— Il n'y en a pas. Je suis tout seul.

— Eh bien ! tout à l'heure, vous me ferez amener les deux prisonnières à la villa.

Le gardien, lui aussi, à l'autre bout du fil, devait être dans le soleil. Peut-être avait-il bu des anis ? Il oublia de demander des garanties administratives.

— Ça va ! Vous nous les rendrez ?…

Et Maigret bâilla, s'étira, bourra une nouvelle pipe. Or, cette pipe n'avait pas le même goût que d'habitude !

— Brown a été tué et les deux femmes…

Il s'en alla à pied, tout doucement, vers la villa. Il revit la place où l'auto avait heurté le rocher. Il faillit rire. Car c'était bien l'accident qui devait fatalement arriver à un conducteur novice. Quelques zigzags avant de se mettre en ligne droite... Et, une fois en ligne droite, l'impossibilité de tourner...

Le boucher qui arrivait derrière, dans la demi-obscurité... Les deux femmes qui se mettaient à courir avec leurs valises trop lourdes et qui en abandonnaient une en chemin...

Une limousine passa, conduite par un chauffeur. Dans le fond, un visage asiatique : sans doute le maharadjah... La mer était rouge et bleu, avec une transition orangée... Des lampes électriques s'allumaient, encore pâles...

Alors, Maigret qui était tout seul dans ce vaste décor s'avança vers la grille de la villa, comme un propriétaire qui rentre chez lui, tourna la clef dans la serrure, laissa la grille entrouverte et gravit le perron. Les arbres étaient pleins d'oiseaux. La porte eut un grincement qui devait être familier à Brown.

Sur le seuil, Maigret essaya d'analyser l'odeur... Car chaque maison a son odeur... Celle-ci était surtout à base d'un parfum très fort, sans doute de musc... Puis des relents de cigare refroidi...

Il tourna le commutateur électrique, alla s'asseoir dans le salon, près de l'appareil de T.S.F. et du phono, à la place où Brown devait s'asseoir, car c'était le fauteuil le plus fatigué.

— Il a été assassiné et les deux femmes...

La lumière était mauvaise, mais il s'avisa qu'un lampadaire était branché à une prise de courant. Il était recouvert d'un immense abat-jour en soie rose. Dès que la lampe était allumée, la pièce prenait vie.

— Il a rendu pendant la guerre des services au 2e Bureau...

Cela se savait. C'est pourquoi les journaux locaux, qu'il avait lus dans le train, montaient cette affaire en épingle. Pour le public, l'espionnage est une chose mystérieuse et pleine de prestige.

Dès lors, on lisait des titres idiots, dans le genre de :

> *Une affaire internationale*
> *Une seconde affaire Kotioupoff ?*
> *Un drame de l'espionnage*

Des journalistes reconnaissaient la main de la Tchéka, d'autres les méthodes de l'Intelligence Service.

Maigret regardait autour de lui avec l'impression qu'il manquait quelque chose. Et il trouva. Ce qui faisait froid, c'était la grande baie derrière laquelle stagnait la nuit. Or, il y avait un rideau, qu'il ferma.

— Voilà ! Une femme dans cette bergère sans doute avec un ouvrage de couture…

L'ouvrage y était, une broderie, sur une petite table.

— L'autre dans ce coin…

Et dans ce coin-là il y avait un livre : *Les Passions de Rudolf Valentino*…

— Il ne manque plus que Gina et sa mère…

Il fallait un effort d'attention pour distinguer le léger froissement de l'eau le long des rochers de la côte. Maigret regardait à nouveau la photographie, qui portait la signature d'un photographe de Nice.

— Pas d'histoires !

Autrement dit, découvrir au plus vite la vérité pour couper court aux divagations des journalistes et de la population. Il y eut des pas sur le gravier du jardin. Une cloche au son très grave, très séduisant, tinta dans

le hall. Et Maigret alla ouvrir, distingua près de deux
silhouettes féminines un homme avec un képi.

— Vous pouvez aller… Je me charge d'elles…
Entrez, mesdames !…

Il avait l'air de les recevoir. Il ne voyait pas encore
leurs traits. Par contre, il respirait à plein nez l'odeur
de musc.

— J'espère qu'on a enfin compris… commença une
voix légèrement cassée.

— Parbleu !… Entrez donc… Mettez-vous à votre
aise…

Elles pénétraient dans la lumière. La mère avait un
visage tout ridé, enduit d'une couche compacte de
fards. Debout, au milieu du salon, elle regardait autour
d'elle comme pour s'assurer que rien ne manquait.

L'autre, plus méfiante, observait Maigret, arrangeait
les plis de sa robe, esquissait un sourire qu'elle voulait
excitant.

— C'est vrai qu'on vous a fait venir de Paris tout
exprès ?…

— Enlevez votre manteau, je vous en prie… Ins-
tallez-vous comme d'habitude…

Elles ne comprenaient pas encore très bien. Elles
étaient chez elles comme des étrangères. Elles crai-
gnaient un piège.

— On va bavarder tous les trois…

— Vous savez quelque chose ?

C'était la fille qui avait parlé et la mère, cassante, lui
lançait :

— Attention, Gina !

À vrai dire, Maigret, une fois de plus, avait de la
peine à prendre son rôle au sérieux. La vieille, en dépit
de son maquillage, était horrible à voir.

Quant à la fille, aux formes pleines, voire un peu trop abondantes, moulées dans de la soie sombre, elle incarnait la fausse femme fatale.

Et l'odeur ! Ce musc de renfort qui venait saturer à nouveau l'air de la pièce !

Cela faisait penser à une loge de concierge dans un petit théâtre !

Rien de dramatique ! Rien de mystérieux ! La maman qui brodait en surveillant sa fille ! Et la fille qui lisait les aventures de Valentino !

Maigret, qui avait repris sa place dans le fauteuil de Brown, les regardait avec des yeux sans expression et se demandait avec un rien de gêne :

— Qu'est-ce que, diable, cet animal de Brown a pu faire pendant dix ans avec ces deux femmes-là ?

Dix ans ! De longues journées de soleil immuable, de senteurs de mimosas, avec le balancement, sous les fenêtres, de l'immensité bleue, et dix ans de soirs quiets, interminables, à peine froissés par le bruissement d'une vague sur les roches, et les deux femmes, la mère dans sa bergère, la fille près de la lampe à abat-jour de soie rose...

Il tripotait machinalement la photographie de ce Brown qui avait le culot de lui ressembler.

2

Parlez-moi de Brown…

— Que faisait-il le soir ?

Et Maigret, jambes croisées, regardait avec ennui la vieille qui s'essayait à jouer les femmes distinguées.

— Nous sortions très peu… Le plus souvent ma fille lisait pendant que…

— Parlez-moi de Brown !

Alors, froissée, elle laissa tomber :

— Il ne faisait rien !

— Il faisait de la T.S.F., soupira Gina qui, elle, prenait des poses nonchalantes. Autant j'aime la vraie musique, autant j'ai horreur de…

— Parlez-moi de Brown. Il avait une bonne santé ?

— S'il m'avait écoutée, commença la mère, il n'aurait jamais souffert du foie, ni des reins… Un homme, quand il atteint la quarantaine…

Maigret avait la mine du monsieur à qui un joyeux imbécile raconte de vieilles plaisanteries en éclatant de rire à chaque instant. Elles étaient aussi ridicules l'une que l'autre, la vieille avec ses airs pincés, l'autre avec ses poses d'odalisque bien portante.

— Vous avez dit qu'il est revenu en auto, le soir, qu'il a traversé le jardin et qu'il est tombé sur le perron…

— Comme s'il était ivre mort, oui ! Par la fenêtre, je lui ai crié qu'il ne rentrerait que quand il serait dans un autre état…

— Il rentrait souvent ivre ?

Encore la vieille :

— Si vous saviez la patience que nous avons dû avoir, pendant les dix ans que…

— Il rentrait souvent ivre ?

— Chaque fois qu'il faisait une fugue, ou presque… Nous disions une neuvaine…

— Et il faisait souvent des neuvaines ?

Maigret ne pouvait s'empêcher de sourire de contentement. Brown n'avait donc pas passé toutes les heures des dix dernières années en tête à tête avec les deux femmes !

— À peu près chaque mois.

— Et cela durait ?…

— Il était parti trois jours, quatre jours, quelquefois davantage… Il revenait sale, imbibé d'alcool…

— Et vous le laissiez quand même repartir ?

Un silence. La vieille, toute raide, lançait au commissaire un regard aigu.

— Je suppose pourtant qu'à vous deux, vous aviez de l'influence sur lui ?

— Il fallait bien qu'il aille chercher l'argent !

— Et vous ne pouviez l'accompagner ?

Gina s'était levée. Elle soupirait avec un geste de lassitude :

— Que tout cela est pénible !… Je vais vous dire la vérité, monsieur le commissaire… Nous n'étions pas mariés, bien que William m'ait toujours traitée comme sa femme, au point de faire vivre maman avec nous... Pour les gens, j'étais Mme Brown... Sinon, je n'aurais pas accepté...

— Ni moi !... ponctua l'autre.

— Seulement, il y a quand même des nuances... Je ne veux pas dire de mal de William... Il n'y a qu'un point sur lequel il ait toujours marqué une différence : la question d'argent...

— Il était riche ?

— Je ne sais pas...

— Et vous ne savez pas non plus où était sa fortune ?... C'est pour cela que vous le laissiez partir, chaque mois, à la recherche des fonds ?...

— J'ai essayé de le suivre, je l'avoue... Est-ce que ce n'était pas mon droit ?... Mais il prenait des précautions... Il partait avec l'auto...

Maigret, maintenant, était à son aise. Il commençait même à s'amuser. Il était réconcilié avec ce farceur de Brown qui vivait en compagnie de deux mégères mais qui, pendant dix ans, était parvenu à leur cacher la source de ses revenus.

— Il rapportait de grosses sommes à la fois ?

— À peine de quoi vivre un mois... Deux mille francs... À partir du 15, on devait faire attention...

C'était le point névralgique ! Rien que d'y penser, elles enrageaient toutes les deux !

Parbleu ! Dès que les fonds baissaient, elles devaient observer William avec inquiétude, en se demandant s'il n'allait pas bientôt commencer sa neuvaine.

Elles ne pouvaient guère lui dire : « Alors ?... Tu ne vas pas faire ta petite bombe ?... »

Elles procédaient par allusions ! Maigret imaginait très bien cela !

— Au fait, qui tenait la bourse ?

— Maman… dit Gina.

— C'est elle qui faisait les menus ?

— Bien entendu ! Et la cuisine ! Puisqu'il n'y avait pas assez d'argent pour payer une domestique !

Alors, le truc était trouvé. Les derniers jours, on servait à Brown des repas impossibles, misérables. Et, à ses critiques, on répondait : « C'est tout ce que l'on peut s'offrir avec l'argent qui reste ! »

Est-ce qu'il se faisait quelquefois tirer l'oreille ? Est-ce qu'au contraire il avait hâte de partir ?

— Quelle heure choisissait-il pour s'en aller ?

— Il n'avait pas d'heure ! On le croyait dans le jardin, ou bien occupé, au garage, à nettoyer la voiture… Tout à coup on entendait le moteur…

— Et vous avez essayé de le suivre… Avec un taxi ?…

— J'en ai fait stationner un pendant trois jours à cent mètres d'ici… Mais, à Antibes, déjà, William nous avait semés dans les petites rues… Je sais pourtant où il garait l'auto… Dans un garage de Cannes… Il l'y laissait tout le temps que durait sa fugue…

— Si bien qu'il prenait peut-être le train pour Paris ou ailleurs ?

— Peut-être !

— Mais peut-être aussi restait-il dans le pays ?

— Il serait étonnant que personne ne l'ait rencontré…

— C'est au retour d'une neuvaine qu'il est mort ?

— Oui… Il y avait sept jours qu'il était parti…

— Et vous avez retrouvé l'argent sur lui ?

— Deux mille francs, comme d'habitude.

— Voulez-vous mon idée ? intervint la vieille. Eh bien ! William devait avoir une rente beaucoup plus importante... Peut-être quatre mille... Peut-être cinq... Il préférait dépenser le reste tout seul... Et nous, il nous condamnait à vivre avec une somme dérisoire...

Maigret était enfoncé béatement dans le fauteuil de Brown. À mesure que cet interrogatoire durait, le sourire s'accentuait sur ses lèvres.

— Il était très méchant ?

— Lui ?... C'était la crème des hommes...

— Attendez ! Nous allons, si vous le voulez bien, reconstituer l'emploi d'une journée. Qui se levait le premier ?

— William... Il dormait la plupart du temps sur le divan qui est dans le hall. On l'entendait déjà aller et venir alors qu'il faisait à peine jour... Je lui ai dit cent fois...

— Pardon ! C'est lui qui préparait le café ?

— Oui... Quand nous descendions, vers dix heures, il y avait du café sur le réchaud... Mais il était froid...

— Et Brown ?

— Il tripotait... Dans le jardin... Dans le garage... Ou bien il s'asseyait devant la mer... C'était l'heure du marché... Il sortait la voiture... Encore une chose que je n'ai jamais pu obtenir de lui : qu'il fasse sa toilette avant d'aller au marché... Il avait toujours sa chemise de nuit sous le veston, ses pantoufles, ses cheveux non peignés... Nous allions à Antibes... Il attendait devant les magasins...

— En rentrant, il s'habillait ?

— Quelquefois, oui ! Quelquefois, non ! Il lui est arrivé de rester quatre ou cinq jours sans se laver.

— Où mangiez-vous ?

— Dans la cuisine ! Quand on n'a pas de domestique, on ne peut pas se permettre de salir toutes les pièces...

— L'après-midi ?...

Parbleu ! Elles faisaient la sieste. Puis, vers cinq heures, on recommençait à traîner les pantoufles à travers la maison !

— Beaucoup de disputes ?

— Presque jamais ! Et pourtant, quand on lui disait quelque chose, William avait une façon insultante de se taire...

Maigret ne riait pas. Il commençait à se sentir tout à fait copain avec ce sacré Brown.

— Donc, on l'a assassiné... Cela aurait pu avoir lieu pendant qu'il traversait le jardin... Mais, puisque vous avez trouvé du sang dans la voiture...

— Quel intérêt aurions-nous à mentir ?

— Évidemment ! Donc, il a été tué ailleurs ! Ou plutôt blessé ! Et, au lieu de se rendre chez un docteur, ou au commissariat, il est venu échouer ici... Vous avez transporté le corps à l'intérieur ?...

— On ne pouvait pas le laisser dehors !

— Maintenant, dites-moi pourquoi vous n'avez pas averti les autorités... Je suis persuadé que vous aviez une excellente raison...

Et la vieille, debout, catégorique :

— Oui, monsieur ! Cette raison, je vais vous la dire ! D'ailleurs, vous apprendriez un jour ou l'autre la vérité ! Brown a été marié, jadis, en Australie... Car il est australien... Sa femme vit encore... Elle a toujours refusé le divorce et elle sait pourquoi. Si, à l'heure qu'il est, nous n'habitons pas la plus belle villa de la Côte d'Azur, c'est à cause d'elle…

— Vous l'avez vue ?

— Elle n'a jamais quitté l'Australie… Mais elle a fait tant et si bien qu'elle a obtenu que son mari soit mis sous conseil judiciaire… Depuis dix ans, nous, nous vivons avec lui, nous le soignons, nous le consolons… Grâce à nous, il y a un peu d'argent de côté… Eh bien ! si…

— Si Mme Brown avait appris la mort de son mari, elle aurait fait tout saisir ici !

— Justement ! Nous nous serions sacrifiées pour rien ! Et pas seulement cela ! Je ne suis pas sans ressources ! Mon mari était dans l'armée et je touche toujours une petite pension… Bien des choses qui sont ici m'appartiennent… Seulement cette femme a la loi pour elle et elle nous aurait tout simplement mises à la porte…

— Alors, vous avez hésité… Vous avez pesé le pour et le contre, pendant trois jours, en présence du cadavre qui devait être étendu sur le divan du hall…

— Pendant deux jours ! C'est le deuxième jour que nous l'avons enterré…

— À vous deux ! Puis vous avez ramassé ce qu'il y avait de plus précieux dans la maison et… Au fait, où vouliez-vous aller ?

— N'importe où ! À Bruxelles, ou à Londres…

— Vous aviez déjà conduit la voiture ? demanda Maigret à Gina.

— Jamais ! Mais je l'avais déjà mise en marche dans le garage !

De l'héroïsme, en somme ! C'était presque halluci-
nant, ce départ-là, le cadavre dans le jardin, les trois
lourdes valises et la voiture qui faisait des embardées…

Maigret commençait à en avoir assez de l'atmosphère, de l'odeur de musc, de la lumière rougeâtre qui
filtrait de l'abat-jour.

— Vous permettez que je jette un coup d'œil dans
la maison ?

Elles avaient repris leur aplomb, leur dignité. Peut-
être même étaient-elles déroutées par ce commissaire
qui prenait les choses si simplement, qui avait l'air, au
fond, de trouver les événements tout naturels !

— Vous excuserez le désordre, n'est-ce pas ?

Et comment ! D'ailleurs, cela ne pouvait s'appeler
du désordre. C'était quelque chose de sordide ! Cela
tenait de la tanière où les bêtes vivent dans leur odeur
au milieu de restes de mangeaille et de déjections, mais
cela tenait aussi de l'intérieur bourgeois, avec ses bour-
souflures orgueilleuses.

À une patère, dans le hall, il y avait un vieux par-
dessus de William Brown. Maigret fouilla les poches,
retira une paire de gants usés, une clef, une boîte de
cachou.

— Il mangeait du cachou ?

— Quand il avait bu, pour que nous ne le sachions
pas par son haleine ! Car on lui défendait le whisky…
La bouteille était toujours cachée…

Au-dessus de la patère, une tête de cerf, avec ses
bois. Et plus loin, un guéridon de rotin avec un plateau
en argent pour les cartes de visite !

— Il avait mis ce pardessus-ci ?

— Non ! Sa gabardine…

Les volets de la salle à manger étaient fermés. La pièce ne servait que de remise et Brown avait dû se livrer à la pêche, car il y avait par terre des casiers à homards.

Puis la cuisine, où le fourneau n'avait jamais été allumé. C'était le réchaud à alcool qui fonctionnait. Près de lui, cinquante ou soixante bouteilles vides, qui avaient contenu de l'eau minérale.

— L'eau d'ici est trop calcaire et…

L'escalier, avec un tapis usé, maintenu par des barres de cuivre. Il suffisait de suivre le musc à la piste pour atteindre la chambre de Gina.

Pas de salle de bains, pas de cabinet de toilette. Des robes en désordre sur le lit qui n'avait pas été fait. C'est là qu'on avait trié les vêtements pour n'emporter que les meilleurs.

Maigret préféra ne pas entrer chez la vieille.

— Nous sommes parties si précipitamment… J'ai honte de vous montrer la maison dans un tel état.

— Je reviendrai vous voir.

— Nous sommes libres ?

— C'est-à-dire que vous ne retournerez pas en prison… Du moins pour le moment… Mais, si vous tentiez de quitter Antibes…

— Jamais de la vie !

On le reconduisait à la porte. La vieille se souvenait des bonnes manières.

— Un cigare, monsieur le commissaire ?

Gina allait plus loin ! Est-ce qu'il ne fallait pas s'assurer la sympathie d'un homme aussi influent ?

— Vous pourriez d'ailleurs emporter la boîte. William ne les fumera plus…

Ça ne s'invente pas ! Dehors, Maigret en était comme ivre ! Il avait à la fois envie de rire et de serrer les dents ! La grille franchie, on avait, en se retournant, une image tellement différente de la villa, toute blanche dans la verdure !

La lune était juste à l'angle du toit. À droite, la mer brillante, et les mimosas qui frémissaient...

Il avait sa gabardine sous le bras. Il rentra à l'*Hôtel Bacon* sans penser, en proie à des impressions vagues, tantôt pénibles et tantôt comiques.

— Sacré William !

Il était tard. Il n'y avait déjà plus personne dans la salle à manger, hormis une serveuse qui attendait en lisant le journal. C'est alors qu'il s'avisa que ce n'était pas sa gabardine à lui qu'il avait emportée mais celle de Brown, crasseuse, tachée d'huile et de cambouis.

Dans la poche de gauche, il y avait une clef anglaise, dans celle de droite, une poignée de monnaie et quelques piécettes carrées, en cuivre, marquées d'un chiffre.

Des jetons servant dans ces machines à sous qui se trouvent sur le comptoir des petits bars.

Il y en avait une dizaine.

— Allô !... Ici, l'inspecteur Boutigues... Voulez-vous que j'aille vous prendre à votre hôtel ?

Il était neuf heures du matin. Depuis six heures, Maigret avait ouvert sa fenêtre et dormait d'une façon intermittente, voluptueuse, avec la conscience que la Méditerranée s'étalait devant lui.

— Pour quoi faire ?

— Vous ne voulez pas voir le cadavre ?

— Oui... Non... Peut-être après-midi... Télé-phonez-moi à l'heure du déjeuner...

Il avait besoin de s'éveiller. Dans cette atmosphère matinale, les histoires de la veille ne lui paraissaient plus si réelles. Et il se souvenait des deux femmes comme d'un cauchemar imprécis.

Elles n'étaient pas encore levées, elles ! Et, si Brown eût vécu, il eût été occupé à tripoter dans son jardin ou au garage ! Tout seul ! Pas lavé ! Et le café froid atten-dant sur le réchaud éteint !

Tout en se rasant, il aperçut les jetons, sur la che-minée. Il dut faire un effort pour se souvenir de ce qu'ils représentaient dans cette histoire.

— Brown est allé faire sa neuvaine et a été tué, soit avant de remonter en auto, soit dans l'auto, soit en tra-versant le jardin, soit dans la maison...

Sa joue gauche était déjà débarrassée du savon quand il grommela :

— Brown n'allait certainement pas dans les petits bistrots d'Antibes... On me l'aurait dit...

Et, d'autre part, Gina n'avait-elle pas découvert qu'il garait sa voiture à Cannes ?

Un quart d'heure plus tard, il téléphonait à la police cannoise.

— Commissaire Maigret, de la P.J.... Pouvez-vous me donner la liste des bars qui ont des machines à sous ?

— Il n'y en a plus ! Elles ont été supprimées il y a deux mois, par décret préfectoral... Vous n'en trou-verez plus sur la Côte d'Azur...

Il demanda à sa logeuse où il pourrait rencontrer un taxi.

— Pour aller où ?

— À Cannes !

— Alors, pas besoin de taxi. Vous avez un autobus toutes les trois minutes, place Macé…

C'était vrai. La place Macé était encore plus gaie que la veille, dans le soleil du matin. Brown devait passer par là quand il conduisait ses deux femmes au marché.

Maigret prit l'autobus. Une demi-heure plus tard, il était à Cannes où il se rendait au garage qu'on lui avait désigné. C'était près de la Croisette. Du blanc partout. D'immenses hôtels blancs ! Des magasins blancs. Des pantalons blancs et des robes blanches. Des voiles blanches sur la mer.

À croire que la vie n'était plus qu'une féerie pour music-hall, une féerie blanche et bleue.

— C'est ici que M. Brown remisait sa voiture ?

— Ça y est !

— Qu'est-ce qui y est ?

— On va me faire des ennuis ! Je m'en suis douté quand j'ai appris qu'on l'avait assassiné… C'est ici, oui !… Je n'ai rien à cacher… Il m'amenait la bagnole le soir et venait la reprendre huit ou dix jours après…

— Ivre mort ?

— Comme je l'ai toujours vu, quoi !

— Et vous ne savez pas où il allait ensuite ?

— Quand ? Après avoir laissé sa voiture ? Je n'en sais rien !

— Il vous la faisait nettoyer, mettre en état ?

— Rien du tout ! Il y a un an que l'huile n'a pas été vidangée.

— Qu'est-ce que vous pensez de lui ?

Le garagiste haussa les épaules.

— Rien du tout !

— Un original ?

— Il y en a tant sur la Côte qu'on est habitué ! On ne les remarque même plus... Tenez ! pas plus tard qu'hier, une jeune fille américaine est venue me demander de lui carrosser une voiture en forme de cygne... Du moment qu'elle paie !...

Restaient les machines à sous ! Maigret entra dans un bar, près du port, où il n'y avait que des matelots de yacht.

— Vous n'avez pas de machine à sous ?

— On les a interdites il y a un mois... Mais on va nous livrer un nouveau modèle, qu'on mettra deux ou trois mois à interdire...

— Il n'y en a plus nulle part ?

Le patron ne dit ni oui, ni non.

— Qu'est-ce que vous prenez ?

Maigret prit un vermouth. Il regardait les yachts alignés dans le port, puis les matelots qui portaient le nom de leur bateau brodé sur le tricot.

— Vous ne connaissez pas Brown ?

— Quel Brown ?... Celui qu'on a tué ?... Il ne venait pas ici...

— Où allait-il ?

Geste vague. Le patron servait ailleurs. Il faisait chaud. Bien qu'on ne fût qu'en mars, la peau était moite, avec une odeur d'été.

— J'ai entendu parler de lui, mais je ne sais plus par qui ! vint dire le bistrot, une bouteille à la main.

— Tant pis ! Ce que je cherche, c'est une machine à sous...

Brown avait son imperméable sur lui pendant sa neuvaine. Or, à ses retours, il était plus que probable que ses poches fussent fouillées par les deux femmes.

Donc, les jetons dataient de la dernière neuvaine...

Tout cela était vague, inconsistant. Puis il y avait ce soleil qui donnait à Maigret l'envie de s'asseoir à une terrasse, comme les autres, et de regarder les bateaux qui bougeaient à peine sur l'eau plate.

Des tramways clairs... De belles autos... Il découvrit la rue commerçante de la ville, parallèle à la Croisette...

— Seulement, grogna-t-il, si Brown faisait ses neuvaines à Cannes, ce n'était pas ici...

Il marcha. Il s'arrêtait de temps en temps pour pénétrer dans un bar. Il buvait un vermouth et parlait des machines à sous.

— C'est périodique ! Tous les trois mois on les rafle... Puis on en installe d'autres et on est tranquille pour trois mois...

— Vous ne connaissez pas Brown ?

— Le Brown qui a été assassiné ?

C'était monotone. Il était plus de midi. Le soleil tombait d'aplomb dans les rues. Maigret avait envie d'aborder un sergent de ville, comme un voyageur en bombe, et de lui demander :

— Où est le quartier où on rigole ?

Si Mme Maigret avait été là, elle aurait trouvé qu'il avait les yeux un peu trop brillants, à cause de tous ces vermouths.

Il contourna un angle, puis un autre. Et soudain ce ne fut plus Cannes, avec ses grands immeubles blancs dans le soleil, mais un monde nouveau, des ruelles larges d'un mètre, du linge tendu sur des fils de fer, d'une maison à l'autre.

À droite, une enseigne : *Aux Vrais Marins.*

À gauche, une enseigne : *Liberty Bar.*

Maigret entra *Aux Vrais Marins*, commanda un vermouth, debout devant le zinc.

— Tiens ! Je croyais que vous aviez une machine à sous...

— On *avait* !

Il avait la tête lourde, les jambes molles d'avoir tourné en rond dans la ville.

— Pourtant certains en ont encore !

— Certains, oui ! grommela le garçon en donnant un coup de torchon sur le comptoir. Il y en a toujours qui passent à travers. Seulement, ça ne nous regarde pas, n'est-ce pas ?...

Et il regarda du côté de la rue, répondit à une nouvelle question de Maigret :

— Deux francs vingt-cinq... Je n'ai pas de monnaie à vous rendre...

Alors le commissaire poussa la porte du *Liberty Bar*.

3

La filleule de William

La pièce, qui était vide, n'avait pas plus de deux mètres de large, sur trois mètres de profondeur. Il fallait descendre deux marches, car elle était en contrebas.

Un comptoir étroit. Une étagère garnie d'une douzaine de verres. La machine à sous. Et enfin deux tables.

Au fond, une porte vitrée, garnie de rideaux de tulle. Derrière ce rideau, on devinait des têtes qui bougeaient. Mais personne ne se leva pour accueillir le client. Une voix de femme, seulement, cria :

— Qu'est-ce que vous attendez ?

Et Maigret entra. Il fallait encore descendre une marche et la fenêtre, au ras du sol de la cour, ressemblait à un soupirail. Dans la lumière indécise, le commissaire vit trois personnes autour d'une table.

La femme qui avait crié et qui continuait à manger le regardait comme lui-même avait l'habitude de regarder les gens, calmement, sans perdre un détail.

Les coudes sur la table, elle soupira enfin en désignant un tabouret du menton :

— Vous y avez mis le temps !

Près d'elle, il y avait un homme que Maigret ne voyait que de dos, un homme en uniforme de marin très propre. Ses cheveux clairs étaient coupés court sur la nuque. Il portait des manchettes.

— Mange à ton aise, lui dit la femme. Ce n'est rien…

Enfin, à l'autre bout de la table, une troisième personne, une jeune femme au teint mat dont les grands yeux fixaient Maigret avec méfiance.

Elle était en peignoir. On lui voyait tout le sein gauche, mais personne n'y prenait garde.

— Asseyez-vous ! Vous permettez qu'on continue à déjeuner ?

Avait-elle quarante-cinq ans ? Cinquante ? Ou plus ? C'était difficile à dire. Elle était grasse, souriante, sûre d'elle. On sentait que rien ne l'effrayait, qu'elle avait tout vu, tout entendu, tout ressenti.

Un regard lui avait suffi pour deviner ce que Maigret venait faire. Et elle ne s'était même pas levée. Elle coupait de grosses tranches à même un gigot qui retint un moment l'attention de Maigret, car il en avait rarement vu d'aussi onctueux.

— Alors, comme ça, vous êtes de Nice, d'Antibes ?… Je ne vous ai jamais vu…

— Police Judiciaire, de Paris…

— Ah !

Et ce « Ah » disait qu'elle comprenait la différence, appréciait le rang du visiteur.

— Ce serait donc vrai ?

— Quoi ?

— Que William était quelque chose comme un grand personnage...

Maintenant, Maigret voyait le matelot de profil. Ce n'était pas un matelot ordinaire. Son uniforme était de drap fin. Il portait un galon doré, un écusson aux armes d'un club à sa casquette. Il paraissait ennuyé de se trouver là. Il mangeait sans rien regarder d'autre que son assiette.

— Qui est-ce ?

— On l'appelle toujours Yan... Je ne sais même pas son nom... Il est steward à bord de l'*Ardena*, un yacht suédois qui vient chaque année passer l'hiver à Cannes... Yan est le maître d'hôtel... N'est-ce pas, Yan ?... Monsieur est de la police... Je t'ai déjà raconté l'histoire de William...

L'autre approuvait de la tête, sans avoir l'air de bien comprendre.

— Il dit oui, mais il ne sait pas au juste ce que je viens de lui raconter ! fit la femme sans se soucier du marin. Il peut pas s'habituer au français... C'est un bon type... Il a une femme et des enfants dans son pays... Montre la photo, Yan !... Photo, oui...

Et l'homme tira une photographie de sa vareuse. Elle représentait une jeune femme assise devant une porte, et deux bébés dans l'herbe, devant elle.

— Des jumeaux ! expliquait la tenancière. Yan vient de temps en temps manger ici, parce qu'il se sent en famille. C'est lui qui a apporté le gigot et les pêches...

Maigret regarda la fille qui ne pensait toujours pas à cacher son sein.

— Et... cette...

— C'est Sylvie, la filleule de William...

— La filleule ?

— Oh ! pas à l'église !… Il n'a pas assisté à son baptême… Est-ce que t'es baptisée seulement, Sylvie ?

— Bien sûr !

Elle regardait toujours Maigret avec méfiance, tout en mangeant du bout des dents, sans appétit.

— William avait de l'affection pour elle… Elle lui racontait ses misères… Il la consolait…

Maigret était assis sur un tabouret, les coudes sur les genoux, le menton dans les mains. La grosse femme préparait une salade frottée d'ail qui avait l'air d'un pur chef-d'œuvre.

— Vous avez déjeuné ?

Il mentit.

— Oui… je…

— Parce qu'il faudrait le dire… Ici, on ne se gêne pas… Pas vrai, Yan ?… Regardez-le ! Il dit oui et il n'a rien compris… Je les aime, moi, ces garçons du Nord !…

Elle goûta la salade, ajouta un filet d'huile d'olive au parfum fruité. Il n'y avait pas de nappe sur la table, qui n'était peut-être pas très propre. Un escalier s'amorçait dans la cuisine même et devait conduire à un entresol. Dans un coin, une machine à coudre.

La cour était pleine de soleil, si bien que le soupirail se découpait comme un rectangle aveuglant et que, par contraste, on avait l'impression de vivre dans une demi-obscurité froide.

— Vous pouvez me questionner… Sylvie est au courant… Quant à Yan…

— Il y a longtemps que vous tenez ce bar ?

— Peut-être quinze ans… J'étais mariée avec un Anglais, un ancien acrobate, si bien que nous avions la clientèle de tous les marins anglais, puis des artistes de music-hall… Mon mari s'est noyé il y a neuf ans aux régates… Il courait pour une baronne qui a trois bateaux et que vous devez connaître…

— Et depuis lors ?

— Rien ! Je garde la maison…

— Vous avez beaucoup de clients ?

— Je n'y tiens pas… Ce sont plutôt des amis, comme Yan, comme William… Ils savent que je suis toute seule et que j'aime la compagnie… Ils viennent boire une bouteille, ou bien ils apportent des rascasses, un poulet, et je fais la popote…

Elle emplit les verres, constata que Maigret n'en avait pas.

— Tu devrais prendre un verre pour le commissaire, Sylvie.

Celle-ci se leva sans un mot, se dirigea vers le bar. Sous son peignoir, elle était nue. Elle avait les pieds nus dans des sandales. En passant, elle frôla Maigret, sans s'excuser. Pendant le court moment qu'elle resta dans le bar, l'autre en profita pour murmurer :

— Faut pas faire attention… Elle adorait Will… Alors, ça lui a donné un coup…

— Elle couche ici ?

— Des fois oui… Des fois non…

— Qu'est-ce qu'elle fait ?

Alors la femme regarda Maigret d'un air de reproche. Elle semblait dire : « Et c'est vous, un commissaire de la Police Judiciaire, qui me posez cette question ? »

Elle ajouta aussitôt :

— Oh ! c'est une fille tranquille, pas vicieuse pour un sou…

— William savait ?…

À nouveau le même regard. Est-ce qu'elle s'était trompée sur le compte de Maigret ? Est-ce qu'il ne comprenait rien ? Allait-il falloir mettre les points sur les i ?

Yan avait fini de manger. Il attendait de pouvoir dire quelque chose, mais elle devina.

— Oui ! Tu peux aller, Yan… Tu viens ce soir ?

— Si les patrons vont au casino…

Il se leva, hésita à accomplir les rites traditionnels. Mais, comme la femme lui tendait le front, il y posa un baiser machinal, en rougissant, à cause de Maigret. Il rencontra Sylvie qui revenait avec un verre.

— Tu pars ?

— Oui…

Et il l'embrassa de la même façon, esquissa un drôle de salut à l'adresse de Maigret, heurta la marche, plongea littéralement dans la rue tout en ajustant sa casquette.

— Un garçon qui n'aime pas faire la bombe, comme la plupart des matelots de yacht… Il préfère venir ici…

Elle avait fini de manger aussi. Elle se mettait à son aise, les deux coudes sur la table.

— Tu passeras le café, Sylvie ?

C'est à peine si on entendait les bruits de la rue. Sans le rectangle de soleil, on n'eût même pu dire à quelle heure du jour ou de la nuit on vivait.

Un réveille-matin marquait la fuite du temps, posé au milieu de la cheminée.

— Alors, qu'est-ce que vous voulez savoir au juste ?… À votre santé !… C'est encore du whisky à William…

— Comment vous appelle-t-on ?

— Jaja… Pour me taquiner, ils disent la grosse Jaja…

Et elle regardait son énorme poitrine qui reposait sur la table.

— Il y a longtemps que vous connaissez William ?

Sylvie avait repris sa place et, le menton dans la main, ne quittait pas Maigret du regard. La manche de son peignoir trempait dans son assiette.

— Je dirais presque depuis toujours. Mais je ne sais son nom que depuis la semaine dernière… Il faut vous dire que, du temps de mon mari, le *Liberty Bar* était célèbre… Il y avait toujours des artistes… Et cela attirait la riche clientèle qui venait pour les voir…

» Surtout les patrons des yachts, qui sont presque tous des noceurs et des originaux… Je me souviens d'avoir vu plusieurs fois William, à cette époque-là, en casquette blanche, accompagné d'amis et de jolies femmes…

» Ils étaient des bandes à boire du champagne jusqu'aux petites heures et à offrir des tournées générales…

» Puis mon mari est mort… J'ai fermé pendant un mois… Ce n'était pas la saison… L'hiver suivant, j'ai dû passer trois semaines à l'hôpital à cause d'une péritonite…

» Quelqu'un en avait profité pour ouvrir une autre boîte sur le port même…

» Depuis lors, c'est calme… Je ne cherche même pas à avoir des clients…

» Un jour, j'ai vu revenir William et c'est alors seulement que j'ai vraiment fait sa connaissance… On s'est soûlé… On a raconté des histoires… Il a dormi sur le divan, parce qu'il ne pouvait pas tenir debout…

— Il portait toujours une casquette de yachtman ?

— Non ! Il n'était plus tout à fait le même. Il avait le vin triste… Il a pris l'habitude de venir me voir de temps en temps…

— Vous saviez son adresse ?

— Non. Ce n'était pas à moi de le questionner. Et il ne parlait jamais de ses affaires…

— Il restait longtemps ici ?

— Trois jours, quatre jours… Il apportait à manger… Ou bien il me donnait de l'argent pour aller faire le marché… Il prétendait qu'il ne mangeait nulle part aussi bien qu'ici…

Et Maigret regardait la chair rose du gigot, le reste de salade parfumée. C'était vraiment appétissant.

— Sylvie était déjà avec vous ?

— Vous ne voudriez pas ! Elle a tout juste vingt et un ans…

— Comment l'avez-vous connue ?

Et, comme Sylvie prenait un air buté, Jaja lui lança :

— Le commissaire sait ce que c'est, va !… C'était un soir que William était ici… Nous n'étions que nous deux dans le bar… Sylvie est arrivée avec des particuliers qu'elle avait rencontrés je ne sais où, des voyageurs de commerce ou quelque chose du même genre… Ils étaient déjà gais… Ils ont commandé à boire… Quant à elle, on sentait tout de suite qu'elle était nouvelle… Elle voulait les emmener avant qu'ils soient ivres… Elle ne savait pas s'y prendre… Et ce qui devait arriver est arrivé… À la fin, ils étaient si soûls qu'ils ne se sont plus occupés d'elle et qu'ils l'ont laissée ici… Elle pleurait… Elle a avoué qu'elle arrivait de Paris pour la saison et qu'elle n'avait même pas de quoi payer l'hôtel… Elle a dormi avec moi… Elle a pris l'habitude de venir…

— En somme, grommela Maigret, les gens qui entrent ici prennent tous cette habitude…

Et la vieille, rayonnante :

— Qu'est-ce que vous voulez ? C'est la maison du bon Dieu ! On ne s'en fait pas. On prend les jours comme ils viennent…

Elle était sincère. Son regard descendit lentement vers la poitrine de la jeune fille et elle soupira :

— Dommage qu'elle n'ait pas plus de santé… On lui voit encore les côtes… William voulait lui payer un mois dans un sana, mais elle n'a jamais voulu…

— Pardon ! Est-ce que William… et elle…

Ce fut Sylvie elle-même qui répondit, rageuse :

— Jamais ! Ce n'est pas vrai…

Et la grosse Jaja d'expliquer en sirotant son café :

— Ce n'était pas l'homme à ça… Surtout avec elle… Je ne dis pas que de temps en temps…

— Avec qui ?

— Des femmes… Des femmes qu'il ramassait n'importe où… Mais c'était rare… Et cela ne l'intéressait pas…

— À quelle heure vous a-t-il quittée, vendredi ?

— Tout de suite après le déjeuner… Il devait être deux heures, comme aujourd'hui…

— Et il n'a pas dit où il allait ?

— Il ne parlait jamais de ça…

— Sylvie était ici ?

— Elle est partie cinq minutes avant lui.

— Pour aller où ? demanda Maigret à l'intéressée.

Et elle, méprisante :

— Cette question !

— Vers le port ?… C'est là que… ?

— Là et ailleurs !

— Il n'y avait personne d'autre au bar ?

— Personne… Il faisait très chaud… Je me suis endormie une heure sur une chaise…

Or, il était plus de cinq heures quand William Brown était arrivé à Antibes avec sa voiture !

— Il fréquentait d'autres bars comme celui-ci ?

— Aucun ! D'ailleurs, les autres ne sont pas comme celui-ci !

Évidemment ! Maigret lui-même, qui n'y était que depuis une heure, avait l'impression de le connaître depuis toujours. Peut-être parce qu'il n'y avait rien de personnel ? Ou encore à cause de cette atmosphère de vie paresseuse, relâchée ?

On n'avait pas le courage de se lever, de partir. Le temps s'écoulait lentement. Les aiguilles du réveil avançaient sur le cadran blafard. Et le rectangle de soleil diminuait, au soupirail.

— J'ai lu les journaux… Je ne savais même pas le nom de famille de William… Mais j'ai reconnu la photo… On a pleuré, Sylvie et moi… Qu'est-ce qu'il pouvait bien faire avec ces deux femmes ?… Dans notre situation, on ne doit pas se mêler à ces affaires-là, n'est-ce pas ?… Je m'attendais d'un moment à l'autre à voir arriver la police… Quand vous êtes sorti du bar d'en face, je me suis bien doutée…

Elle parlait lentement. Elle remplissait les verres. Elle buvait l'alcool à petites gorgées.

— Celui qui a fait ça est une crapule, parce que, des hommes comme William, il n'y en a pas beaucoup… Et je m'y connais !…

— Il ne vous a jamais parlé de son passé ?

Elle soupira. Est-ce que Maigret ne comprenait donc pas que c'était justement *la maison où on ne parlait jamais du passé* ?

— Tout ce que je puis vous dire, c'est que c'était un gentleman ! Un homme qui a été très riche, qui l'était peut-être encore… Je ne sais pas… Il a eu un yacht, des tas de domestiques…

— Il était triste ?

Elle soupira à nouveau.

— Vous ne pouvez pas comprendre ?… Vous avez vu Yan… Est-ce qu'il est triste ?… Mais ce n'est pas encore la même chose… Est-ce que je suis triste, moi ?… N'empêche qu'on boit, puis qu'on raconte des choses qui n'ont pas de suite et qu'on a envie de pleurer…

Sylvie la regardait avec réprobation. Il est vrai qu'elle n'avait bu que du café, alors que la grosse Jaja en était à son troisième petit verre.

— Je suis bien contente que vous soyez venu, parce que ainsi j'en suis quitte… On n'a rien à cacher, rien à se reprocher… Mais on sait bien, quand même, qu'avec la police… Tenez ! Si c'était la police de Cannes, je suis sûre qu'elle me ferait fermer…

— William dépensait beaucoup d'argent ?

Est-ce qu'elle ne désespéra pas de lui faire comprendre la situation ?

— Il en dépensait sans en dépenser… Il donnait de quoi aller chercher à manger et à boire… Quelquefois il payait la facture du gaz et de l'électricité, ou bien il donnait cent francs à Sylvie, pour s'acheter des bas.

Maigret avait faim. Et il y avait ce gigot savoureux à quelques centimètres de ses narines. Deux morceaux coupés restaient sur le plat. Il en prit un avec les doigts et le mangea, tout en parlant, comme s'il eût été, lui aussi, de la maison.

— Sylvie amène ses clients ici ?

— Jamais ! C'est alors qu'on nous ferait fermer… Il y a assez d'hôtels pour ça à Cannes !…

Et elle ajouta, en regardant Maigret dans les yeux :

— Vous croyez vraiment que ce sont ses femmes qui l'ont…

Au même moment, elle détourna la tête. Sylvie se dressa un peu pour voir à travers le tulle de la porte vitrée. La porte extérieure s'était ouverte. Quelqu'un traversait le bar, poussait l'autre porte, s'arrêtait, étonné, en apercevant un visage nouveau.

Sylvie s'était levée. Jaja, un peu rose, peut-être, disait au nouveau venu :

— Entre !… C'est le commissaire qui s'occupe de William…

Et, à Maigret :

— Un ami… Joseph… Il est garçon au casino…

Cela se voyait au plastron blanc, au nœud de cravate noir que Joseph portait sous un complet gris, avec des souliers vernis.

— Je reviendrai… dit-il.

— Mais non ! Entre…

Il n'y était pas très décidé.

— Je venais seulement dire bonjour en passant… J'ai un tuyau pour la deux et…

— Vous jouez aux courses ? fit Maigret en se tournant à demi vers le garçon de café.

— De temps en temps… Il y a des clients qui me donnent des tuyaux… Il faut que je file…

Et il battit en retraite, non sans que le commissaire ait eu l'impression qu'il adressait un signe à Sylvie. Celle-ci s'était rassise. Jaja soupirait :

— Il va encore perdre… Ce n'est pas un méchant garçon…

— Il faut que je m'habille ! dit Sylvie en se levant et en découvrant, entre les pans du peignoir, la plus grande partie de son corps, sans provocation, comme si c'eût été la chose la plus naturelle du monde.

Elle gravit l'escalier jusqu'à l'entresol où on l'entendit aller et venir. Il sembla à Maigret que la grosse Jaja tendait l'oreille.

— Elle fait quelquefois les courses aussi… C'est elle qui a perdu le plus avec la mort de William…

Maigret se leva brusquement, passa dans le bar, ouvrit la porte de la rue. Mais il était trop tard. Joseph s'éloignait à grands pas, sans se retourner, en même temps qu'une fenêtre se refermait à l'entresol.

— Qu'est-ce qui vous a pris ?

— Rien… une idée…

— Encore un verre ?… Vous savez, si le gigot vous plaît…

Sylvie descendait déjà, transformée, méconnaissable dans un costume tailleur bleu marine qui lui donnait un air de jeune fille. Un chemisier de soie blanche rendait vraiment désirables de petits seins tremblants que Maigret avait pourtant vus si longtemps. La jupe moulait un ventre étroit, une croupe nerveuse. Les bas de soie étaient bien tirés sur les jambes.

— À ce soir !

Et elle aussi embrassait Jaja au front, se tournait vers Maigret, hésitait. Est-ce qu'elle avait envie de sortir sans lui dire au revoir, ou de lui lancer une injure ?

En tout cas, elle précisait son attitude d'ennemie. Elle n'essayait pas de lui donner le change.

— Bonjour… Je suppose que vous n'avez plus besoin de moi ?

Elle était toute raide. Elle attendait un instant et elle s'en allait d'une démarche décidée.

Jaja riait en remplissant les verres.

— Ne faites pas attention… Ces petites-là, ça n'a pas encore de raison. Voulez-vous que je vous donne une assiette, pour que vous goûtiez ma salade ?

Le bar vide, en façade, avec sa seule vitrine donnant sur la ruelle ; là-haut, au-dessus de l'escalier tournant, l'entresol qui devait être en désordre ; le soupirail et la cour d'où le soleil se retirait peu à peu…

Un drôle d'univers, au centre duquel Maigret était installé devant les restes d'une salade odorante, en compagnie de la grosse femme qui semblait s'appuyer sur sa poitrine abondante et qui soupirait :

— Quand j'avais son âge, on me faisait marcher autrement que ça, moi !

Elle n'avait pas besoin de préciser. Il l'imaginait très bien, quelque part aux environs de la porte Saint-Denis ou du faubourg Montmartre, en robe de soie voyante, surveillée, à travers les vitres de quelque bar, par un ami intransigeant.

— Aujourd'hui…

Elle avait fait trop honneur à la bouteille. Ses yeux s'humectèrent en regardant Maigret. Sa bouche enfantine eut une moue qui présageait des larmes.

— Vous me faites penser à William… C'était sa place… Lui aussi posait sa pipe à côté de son assiette pour manger… Il avait les mêmes épaules… Savez-vous que vous lui ressemblez ?

Elle se contenta de s'essuyer les yeux, sans pleurer.

4

La gentiane

C'était l'heure rose, équivoque, où les moiteurs du soleil couchant se dissipent dans la fraîcheur de la nuit proche. Maigret sortait du *Liberty Bar* comme on sort d'un mauvais lieu, les mains enfoncées dans les poches, le chapeau sur les yeux. Pourtant, après une dizaine de pas, il éprouva le besoin de se retourner, comme pour s'assurer de la réalité de cette atmosphère qu'il quittait.

Le bar était bien là, coincé entre deux maisons, avec sa façade étroite, peinte d'un vilain brun, et les lettres jaunes de l'enseigne.

Derrière la vitre, il y avait un pot de fleurs et, tout près, un chat endormi.

Jaja devait sommeiller aussi, dans l'arrière-boutique, seule près du réveille-matin qui comptait les minutes...

Au bout de la ruelle, on renaissait à la vie normale : des magasins, des gens habillés comme tout le monde, des autos, un tramway, un sergent de ville...

Puis, à droite, la Croisette qui ressemblait vraiment, à cette heure-là, aux aquarelles-réclames que le syndicat d'initiative de Cannes fait reproduire dans les magazines de luxe.

C'était doux, paisible... Des gens marchant sans se presser... Des autos glissant sans bruit, comme sans moteur... Et tous ces yachts clairs sur l'eau du port...

Maigret se sentait fatigué, abruti, et pourtant il n'avait pas envie de rentrer à Antibes. Il allait et venait sans but, s'arrêtant sans savoir pourquoi, repartant dans n'importe quelle direction, comme si la partie consciente de son être fût restée dans l'antre de Jaja, près de la table non desservie où, à midi, était attablé un correct steward suédois, en face de Sylvie aux seins nus.

Dix ans durant, William Brown avait vécu là plusieurs jours par mois, dans une chaude paresse, près de Jaja qui, après quelques verres, pleurnichait, puis s'endormait sur sa chaise.

— La gentiane, parbleu !

Maigret était ravi d'avoir trouvé ce qu'il cherchait depuis un quart d'heure sans même s'en rendre compte ! Depuis qu'il était sorti du *Liberty Bar*, il s'obstinait à le définir, à le débarrasser de son pittoresque superficiel, pour n'en garder que l'âme. Et il avait trouvé ! Il se souvenait de la phrase d'un ami à qui il offrait l'apéritif.

— Qu'est-ce que tu bois ?

— Une gentiane !

— Quelle est cette nouvelle mode ?

— Ce n'est pas une mode ! C'est la dernière ressource de l'ivrogne, vieux ! Tu connais la gentiane. C'est amer. Ce n'est même pas alcoolisé. Eh bien ! quand, pendant trente ans, on s'est imbibé d'alcools divers, il ne reste plus que ce vice-là, il n'y a que cette amertume à émouvoir les papilles...

C'était bien cela ! Un endroit sans vice, sans méchanceté ! Un bar où on entrait immédiatement dans la cuisine et où vous accueillait la familiarité de Jaja !

Et on buvait, pendant qu'elle faisait sa popote ! On allait chercher soi-même, chez le boucher voisin, le morceau de barbaque ! Sylvie descendait, les yeux pleins de sommeil, à moitié nue, et on l'embrassait au front, sans même regarder ses seins pauvres.

Il ne faisait pas très propre, pas très clair. On ne parlait pas beaucoup. La conversation se traînait, sans conviction, comme les gens...

Plus de monde extérieur, d'agitation. À peine un rectangle de soleil...

Manger, boire... Sommeiller et boire à nouveau pendant que Sylvie s'habillait, tirait ses bas sur ses cuisses avant d'aller travailler...

— À tout à l'heure, parrain !

N'était-ce pas exactement l'histoire de la gentiane du copain ? Et le *Liberty Bar* n'était-il pas le dernier havre, quand on avait tout vu, tout essayé en fait de vices ?

Des femmes sans beauté, sans coquetterie, sans désir, qu'on ne désire pas et qu'on embrasse au front, en leur donnant cent francs pour aller s'acheter des bas, en leur demandant, au retour :

— Bien travaillé ?

Maigret en était un peu oppressé. Il voulait penser à autre chose. Il s'était arrêté devant le port où une légère buée commençait à s'étirer à quelques centimètres de la surface de l'eau.

Il avait dépassé les petits yachts, les voiliers de course. À dix mètres de lui, un matelot amenait le pavillon rouge orné d'un croissant d'un énorme vapeur blanc qui devait appartenir à un pacha quelconque.

Plus près, il lut, en lettres dorées, à l'arrière d'un yacht d'une quarantaine de mètres : *Ardena*.

Il avait à peine évoqué la figure du Suédois de chez Jaja qu'en levant la tête il l'apercevait sur le pont, ganté de blanc, déposant un plateau avec du thé sur une table de rotin.

Le propriétaire était accoudé à la lisse, en compagnie de deux jeunes femmes. Il riait, montrait des dents admirables. Une passerelle longue de trois mètres les séparait de Maigret et celui-ci, haussant les épaules, s'y engagea, faillit éclater de rire en voyant le visage du steward se décomposer.

Il y a des moments comme cela où l'on fait une démarche, moins pour son utilité propre que pour faire quelque chose, ou encore pour s'empêcher de penser.

— Pardon, monsieur...

Le propriétaire avait cessé de rire. Il attendait, tourné vers Maigret, ainsi que les deux femmes.

— Un renseignement, s'il vous plaît. Connaissez-vous un certain Brown ?

— Il a un bateau ?

— Il en a eu un... William Brown...

C'est à peine si Maigret attendait la réponse.

Il regardait son interlocuteur, qui devait avoir quarante-cinq ans et qui était vraiment racé, entre les deux femmes demi-nues sous leur robe.

Il se disait :

— Brown a été comme lui ! Il s'entourait de jolies femmes aussi, bien habillées, dont chaque détail de toilette est étudié pour provoquer le désir ! Il les conduisait, pour les amuser, dans les petites boîtes et offrait du champagne à tout le monde…

On lui répondait, avec un fort accent :

— Si c'est le Brown auquel je pense, il avait jadis ce gros bateau qui est le dernier… Le *Pacific*… Mais il a déjà été vendu deux ou trois fois…

— Je vous remercie.

L'homme et ses deux compagnes ne comprenaient pas très bien le sens de la visite de Maigret. Ils le regardaient s'éloigner et le commissaire entendit fuser un petit rire de femme.

Le *Pacific*… Il n'y avait que deux bateaux de sa taille dans le port, dont celui qui battait pavillon turc.

Seulement le *Pacific* sentait l'abandon. À maints endroits on voyait la tôle sous la peinture écaillée. Les cuivres étaient verdis.

Un petit écriteau misérable, sur le bastingage : *À vendre*.

C'était l'heure où les matelots de yacht, bien lavés, roides dans leur uniforme, s'en vont vers la ville, par groupes, comme des soldats.

Quand Maigret repassa devant l'*Ardena*, il sentit les regards des trois personnages braqués sur lui et il soupçonna le steward de l'épier de quelque recoin du pont.

Les rues étaient éclairées. Maigret eut quelque peine à retrouver le garage, où il n'avait qu'un renseignement à demander.

— À quelle heure Brown, vendredi, est-il venu chercher sa voiture ?

Il fallut appeler le mécanicien.

À cinq heures moins quelques minutes ! Autrement dit, il avait eu juste le temps nécessaire pour regagner le Cap d'Antibes.

— Il était seul ? Personne ne l'attendait dehors ? Et vous êtes sûr qu'il n'était pas blessé ?

William Brown avait quitté le *Liberty Bar* vers deux heures. Qu'avait-il fait pendant trois heures ?

Maigret n'avait plus de raison de s'attarder à Cannes. Il attendit l'autocar, se cala dans un coin, laissant errer un regard flou sur la grand-route où les autos, phares allumés, se suivaient en cortège.

Le premier personnage qu'il aperçut, en descendant du car, place Macé, fut l'inspecteur Boutigues qui était assis à la terrasse du *Café Glacier* et qui se leva précipitamment.

— On vous cherche depuis ce matin !... Asseyez-vous... Qu'est-ce que vous prenez ?... Garçon !... Deux Pernod...

— Pas pour moi !... Une gentiane !... fit Maigret, qui voulait se rendre compte du goût de ce breuvage.

— J'ai d'abord questionné les chauffeurs de taxi. Comme aucun ne vous avait transporté, je me suis adressé aux conducteurs d'autobus. C'est ainsi que j'ai su que vous étiez à Cannes...

Il parlait vite ! Et il y mettait de la passion !

Maigret le regardait malgré lui avec des yeux ronds, ce qui n'empêchait pas le petit inspecteur de poursuivre :

— Il n'y a que cinq ou six restaurants où l'on puisse manger proprement... J'ai téléphoné à chacun d'eux... Où diable avez-vous pu déjeuner ?...

Boutigues aurait été bien étonné si Maigret lui avait dit la vérité, lui avait parlé du gigot et de la salade à l'ail, dans la cuisine de Jaja, et des petits verres, et de Sylvie…

— Le juge d'instruction ne veut rien faire sans vous avoir consulté… Or, il y a du nouveau… Le fils est arrivé…

— Le fils de qui ?

Et Maigret faisait la grimace, parce qu'il venait de boire une gorgée de gentiane.

— Le fils de Brown… Il était à Amsterdam quand…

Décidément, Maigret avait mal à la tête. Il essayait de concentrer son esprit, mais n'y parvenait qu'avec peine.

— Brown a un fils ?

— Il en a plusieurs… De sa vraie femme, qui habite l'Australie… Un seul est en Europe, où il s'occupe des laines…

— Les laines ?

À ce moment, Boutigues dut avoir une piètre opinion de Maigret. Mais aussi celui-ci était-il toujours au *Liberty Bar* ! Plus exactement, il était en train d'évoquer le garçon de café qui jouait aux courses et à qui Sylvie avait parlé par la fenêtre…

— Oui ! Les Brown sont les plus gros propriétaires d'Australie. Ils élèvent des moutons et expédient la laine en Europe… Un des fils surveille les terres… L'autre, à Sydney, s'occupe des expéditions… Le troisième, en Europe, va d'un port à l'autre, selon que les laines sont destinées à Liverpool, au Havre, à Amsterdam ou à Hambourg… C'est lui qui…

— Et qu'est-ce qu'il dit ?

— Qu'il faut enterrer son père le plus vite possible et qu'il paiera… Il est très pressé… Il doit reprendre l'avion demain soir…

— Il est à Antibes ?

— Non ! À Juan-les-Pins… Il voulait un palace, avec un appartement pour lui seul… Il paraît qu'il doit être relié téléphoniquement toute la nuit à Nice, pour pouvoir téléphoner à Anvers, à Amsterdam et je ne sais où encore…

— Il a visité la villa ?

— Je le lui ai proposé. Il a refusé.

— Alors, qu'est-ce qu'il a fait, en somme ?

— Il a vu le juge ! C'est tout ! Il a insisté pour que les choses aillent vite ! Et il a demandé combien !

— Combien quoi ?

— Combien cela coûterait.

Maigret regardait la place Macé d'un air absent. Boutigues continuait :

— Le juge vous a attendu toute l'après-midi à son bureau. Il ne peut guère refuser le permis d'inhumer, maintenant que l'autopsie a été pratiquée… Le fils Brown a téléphoné trois fois et en fin de compte on lui a promis que l'enterrement pourrait avoir lieu demain à la première heure…

— À la première heure ?

— Oui, pour éviter la foule… C'est pourquoi je vous cherche… On fermera le cercueil ce soir… Si bien que, si vous voulez voir Brown avant que…

— Non !

Vraiment ! Maigret n'avait pas envie de voir le cadavre ! Il connaissait assez William Brown sans cela !

Il y avait du monde à la terrasse. Boutigues remarqua qu'on les observait de plusieurs tables, ce qui n'était pas pour lui déplaire. Néanmoins il murmura :

— Parlons plus bas…

— Où veut-on l'enterrer ?

— Mais… au cimetière d'Antibes… Le corbillard sera à la morgue à sept heures du matin… Il ne me reste qu'à confirmer la chose au fils Brown…

— Et les deux femmes ?

— On n'a rien décidé… Peut-être le fils préférerait-il… ?

— À quel hôtel dites-vous qu'il est descendu ?

— Au *Provençal*. Vous voulez le voir ?

— À demain ! dit Maigret. Je suppose que vous serez à l'enterrement ?

Il était d'une drôle d'humeur. À la fois joyeuse et macabre ! Un taxi le conduisit au *Provençal*, où il fut reçu par un portier, puis par un autre employé à galons, puis enfin par un maigre jeune homme en noir, embusqué derrière un bureau.

— M. Brown ?… Je vais voir s'il est visible… Voulez-vous me dire votre nom ?…

Et des sonneries. Des allées et venues du chasseur. Cela dura au moins cinq minutes, après quoi on vint chercher Maigret pour le conduire à travers d'interminables couloirs vers une porte marquée du numéro 37. Derrière la porte, un cliquetis de machine à écrire. Une voix excédée :

— Entrez !

Maigret se trouva en face de Brown fils, celui des trois chargé du département Laines-Europe.

Pas d'âge. Peut-être trente ans, mais peut-être aussi quarante. Un grand garçon maigre, aux traits déjà burinés, rasé de près, vêtu d'un complet correct, une perle piquée à sa cravate noire rayée de blanc.

Pas une ombre de désordre, ni d'imprévu. Pas un cheveu hors de l'alignement. Et pas un tressaillement à la vue du visiteur.

— Vous permettez un instant ?... Asseyez-vous...

Une dactylo était installée devant la table Louis XV. Un secrétaire parlait anglais au téléphone.

Et Brown fils achevait de dicter un câble, en anglais, où il était question de dommages-intérêts à cause d'une grève de dockers.

Le secrétaire appela :

— Monsieur Brown....

Et il lui tendit le récepteur du téléphone.

— Allô !... Allô !... Yes !...

Il écouta longtemps, sans un mot d'interruption, trancha enfin, au moment de raccrocher :

— No !

Il appuya sur un timbre électrique, demanda à Maigret :

— Un porto ?

— Merci.

Et, comme le maître d'hôtel se présentait, il commanda néanmoins :

— Un porto !

Il faisait tout cela sans fièvre, mais d'un air soucieux, comme si, de ses moindres faits et gestes, du plus petit tressaillement de ses traits, eussent dépendu les destinées du monde.

— Tapez dans ma chambre ! dit-il à la dactylo en désignant la pièce voisine.

Et, à son secrétaire :

— Demandez le juge d'instruction…

Enfin, il s'assit, soupira en se croisant les jambes :

— Je suis fatigué. C'est vous qui devez faire l'enquête ?

Et il poussa vers Maigret le porto que le domestique apportait.

— C'est une ridicule histoire, n'est-ce pas ?

— Pas si ridicule que ça ! grogna Maigret de son air le moins aimable.

— Je veux dire ennuyeuse…

— Évidemment ! C'est toujours ennuyeux de recevoir un coup de couteau dans le dos et d'en mourir…

Le jeune homme se leva, impatienté, ouvrit la porte de la chambre voisine, fit mine de donner des ordres en anglais, revint vers Maigret à qui il tendit un étui à cigarettes.

— Merci ! Rien que la pipe…

L'autre prit sur un guéridon une boîte de tabac anglais.

— Du gris ! fit Maigret en tirant son paquet de sa poche.

Brown arpentait la pièce à grands pas.

— Vous savez, n'est-ce pas ? que mon père avait une vie très… scandaleuse…

— Il avait une maîtresse !

— Et autre chose ! Beaucoup d'autres choses ! Vous avez besoin de savoir, autrement vous risquez de faire… comment dites-vous ?… gaffe…

Le téléphone l'interrompit. Le secrétaire accourut, répondit cette fois en allemand, tandis que Brown lui adressait des signes négatifs. Cela dura longtemps. Brown s'impatientait. Et, comme le secrétaire n'en finissait pas assez vite, le jeune homme vint lui prendre le récepteur des mains et raccrocha.

— Mon père est venu en France, il y a longtemps, sans ma mère… Et il nous a presque ruinés…

Brown ne tenait pas en place. Tout en parlant, il avait refermé la porte de sa chambre sur le secrétaire. Il toucha du doigt le verre de porto.

— Vous ne buvez pas ?

— Merci !

Il haussa les épaules avec impatience.

— On a nommé un conseil judiciaire… Ma mère a été très malheureuse… Elle a beaucoup travaillé…

— Ah ! c'est votre mère qui a remonté l'affaire ?

— Avec mon oncle, oui !

— Le frère de votre mère, évidemment !

— Yes ! Mon père avait perdu… dignité… oui, la dignité… Alors, il vaut mieux qu'on ne parle pas trop… Vous comprenez ?…

Maigret ne l'avait pas encore quitté du regard et cela semblait mettre le jeune homme hors de lui. Surtout que ce regard lourd était impossible à déchiffrer. Peut-être ne voulait-il rien dire ? Peut-être au contraire était-il terriblement menaçant ?

— Une question, monsieur Brown. Monsieur Harry Brown, à ce que je vois d'après vos bagages. Où étiez-vous mercredi dernier ?

Il fallut attendre que le jeune homme eût parcouru par deux fois la pièce dans toute la longueur.

— Qu'est-ce que vous croyez ?

— Je ne crois rien du tout. Je vous demande seulement où vous étiez.

— Cela a de l'importance ?

— Peut-être que oui, peut-être que non !

— J'étais à Marseille, à cause de l'arrivée du *Glasco* ! Un bateau avec de la laine de chez nous, qui est maintenant à Amsterdam et qui ne peut pas décharger à cause de la grève des dockers…

— Vous n'avez pas vu votre père ?

— Je n'ai pas vu…

— Une autre question, la dernière. Qui faisait une rente à votre père ? Et de combien était-elle ?

— Moi ! Cinq mille francs par mois… Vous voulez raconter ça aux journaux ?

On entendait toujours la machine à écrire, sa sonnerie au bout de chaque ligne, le heurt du chariot.

Maigret se leva, prit son chapeau.

— Je vous remercie !

Brown en était sidéré.

— C'est tout ?

— C'est tout… Je vous remercie…

Le téléphone sonnait encore, mais le jeune homme ne pensait pas à décrocher. Il regardait, comme sans y croire, Maigret se diriger vers la porte.

Alors, désespéré, il saisit une enveloppe sur la table :

— J'avais préparé, pour les œuvres de la police…

Maigret était déjà dans le corridor. Un peu plus tard, il descendait l'escalier somptueux, traversait le hall, précédé d'un larbin en livrée.

À neuf heures, il dînait, tout seul, dans la salle à manger de l'*Hôtel Bacon*, tout en consultant l'annuaire des téléphones. Il demanda, coup sur coup, trois numéros de Cannes. Au troisième seulement, on lui répondit :

— Oui, c'est à côté…

— Parfait ! Voulez-vous être assez aimable pour dire à Mme Jaja que l'enterrement aura lieu demain à

sept heures à Antibes... Oui, l'enterrement... Elle
comprendra...

Il marcha un peu dans la pièce. De la fenêtre, il apercevait, à cinq cents mètres, la villa blanche de Brown
où deux fenêtres étaient éclairées.

Est-ce qu'il avait le courage ?...

Non ! Il avait surtout sommeil !

— Ils ont le téléphone, n'est-ce pas ?

— Oui, monsieur le commissaire ! Voulez-vous que
j'appelle ?

Brave petite bonniche en bonnet blanc, qui faisait
penser à une souris trottant dans la pièce !

— Monsieur... J'ai une de ces dames à l'appareil...

Maigret prit le récepteur.

— Allô !... Ici, le commissaire... Oui !... Je n'ai pas
pu aller vous voir... L'enterrement est à sept heures,
demain matin... Comment ?... Non ! Pas ce soir... J'ai
du travail... Bonsoir, madame...

Ça devait être la vieille. Et sans doute courait-elle,
affolée, annoncer la nouvelle à sa fille. Puis toutes les
deux discutaient pour savoir ce qu'elles avaient à faire.

La patronne de l'*Hôtel Bacon* était entrée dans la
pièce, souriante, mielleuse.

— Est-ce que la bouillabaisse vous a plu ?... Je l'ai
fait faire exprès pour vous, étant donné que...

La bouillabaisse ? Maigret cherchait dans ses sou-
venirs.

— Ah oui ! Excellente ! Fameuse ! s'empressa-t-il
de dire avec un sourire poli.

Mais il ne s'en souvenait pas. C'était noyé dans
l'ombre des choses inutiles, pêle-mêle avec Boutigues,
l'autobus, le garage...

En fait de détails culinaires, il n'y en avait qu'un qui surnageât : le gigot de chez Jaja... Avec de la salade fleurant l'ail...

Pardon ! il y en avait un autre : l'odeur sucrée du porto qu'il n'avait pas bu, au *Provençal*, et qui se mariait avec l'odeur tout aussi fade du cosmétique de Brown fils.

— Vous me ferez monter une bouteille de Vittel ! dit-il en s'engageant dans l'escalier.

5

L'enterrement de William Brown

Le soleil était déjà capiteux et si, dans les rues de la ville, tous les volets étaient clos, les trottoirs déserts, la vie du marché, elle, avait commencé. Une vie légère, nonchalante de gens qui se lèvent tôt et qui ont du temps devant eux, l'emploient à criailler en italien et en français plutôt qu'à s'agiter.

Or, la mairie dresse sa façade jaune et son double perron au beau milieu du marché. La morgue est en sous-sol.

C'est là, à sept heures moins dix, qu'un corbillard s'arrêta, tout noir, saugrenu, au milieu des fleurs et des légumes. Maigret arriva presque en même temps et vit accourir Boutigues qui, à peine levé de dix minutes, avait omis de boutonner son gilet.

— Nous avons le temps de boire quelque chose... Il n'y a encore personne...

Et il poussait la porte d'un petit bar, commandait du rhum.

— Vous savez que ça a été très compliqué... Le fils n'avait pas pensé à nous dire le prix qu'il voulait mettre pour le cercueil... Hier soir, je lui ai téléphoné... Il m'a répondu que ça lui était égal, mais qu'il fallait de la

bonne qualité… Or, il n'y avait plus un seul cercueil en
chêne massif à Antibes… On en a apporté un de
Cannes, à onze heures du soir… Alors, j'ai pensé à la
cérémonie… Est-ce qu'il fallait passer par l'église, oui
ou non ?… J'ai retéléphoné au *Provençal* où on m'a dit
que Brown était couché… J'ai fait pour le mieux…
Regardez !…

Il désigna à cent mètres de là, sur la place du
marché, le portail tendu de noir d'une église.

Maigret préféra ne rien dire, mais le fils Brown lui
donnait plutôt l'impression d'un protestant que d'un
catholique.

Le bar, à l'angle d'une petite rue, avait une porte sur
chaque façade. Au moment où Maigret et Boutigues
sortaient d'un côté, un homme entrait de l'autre, et le
commissaire croisa son regard.

C'était Joseph, le garçon de café de Cannes, qui se
demanda s'il devait saluer ou non et qui se décida pour
un geste vague.

Maigret supposa que Joseph avait amené Jaja et
Sylvie à Antibes. Il ne se trompait pas. Elles marchaient devant lui, se dirigeant vers le corbillard. Jaja
était essoufflée. Et l'autre, qui semblait avoir peur
d'arriver trop tard, l'entraînait.

Sylvie portait son petit tailleur bleu qui lui donnait
un air de jeune fille comme il faut. Quant à Jaja, elle
s'était déshabituée de marcher. Peut-être aussi avait-
elle les pieds sensibles, ou les jambes enflées. Elle était
vêtue de soie noire très brillante.

N'avaient-elles pas dû se lever toutes les deux vers
cinq heures et demie du matin pour prendre le premier
autocar ? Un événement unique, sans doute, au *Liberty
Bar* !

Boutigues questionnait :

— Qui est-ce ?

— Je ne sais pas… fit vaguement Maigret.

Mais, au même moment, les deux femmes s'arrêtaient, se retournaient, car elles étaient arrivées près du
corbillard. Et, comme Jaja apercevait le commissaire,
elle se précipita vers lui.

— Nous ne sommes pas en retard ?… Où est-il ?…

Sylvie avait les yeux cernés et toujours cette même
réserve hostile à l'égard de Maigret.

— Joseph vous a accompagnées ?

Elle fut sur le point de mentir.

— Qui vous a dit ça ?

Boutigues se tenait à l'écart. Maigret apercevait un
taxi qui, ne pouvant traverser la foule du marché,
s'arrêtait à un coin de rue.

Les deux femmes qui en sortirent firent sensation,
car elles étaient en grand deuil, avec voile de crêpe touchant presque le sol.

C'était inattendu, dans ce soleil, dans ce bourdonne-
ment de vie joyeuse. Maigret murmura à Jaja :

— Vous permettez…

Boutigues était inquiet. Il demandait au croque-
mort, qui voulait aller chercher le cercueil, de patienter
un peu.

— Nous ne sommes pas en retard ?… demandait la
vieille. C'est ce taxi qui ne venait pas nous prendre…

Et, tout de suite, son regard repérait Jaja et Sylvie.

— Qui est-ce ?

— Je ne sais pas.

— Je suppose qu'elles ne vont pas se mêler à…

Encore un taxi, dont la portière s'ouvrit avant l'arrêt
complet et dont descendit un Harry Brown impeccable,

tout en noir, les cheveux blonds bien peignés, le teint frais. Son secrétaire, en noir aussi, l'accompagnait, portant une couronne de fleurs naturelles.

Au même moment Maigret remarqua que Sylvie avait disparu. Il la retrouva au milieu du marché, près des corbeilles d'un fleuriste et, quand elle revint, elle portait un énorme bouquet de violettes de Nice.

Est-ce ce qui donna aux deux femmes en deuil l'idée de s'éloigner à leur tour ? On devinait qu'elles discutaient en s'approchant du marchand. La vieille compta des pièces de monnaie et la jeune choisit des mimosas.

Cependant Brown s'était arrêté à quelques mètres du char funèbre, se contentant d'esquisser un salut à l'adresse de Maigret et de Boutigues.

— Il vaudrait mieux le prévenir de ce que j'ai arrangé pour l'absoute... soupira celui-ci.

La partie du marché la plus proche avait ralenti son rythme et les gens suivaient le spectacle des yeux. Mais, à vingt mètres déjà, c'était le bruissement habituel, les cris, les rires et toutes ces fleurs, ces fruits, ces légumes dans le soleil, et l'odeur d'ail, de mimosa.

Quatre employés portaient le cercueil qui était énorme, garni d'une profusion d'ornements de bronze. Boutigues revenait.

— Je crois que ça lui est égal. Il a haussé les épaules...

La foule s'écartait. Les chevaux se mettaient en marche. Harry Brown, tout raide, le chapeau à la main, s'avançait en regardant la pointe de ses souliers vernis.

Les quatre femmes hésitèrent. Il y eut des regards échangés. Puis, comme la foule se refermait, elles se trouvèrent sans le vouloir sur un seul rang, juste derrière le fils Brown et son secrétaire.

L'église, dont les portes étaient larges ouvertes, était rigoureusement vide, d'une fraîcheur qui ravissait.

Brown attendit au haut du perron qu'on eût retiré la bière du corbillard. Il avait l'habitude des cérémonies. Cela ne le gênait pas d'être le point de mire de tous les regards.

Mieux, il examinait tranquillement les quatre femmes, sans curiosité exagérée.

Les ordres avaient été donnés trop tard. On s'apercevait au dernier moment qu'on avait oublié de prévenir l'organiste. Le curé appela Boutigues, lui parla bas et quand l'inspecteur revint de la sacristie il annonça, navré, à Maigret :

— Il n'y aura pas de musique… Il faudrait attendre au moins un quart d'heure… Et encore ! l'organiste doit être au maquereau…

Quelques personnes entraient dans l'église, jetaient un coup d'œil et s'en allaient. Et Brown, toujours debout, toujours raide, regardait autour de lui avec la même curiosité paisible.

Ce fut une absoute rapide, sans orgues, sans chantre. Le goupillon éparpilla de l'eau bénite. Et aussitôt après, les quatre porteurs emmenèrent le cercueil.

Il faisait déjà tiède dehors. On passa devant la vitrine d'un coiffeur dont le commis en blouse blanche levait les volets. Un homme se rasait devant sa fenêtre ouverte. Et les gens qui allaient à leur travail se retournaient, étonnés, sur ce petit cortège de rien du tout dont l'escorte dérisoire ne s'harmonisait pas avec le somptueux corbillard de première classe.

Les deux femmes de Cannes et les deux femmes d'Antibes étaient toujours sur un rang, mais un mètre les séparait. Un taxi vide suivait. Boutigues, qui endossait la responsabilité de la cérémonie, était nerveux.

— Vous croyez qu'il n'y aura pas de scandale ?

Il n'y en eut pas. Le cimetière, avec toutes ses fleurs, était aussi gai que le marché. On y retrouva, près d'une fosse béante, le prêtre et l'enfant de chœur qu'on n'avait pas vus arriver.

Harry Brown fut invité à jeter la première pelletée de terre. Puis il y eut une hésitation. La vieille femme en deuil poussa sa fille, la suivit.

Brown, à grands pas, avait déjà regagné le taxi vide qui attendait à la porte du cimetière.

Hésitation, à nouveau. Maigret se tenait à l'écart, avec Boutigues. Jaja et Sylvie n'osaient pas s'en aller sans lui dire au revoir. Seulement les femmes en deuil les devançaient. Gina Martini pleurait, roulait son mouchoir en boule, sous le voile.

Sa mère questionnait, soupçonneuse :

— C'était son fils, n'est-ce pas ?... Je suppose qu'il va vouloir venir à la villa ?...

— C'est possible ! Je ne sais pas...

— Nous vous verrons aujourd'hui ?

Mais elle ne regardait que Jaja et Sylvie. Elles seules l'intéressaient.

— D'où sortent-elles ?... On n'aurait pas dû permettre à des créatures pareilles...

Des oiseaux chantaient dans tous les arbres. Les fossoyeurs lançaient la terre à un rythme régulier et, à mesure que la fosse se comblait, le bruit était plus mou. Ils avaient déposé la couronne et les deux bouquets sur la tombe voisine, en attendant. Et Sylvie restait tournée de ce côté, le regard fixe, les lèvres pâles.

Jaja s'impatientait. Elle attendait le départ des deux autres pour parler à Maigret. Elle s'épongeait, car elle avait chaud. Et elle devait avoir de la peine à tenir debout.

— Oui… J'irai vous voir tout à l'heure…

Les voiles noirs s'éloignaient vers la sortie. Jaja s'approchait avec un grand soupir de soulagement.

— Ce sont elles ?… Il était vraiment marié ?

Sylvie restait en arrière, regardait toujours la fosse presque comblée.

Et Boutigues s'énervait à son tour. Il n'osait pas venir écouter la conversation.

— C'est le fils qui a payé le cercueil ?

On sentait que Jaja n'était pas à son aise.

— Un drôle d'enterrement ! dit-elle. Je ne sais pas pourquoi, mais je ne me l'étais pas imaginé comme ça… Je n'aurais même pas pu pleurer…

C'est maintenant que l'émotion lui venait. Elle regardait le cimetière et elle était en proie à un malaise vague.

— Ce n'était même pas triste !… On aurait dit…

— On aurait dit quoi ?

— Je ne sais pas… Comme si ce n'était pas un véritable enterrement…

Et elle étouffa un sanglot, s'essuya les yeux, se tourna vers Sylvie.

— Viens… Joseph nous attend…

Le gardien du cimetière, sur son seuil, était occupé à dépecer un congre.

— Qu'est-ce que vous en pensez, vous ?

Boutigues était soucieux. Lui aussi sentait confusément qu'il y avait quelque chose qui n'allait pas. Maigret allumait sa pipe.

— Je pense que William Brown a été assassiné ! répliqua-t-il.

— Évidemment !

Et ils déambulaient dans les rues, où déjà les vélums étaient tendus au-dessus des vitrines. Le coiffeur du matin lisait son journal, assis devant sa porte. Place Macé on aperçut les deux femmes de Cannes et Joseph qui attendaient l'autobus.

— On prend quelque chose à la terrasse ? proposa Boutigues.

Maigret accepta. Il était envahi par une paresse presque accablante. Des images multiples se succédaient sur sa rétine, se confondaient, et il n'essayait même pas d'y mettre de l'ordre.

À la terrasse du *Glacier*, par exemple, il fermait à demi les yeux. Le soleil cuisait ses paupières. Les cils croisés formaient une grille d'ombre derrière laquelle les gens et les choses prenaient un aspect féerique.

Il voyait Joseph qui aidait la grosse Jaja à se hisser sur l'autocar. Puis un petit monsieur tout en blanc, coiffé d'un casque colonial, passait lentement, traînant un chien chow-chow à la langue violette.

D'autres images se mêlaient à la réalité : William Brown, au volant de sa vieille auto, conduisant ses deux femmes de boutique en boutique, avec parfois un simple pyjama sous son pardessus et les joues non rasées.

À cette heure-ci, le fils, de retour au *Provençal*, dans un appartement de style, devait dicter des câbles, répondre au téléphone, aller et venir à grands pas secs et réguliers.

— C'est une affaire étrange ! soupira Boutigues, qui n'aimait pas le silence, en décroisant les jambes et en les croisant en sens inverse. C'est dommage qu'on ait oublié de prévenir l'organiste !

— Oui ! William Brown a été assassiné...

C'était pour lui-même que Maigret répétait ça, pour se convaincre que, malgré tout, il y avait un drame.

Son faux col le serrait. Il avait le front moite. Il regardait avec gourmandise le gros glaçon qui flottait dans son verre.

— Brown a été assassiné... Il est parti de la villa, comme il le faisait chaque mois, pour se rendre à Cannes. Il a laissé son auto au garage. Il est allé chercher dans quelque banque ou chez un homme d'affaires la mensualité que lui assurait son fils. Puis il a passé quelques jours au *Liberty Bar*.

Quelques jours de chaude paresse semblable à celle qui accablait Maigret. Quelques jours en pantoufles, à traîner d'une chaise à l'autre, à manger et à boire avec Jaja, à regarder aller et venir Sylvie demi-nue...

— Le vendredi, à deux heures, il s'en va... À cinq heures, il reprend sa voiture et, un quart d'heure plus tard, il échoue, blessé à mort, sur le perron de la villa où ses femmes le croient ivre et l'invectivent de la fenêtre... Il a environ deux mille francs sur lui, comme d'habitude...

Maigret n'a pas parlé. Tout cela, il l'a pensé, en regardant les passants défiler derrière la grille de ses cils.

Et c'est Boutigues qui murmure :

— Je me demande qui pouvait avoir intérêt à sa mort !

Voilà bien la question dangereuse. Ses deux femmes ? Est-ce qu'elles n'ont pas intérêt, au contraire, à ce qu'il vive le plus longtemps possible puisque, sur les deux mille francs qu'il rapporte chaque mois, elles parviennent à faire des économies ?

Celles de Cannes ? Elles perdront un de leurs rares clients, qui nourrissait toute la maisonnée pendant huit jours chaque mois et qui payait des bas de soie à l'une, des notes d'électricité ou de gaz à l'autre…

Non ! d'intérêt matériel, il n'y a que Harry Brown à en avoir puisque, son père mort, il ne devra plus lui verser sa mensualité de cinq mille francs.

Mais que sont ces cinq mille francs pour une famille qui vend de la laine par cargos entiers ?

Et voilà Boutigues qui soupire :

— Je finirai par croire, comme les gens d'ici, qu'il s'agit d'une affaire d'espionnage…

— Garçon ! remettez-nous ça ! dit Maigret.

Il le regrette aussitôt. Il veut donner contrordre, n'ose pas !

Il n'ose pas par crainte d'avouer sa faiblesse. Et il se souviendra par la suite de cette heure-là, de la terrasse du *Café Glacier*, de la place Macé…

Car c'est un de ses rares moments de faiblesse ! De faiblesse absolue ! L'air est tiède. Une petite fille vend des mimosas au coin de la rue et elle a les pieds nus, les jambes hâlées.

Une grosse torpédo grise, aux accessoires nickelés, passe sans bruit, emportant vers la plage trois jeunes femmes en pyjama d'été et un jeune homme aux petites moustaches de jeune premier.

Cela sent les vacances. La veille aussi, le port de Cannes, au soleil couchant, sentait les vacances, surtout l'*Ardena* dont le propriétaire faisait la roue devant des jeunes filles aux formes savoureuses.

Maigret est habillé de noir, ainsi qu'il l'était toujours à Paris. Il a son chapeau melon, qui n'a rien à faire ici.

Une affiche annonce en lettres bleues, juste devant lui :

Casino de Juan-les-Pins
Grand Gala de la pluie d'or

Et la glace fond doucement dans le verre couleur d'opale.

Des vacances ! Regarder le fond moiré de l'eau, penché sur le bord d'une barque peinte en vert ou en orange... Faire la sieste sous un pin parasol en écoutant bourdonner les grosses mouches...

Mais surtout ne pas s'inquiéter d'un monsieur qu'on ne connaît pas et qui a reçu par hasard un coup de couteau dans le dos !

Ni de ces femmes que Maigret ignorait la veille et dont les figures le hantent, comme si c'était lui qui avait couché avec elles !

Sale métier ! L'air sent le bitume qui fond. Boutigues a piqué un nouvel œillet rouge au revers de son veston gris clair.

William Brown ?... Eh bien ! il est enterré... Qu'est-ce qu'il veut de plus ?... Est-ce que Maigret y est pour quelque chose ?... Est-ce que c'est lui qui a possédé un des plus grands yachts d'Europe ?... Est-ce que c'est lui qui s'est acoquiné avec les deux Martini, la vieille au visage plâtré et la jeune aux formes

callipyges ?… Est-ce que c'est lui qui s'enfonçait béatement dans la paresse crapuleuse du *Liberty Bar* ?…

Il y a de petites bouffées tièdes qui vous caressent les
joues… Les gens qui passent sont en vacances… Tout
le monde est en vacances, ici !… La vie a l'air d'une
vacance !…

Même Boutigues, qui ne peut pas se taire et qui
murmure :

— Au fond, je suis bien content qu'on ne m'ait pas
laissé la responsabilité de…

Alors Maigret cesse de regarder le monde à travers
ses cils. Il tourne vers son compagnon un visage un peu
congestionné par la chaleur et par la somnolence. Ses
prunelles apparaissent brouillées, mais il ne faut que
quelques secondes pour qu'elles reprennent leur
netteté.

— C'est vrai ! dit-il en se levant. Garçon !
Combien ?…

— Laissez ça.

— Jamais de la vie.

Il jette des coupures sur la table.

Oui, c'est une heure dont il se souviendra, parce
que, franchement, il a été tenté de ne pas s'en faire, de
laisser aller les choses, comme les autres, en prenant le
temps comme il vient.

Et le temps est radieux !

— Vous partez ?… Vous avez une idée de derrière
la tête ?

Non ! Sa tête est trop pleine de soleil, de langueurs.
Il n'a pas le moindre petit bout d'idée. Et, comme il ne
veut pas mentir, il murmure :

— William Brown a été assassiné !

À part lui, il pense :

— Qu'est-ce que ça peut leur f… !

Parbleu ! À toutes ces gens qui se chauffent au soleil comme des lézards et qui assisteront ce soir au *Gala de la pluie d'or*.

— Je vais travailler ! dit-il.

Il serre la main de Boutigues. Il s'éloigne. Il s'arrête pour laisser passer une auto de trois cent mille francs dans laquelle il n'y a, au volant, qu'une jeune fille de dix-huit ans qui fronce les sourcils en regardant devant elle.

— Brown a été assassiné… continue-t-il à se répéter.

Il commence à ne plus sous-estimer le Midi. Il tourne le dos au *Café Glacier*. Et, pour ne pas retomber dans la tentation, il se dicte, comme à un sous-ordre :

— Découvrir l'emploi du temps de Brown, vendredi, de deux heures à cinq heures de l'après-midi…

Donc, il faut aller à Cannes ! Et prendre l'autocar !

Il l'attend, les mains dans les poches, la pipe aux dents, l'air grognon, sous un réverbère.

6

Le compagnon honteux

Des heures durant, à Cannes, Maigret se livra à un morne travail que l'on confie d'habitude à des inspecteurs. Mais il avait besoin de s'agiter, de se donner l'illusion de l'action.

À la police des mœurs, on connaissait Sylvie, qui figurait sur les registres.

— Je n'ai jamais eu d'ennuis avec elle ! dit le brigadier qui s'occupait de son quartier. Elle est tranquille. Elle passe à peu près régulièrement la visite...

— Et le *Liberty Bar* ?

— On vous en a parlé ? Une drôle de boîte, qui nous a intrigués longtemps et qui continue à intriguer bien des gens ! Au point que presque tous les mois nous recevons une lettre anonyme à son sujet. D'abord, on a soupçonné la grosse Jaja de vendre des stupéfiants. Elle a été mise sous surveillance. Je peux vous affirmer que ce n'est pas vrai... D'autres ont insinué que l'arrière-boutique servait de lieu de réunion à des gens de mœurs spéciales...

— Je sais que c'est faux ! fit Maigret.

— Oui... C'est plus rigolo que tout ça... La mère Jaja attire de vieux types qui n'ont plus envie de rien, que de se soûler en sa compagnie. D'ailleurs, elle a une petite rente, car son mari est mort accidentellement…

— Je sais !

Dans un autre bureau, Maigret se renseigna sur Joseph.

— On le tient à l'œil, parce que c'est un habitué des courses, mais on n'a jamais rien relevé contre lui.

Résultats nuls sur toute la ligne. Les mains dans les poches, Maigret se mit alors à parcourir la ville, avec un air obstiné qui proclamait sa mauvaise humeur.

Il commença par visiter les palaces, où il se fit remettre le livre des voyageurs. Entre-temps, il déjeuna dans un restaurant proche de la gare et à trois heures de l'après-midi il savait que Harry Brown n'avait dormi à Cannes ni pendant la nuit du mardi au mercredi, ni pendant celle du mercredi au jeudi.

C'était dérisoire. S'agiter pour s'agiter !

— Le fils Brown peut être venu de Marseille en auto et être reparti le jour même…

Maigret retourna à la police des mœurs où il prit la photographie de Sylvie que possédait le service. Il avait déjà en poche celle de William Brown, qu'il avait emportée de la villa.

Et il se plongea dans une nouvelle atmosphère : les petits hôtels, surtout ceux qui entourent le port, où l'on peut louer des chambres non seulement à la nuit mais à l'heure.

Les tenanciers devinaient dès l'abord qu'il était de la police. Ce sont des gens qui craignent celle-ci par-dessus tout.

— Attendez, que je demande à la femme de chambre…

Et c'étaient des dégringolades dans des escaliers sombres, toute une cour des miracles que le commissaire découvrait.

— Ce gros-là ?... Non ! je ne me souviens pas de l'avoir vu ici...

C'était la photographie de William Brown que Maigret montrait la première. Puis il exhibait celle de Sylvie.

On la connaissait presque partout.

— Elle est déjà venue... Mais il y a quelque temps...

— La nuit ?

— Oh, non ! quand elle vient avec quelqu'un, c'est toujours « pour un moment »...

Hôtel Bellevue... Hôtel du Port... Hôtel Bristol... Hôtel d'Auvergne...

Et il y en avait encore, la plupart dans des petites rues, la plupart aussi discrets, ne se signalant au passage que par une plaque de marmorite flanquant un corridor béant : *Eau courante. Prix modérés...*

Parfois Maigret montait d'un échelon, trouvait un tapis sur les marches d'escalier... D'autres fois, il rencontrait dans le couloir un couple furtif qui détournait la tête...

Et en sortant il revoyait le port où quelques voiliers de course de six mètres, série internationale, étaient tirés à terre.

Des matelots les peignaient avec soin, tandis que stationnaient çà et là des groupes de curieux.

— Pas d'histoires ! lui avait-on dit à Paris.

Eh bien ! si cela continuait, on serait servi ! Il n'y aurait pas d'histoire du tout, pour la bonne raison que Maigret ne trouverait rien !

Il fumait pipe sur pipe, en bourrant une alors que l'autre n'était pas encore éteinte, car il en avait toujours deux ou trois dans les poches.

Et il prenait le pays en grippe, enrageait parce qu'une femme s'obstinait à lui vendre des coquillages et parce qu'un gamin, qui courait, pieds nus, se jetait dans ses jambes puis le regardait en éclatant de rire.

— Vous connaissez cet homme ?

Il montrait pour la vingtième fois la photographie de William Brown.

— Il n'est jamais venu ici.

— Et cette femme ?

— Sylvie ?... Elle est là-haut...

— Seule ?

L'hôtelier haussa les épaules, cria dans l'escalier :

— Albert !... Descends un instant...

C'était un valet de chambre crasseux, qui regarda le commissaire de travers.

— Sylvie est toujours là-haut ?

— Au 7...

— Ils ont commandé à boire ?

— Rien du tout !

— Alors, ils n'en ont pas pour longtemps ! dit le patron à Maigret. Si vous voulez lui parler, vous n'avez qu'à attendre...

Cela s'appelait l'*Hôtel Beauséjour* et c'était dans une rue parallèle au port, juste en face d'une boulangerie.

Est-ce que Maigret avait envie de revoir Sylvie ? Est-ce qu'il avait une ou des questions à lui poser ?

Il n'en savait rien lui-même. Il était fatigué. Toute son attitude, par protestation, avait quelque chose de menaçant, comme s'il eût été sur le point d'en finir.

Il n'allait pas attendre devant l'hôtel, car la boulangère d'en face le regardait avec ironie, à travers sa vitrine.

Est-ce que Sylvie avait tant d'amateurs que parfois l'un d'eux dût attendre son tour en bas ? C'était cela ! Et Maigret était furieux qu'on le prît pour un client de la fille.

Il gagna le coin de la rue, avec l'idée de faire, pour passer le temps, le tour du pâté de maisons. Comme il arrivait sur le quai, il se retourna sur un taxi qui stationnait au bord du trottoir et dont le chauffeur faisait les cent pas.

Il ne put préciser tout de suite ce qui le frappait. Il dut se retourner deux fois. Ce n'était pas tant l'auto que l'homme qui lui rappelait quelque chose et soudain son image s'associa au souvenir de l'enterrement du matin.

— Vous êtes d'Antibes, n'est-ce pas ?

— De Juan-les-Pins !

— C'est bien vous qui, ce matin, avez suivi un enterrement jusqu'au cimetière…

— Oui ! Pourquoi ?

— Est-ce le même client que vous avez amené ici ?

Le chauffeur regardait son interlocuteur des pieds à la tête sans trop savoir ce qu'il devait répondre.

— Pourquoi me demandez-vous cela ?

— Police… Alors ?…

— C'est le même… Depuis hier à midi, il m'a pris à la journée.

— Où est-il en ce moment ?

— Je ne sais pas… Il est parti par là…

Et le chauffeur désignait une rue, questionnait avec une soudaine inquiétude :

— Dites donc ! vous n'allez pas l'arrêter avant qu'il m'ait payé ?

Maigret en oubliait de fumer. Il resta un bon moment immobile, à fixer le capot démodé du taxi, puis soudain, frôlé par l'idée que le couple aurait peut-être quitté l'hôtel, il se précipita vers le *Beauséjour*.

La boulangère le vit arriver, interpella son mari qui était au fond de la boutique et qui approcha de la vitre un visage enfariné.

Tant pis ! Maintenant, Maigret s'en moquait.

— Chambre 7…

En regardant la façade, il essayait de deviner laquelle des fenêtres aux rideaux clos correspondait à la chambre 7. Il n'osait pas encore se réjouir.

Et pourtant… Non ! ce n'était pas une coïncidence… C'était la première fois, au contraire, que deux éléments de cette affaire s'enchaînaient…

Sylvie et Harry Brown se retrouvant dans un garni du port !…

Vingt fois il eut le temps de parcourir les cent mètres le séparant du coin du quai. Vingt fois il revit le taxi à la même place. Quant au chauffeur, il était venu se camper au bout de la rue de façon à surveiller lui-même son client…

Enfin la porte vitrée du fond du couloir s'ouvrit. Sylvie, qui marchait vite, déboucha sur le trottoir et faillit se heurter à Maigret.

— Bonjour ! lui lança-t-il.

Elle s'immobilisa. Jamais encore il ne l'avait vue aussi pâle. Et, quand elle ouvrit la bouche, il n'en sortit aucun son.

— Votre compagnon se rhabille ?

Elle tournait la tête en tous sens comme une girouette. Sa main lâcha le sac que Maigret ramassa. Elle le lui arracha littéralement comme si elle eût craint par-dessus tout de le lui voir ouvrir.

— Un instant !

— Pardon... On m'attend... Marchons, voulez-vous ?...

— Justement, je ne veux pas marcher... Surtout dans cette direction...

Elle était plus émouvante que jolie, à cause des grands yeux qui lui rongeaient tout le visage. On la sentait en proie à une nervosité douloureuse, à une angoisse qui lui coupait le souffle.

— Qu'est-ce que vous me voulez ?

Est-ce qu'elle n'était pas sur le point de s'enfuir en courant ? Pour l'en empêcher, Maigret lui prit la main qu'il garda dans la sienne, dans un geste qui, pour les boulangers d'en face, pouvait passer pour un geste d'affection.

— Harry est toujours là ?

— Je ne comprends pas...

— Eh bien ! nous allons l'attendre ensemble... Attention, petit !... Pas de bêtises... Laissez ce sac en paix...

Car Maigret l'avait repris. À travers l'étoffe soyeuse, il croyait reconnaître la consistance d'une liasse de billets de banque.

— Pas de scandale !... Il y a des gens qui nous regardent...

Et des passants ! Ils devaient croire que Maigret et Sylvie débattaient une simple question de tarif.

— Je vous en supplie...

— Non !

Et, plus bas :

— Si vous n'êtes pas tranquille, je vous passe les menottes !

Elle le regarda avec des prunelles encore agrandies par l'effroi puis, découragée ou matée, elle baissa la tête.

— Harry n'a pas l'air pressé de descendre…

Elle ne dit rien, ne tenta pas de nier, de le détromper.

— Vous le connaissiez déjà ?

Ils étaient en plein soleil. Sylvie avait le visage humide.

Elle semblait chercher désespérément une inspiration qu'elle ne trouvait pas.

— Écoutez…

— J'écoute !

Mais non ! Elle changeait d'avis ! Elle ne disait plus rien. Elle se mordait cruellement la lèvre.

— Joseph vous attend quelque part ?

— Joseph ?

C'était de l'affolement, de la panique. Et voilà que maintenant on entendait des pas dans l'escalier de l'hôtel. Sylvie tremblait, n'osait pas regarder vers le couloir noyé d'ombre.

Les pas se rapprochaient, sonnaient sur les dalles. La porte vitrée s'ouvrait, se refermait, et il y avait soudain un temps d'arrêt.

Harry Brown, qu'on ne distinguait pas dans la pénombre et qui avait vu le couple ! Ce fut bref. Il se remit en marche. Il paya de culot. Il passa, sans une hésitation, le corps droit, en adressant un bref salut à Maigret.

Celui-ci tenait toujours le poignet inerte de Sylvie. Pour rejoindre Brown, qu'on ne voyait plus que de dos, il fallait lâcher celle-ci.

Une scène ridicule à jouer sous les fenêtres de la boulangère !...

— Venez avec moi ! dit-il à sa compagne.

— Vous m'arrêtez ?

— Ne vous inquiétez pas de ça...

Il devait téléphoner tout de suite. Il ne voulait à aucun prix livrer Sylvie à elle-même. Il y avait des cafés dans les environs. Il entra dans l'un d'eux et entraîna la jeune femme avec lui dans la cabine.

Quelques instants plus tard, il avait l'inspecteur Boutigues au bout du fil.

— Courez à l'*Hôtel Provençal*. Priez poliment mais fermement Harry Brown de ne pas quitter Antibes avant mon arrivée. Au besoin, empêchez-le de sortir...

Et Sylvie écoutait, effondrée. Elle n'avait plus de ressort, plus la moindre velléité de révolte.

— Qu'est-ce que vous buvez ? lui demanda-t-il, revenu à sa table.

— Cela m'est égal.

Il surveillait surtout le sac à main. Le garçon les observait, sentant qu'il se passait quelque chose d'anormal. Et, comme une fillette qui allait de table en table venait offrir un bouquet de violettes, Maigret le prit, le tendit à sa compagne, fouilla ses poches avec un air ennuyé et, au moment où on s'y attendait le moins, prit le sac.

— Vous permettez ?... Je n'ai pas de monnaie...

Cela s'était fait si vite, d'une façon si naturelle, qu'elle n'eut pas le temps de protester. À peine une crispation passagère des doigts sur la poignée du sac.

La petite fille attendait sagement en choisissant un autre bouquet dans sa corbeille. Maigret sous une grosse liasse de billets de mille francs cherchait de la menue monnaie.

— Maintenant, allons !... dit-il en se levant.

Il était nerveux aussi. Il avait hâte d'être ailleurs, de n'avoir plus de regards curieux braqués sur lui.

— Si nous allions dire bonsoir à cette brave maman Jaja ?

Sylvie suivait docilement. Elle était matée. Et rien ne les distingua des autres couples qui passaient, sinon que c'était Maigret qui tenait précieusement le sac de sa compagne.

— Passez la première !

Elle pénétra dans le bar en descendant une marche, se dirigea vers la porte vitrée du fond. On apercevait, derrière le rideau de tulle, le dos d'un homme qui se leva vivement à l'arrivée du couple.

C'était Yan, le steward suédois, qui devint rouge jusqu'aux oreilles en reconnaissant Maigret.

— Encore vous ?... Eh bien ! mon ami, vous me feriez plaisir en allant vous promener...

Jaja ne comprenait pas. Le visage de Sylvie lui disait clairement qu'il se passait quelque chose d'anormal. Et elle ne demandait pas mieux que de voir disparaître le marin.

— Tu viens demain, Yan ?

— Je ne sais pas...

Sa casquette à la main, il ne savait comment s'en aller, troublé qu'il était par le regard lourd du commissaire.

— Oui… Ça va… Au revoir… lui dit celui-ci avec impatience, en ouvrant et en refermant la porte pour livrer passage au steward.

Il donna un tour de clef, d'un geste brusque. Il dit à Sylvie :

— Tu peux retirer ton chapeau.

Jaja risquait d'une voix timide :

— Vous vous êtes rencontrés…

— Justement ! Nous nous sommes rencontrés.

Elle n'osait même pas offrir à boire, tant elle sentait d'orage dans l'air. Par contenance, elle ramassa un journal qui traînait par terre, le replia, puis alla surveiller quelque chose sur son fourneau.

Maigret bourrait une pipe, tout doucement. Il s'approchait du fourneau à son tour et, roulant un morceau de journal, l'allumait dans le foyer.

Sylvie restait debout près de la table. Elle avait enlevé son chapeau et l'avait posé devant elle.

Alors, Maigret s'assit, ouvrit le sac, commença à compter les billets de banque qu'il aligna parmi les verres sales.

— Dix-huit… dix-neuf… vingt… Vingt mille francs !…

Jaja s'était retournée d'une seule pièce et regardait les billets avec ahurissement. Puis elle regardait Sylvie, puis le commissaire. Elle faisait un violent effort pour comprendre.

— Qu'est-ce que… ?

— Oh ! rien d'extraordinaire ! grommela Maigret. Sylvie a déniché un amoureux plus généreux que les autres, voilà tout ! Et savez-vous comment il s'appelle ? Harry Brown…

Il était installé comme chez lui, les coudes sur la table, la pipe aux dents, son chapeau melon renversé sur la nuque.

— Vingt mille francs pour « un petit moment », comme ils disent à l'*Hôtel Beauséjour*…

Par contenance, Jaja essuyait à son tablier ses mains boudinées. Elle n'osait plus rien dire. Elle était sidérée.

Et Sylvie, exsangue, les traits tirés, ne regardait personne, ne regardait que le vide devant elle, s'attendant désormais aux pires coups du sort.

— Tu peux t'asseoir ! lança Maigret.

Elle obéit machinalement.

— Toi aussi, Jaja… Attends… Donne d'abord des verres propres…

Sylvie était juste à la même place que la veille, quand elle mangeait, le peignoir entrouvert, les seins nus à quelques centimètres de son assiette.

Jaja posait une bouteille et des verres sur la table, s'asseyait tout au bord de sa chaise.

— Et maintenant, mes enfants, j'attends…

La fumée de sa pipe montait lentement vers le soupirail qui était bleuté, car le soleil ne l'atteignait plus. Jaja regardait Sylvie…

Et celle-ci ne regardait toujours rien, ne disait rien, absente ou butée.

— J'attends…

Il aurait pu répéter ça cent fois, et attendre dix ans ! Jaja fut seule à soupirer en écrasant son menton sur la poitrine :

— Mon Dieu !… Si je m'attendais…

Quant à Maigret, il pouvait à peine se contenir. Il se levait. Il marchait de long en large. Il grommelait :

— Il faudra bien que…

Cette statue le mettait en rage. Une fois, deux fois, trois fois, il passa près de Sylvie toujours figée.

— J'ai le temps... Mais...

À la quatrième fois, il n'y tint plus. Ce fut machinal. Sa main saisit l'épaule de la jeune femme et il ne se rendit pas compte de la puissance de l'étreinte.

Elle leva un bras qu'elle tint devant son visage, comme une petite fille qui craint d'être battue.

— Eh bien ?...

Elle céda, sous la douleur. Elle cria, tout en éclatant en sanglots :

— Brute !... Sale brute !... Je ne dirai rien... Rien !... Rien !...

Jaja en était malade. Maigret, le front têtu, se laissait tomber sur sa chaise. Et Sylvie continuait à pleurer sans se cacher la figure, sans s'essuyer les yeux, à pleurer de rage plutôt que de douleur.

— ... Rien !... lâchait-elle encore machinalement entre deux sanglots.

La porte du bar s'ouvrait, ce qui n'arrivait pas deux fois par jour ; un client s'accoudait au comptoir de zinc, tournait la manivelle de la machine à sous.

7

La consigne

Maigret se leva avec impatience et, pour éviter il ne savait quelle manœuvre des deux femmes – le client pouvait être, par exemple, un émissaire de Joseph ! –, il préféra pénétrer lui-même dans le bar.

— Qu'est-ce que vous voulez ?

L'autre fut si désemparé que, malgré sa mauvaise humeur, le commissaire faillit éclater de rire. C'était un bonhomme terne, entre deux âges, aux poils gris, qui avait dû raser les murs pour arriver jusque-là en faisant des rêves d'un érotisme échevelé. Or, c'était Maigret qui surgissait, bourru, derrière le comptoir !

— Un bock… balbutia-t-il en lâchant la manette de l'appareil à sous.

Derrière les rideaux, le commissaire voyait les deux femmes se rapprocher l'une de l'autre. Jaja questionnait. Sylvie répondait avec lassitude.

— Il n'y a pas de bière !

Du moins, Maigret n'en apercevait-il pas à portée de sa main !

— Alors, ce que vous voudrez… Un porto…

On lui versa un liquide quelconque, dans le premier verre venu, et il ne fit qu'y tremper les lèvres.

— Combien ?

— Deux francs !

Maigret regardait tour à tour la ruelle encore chaude de soleil, le petit bar d'en face où il devinait des silhouettes mouvantes, l'arrière-boutique où Jaja reprenait sa place.

Le client s'en allait en se demandant dans quelle maison il était tombé et Maigret regagnait la seconde pièce, prenait place sur sa chaise à califourchon.

L'attitude de Jaja avait quelque peu changé. Tout à l'heure, elle était surtout inquiète et on devinait qu'elle ne savait que penser. Maintenant, son inquiétude était précise. Elle réfléchissait en regardant Sylvie, avec à la fois de la pitié et une pointe de rancune. Elle semblait dire : « C'est malin de s'être mise dans une situation pareille ! Et cela ne va pas être simple, maintenant, de s'en tirer ! »

Elle risqua à voix haute :

— Vous savez, monsieur le commissaire... les hommes sont si étranges...

La conviction manquait. Elle le sentait. Sylvie aussi, qui haussa les épaules.

— Il l'a vue ce matin à l'enterrement et il en aura eu envie... Il est si riche que...

Maigret soupira, alluma une nouvelle pipe et laissa son regard errer vers le soupirail.

L'atmosphère était lugubre. Jaja se décidait au silence par crainte d'empirer les choses. Sylvie ne pleurait pas, ne bougeait plus, attendait on ne savait quoi.

Il n'y avait que le petit réveille-matin à poursuivre sa vie laborieuse et à pousser sur le cadran blême les aiguilles noires qui semblaient trop lourdes pour lui.

— Tic tac, tic tac, tic tac...

À certains moments, c'était un véritable vacarme. Un chat blanc, dans la cour, vint s'asseoir juste devant le soupirail.

— Tic tac, tic tac, tic tac…

Jaja, qui n'était pas faite pour le drame, se leva et alla prendre une bouteille d'alcool dans l'armoire. Comme si rien n'était, elle en remplit trois verres, en poussa un devant Maigret, l'autre devant Sylvie, mais sans mot dire.

Les vingt mille francs étaient toujours sur la table, à côté du sac à main.

— Tic tac, tic…

Cela dura une heure et demie ! Une heure et demie de silence, avec seulement les soupirs de Jaja qui buvait et dont les yeux devenaient luisants.

Parfois des gamins jouaient et criaient dans la ruelle. D'autres fois, on entendait la sonnerie obstinée d'un tramway lointain. La porte du bar s'ouvrit. Un Arabe passa la tête dans l'entrebâillement, cria :

— Cacahuètes ?

Il attendit un moment et, ne recevant pas de réponse, referma la porte et disparut.

Il était six heures quand la porte s'ouvrit à nouveau et cette fois il y eut dans l'arrière-boutique comme une vibration qui annonçait que c'était l'événement attendu. Jaja faillit se lever pour courir vers le bar, mais un regard de Maigret la retint. Sylvie, pour marquer son indifférence, détourna la tête.

La seconde porte s'ouvrait. Joseph entrait, voyait d'abord le dos de Maigret, puis la table, les verres, la bouteille, le sac à main ouvert, les billets.

Le commissaire se retournait lentement et le nouveau venu, immobile, se contenta de grommeler :

— Merde !

— Fermez la porte... Asseyez-vous...

Le garçon de café ferma la porte, mais ne s'assit pas. Il avait les sourcils froncés, l'air contrarié, mais il ne perdait pas son sang-froid. Au contraire ! Il le reprenait. Il s'approchait de Jaja et l'embrassait au front.

— Bonjour...

Puis il en faisait autant avec Sylvie, qui ne leva pas la tête.

— Qu'est-ce qu'il y a ?...

Dès ce moment-là, Maigret comprit qu'il tenait le mauvais bout. Mais, comme toujours en pareil cas, il s'obstina d'autant plus qu'il sentait qu'il s'enferrait davantage.

— D'où venez-vous ?

— Devinez !

Et il tira un portefeuille de sa poche, y chercha un petit carnet qu'il tendit à Maigret. C'était un carnet d'identité, du modèle qu'on délivre aux étrangers résidant en France.

— J'étais en retard... Je suis allé le renouveler à la Préfecture...

Le carnet portait en effet la date du jour, le nom : *Joseph Ambrosini, né à Milan, exerçant la profession d'employé d'hôtel.*

— Vous n'avez pas rencontré Harry Brown ?

— Moi ?

— Et vous ne l'avez pas rencontré une première fois mardi ou mercredi dernier ?

Joseph le regardait en souriant, avec l'air de dire : « Qu'est-ce que vous racontez ? »

— Dites donc, Ambrosini ! Je suppose que vous avouez que vous êtes l'amant de Sylvie...

— C'est à voir ce que vous entendez par là... Il m'est arrivé, mon Dieu...

— Mais non ! Mais non ! Vous êtes ce que l'on appelle par euphémisme son protecteur...

Pauvre Jaja ! Elle n'avait jamais été aussi malheureuse de sa vie. L'alcool qu'elle avait bu devait déformer sa vision des choses. De temps en temps, elle ouvrait la bouche pour intervenir en conciliatrice et on devinait qu'elle avait envie de dire : « Allons, mes enfants ! Mettez-vous d'accord ! Est-ce que c'est vraiment la peine de se donner tout ce mal ? On va trinquer ensemble et... »

Quant à Joseph, il était évident que ce n'était pas son premier match avec la police. Il était sur ses gardes. Son sang-froid était parfait, sans ostentation.

— Vos renseignements sont faux...

— Si bien que vous ignorez ce que représentent ces vingt mille francs ?

— Je suppose que Sylvie les a gagnés... Elle est assez belle fille pour...

— Suffit !

Il était à nouveau debout. Il arpentait la petite pièce. Sylvie regardait à ses pieds. Joseph, lui, ne baissait pas les yeux.

— Tu prendras bien un petit verre ! lui dit Jaja pour qui c'était l'occasion de se verser à boire.

Et Maigret hésitait à se décider. Il s'arrêta un long moment devant le réveille-matin qui marquait six heures et quart. Quand il se retourna, ce fut pour articuler :

— Eh bien ! vous allez me suivre tous les deux... Je vous arrête !...

Ambrosini ne tressaillit même pas, se contenta de murmurer avec un rien d'ironie :

— Comme vous voudrez !

Le commissaire mettait les vingt billets de mille francs dans sa poche, tendait à Sylvie son chapeau et son sac.

— Est-ce que je vous passe les menottes ou bien me donnez-vous votre parole de…

— On ne vous faussera pas compagnie, allez !

Jaja sanglotait dans les bras de Sylvie. Celle-ci essayait de se débarrasser de cette étreinte. Et on eut toutes les peines du monde à empêcher la grosse femme de suivre le groupe dans la rue.

Les lampes s'allumaient. C'était à nouveau l'heure molle. On passa près de la rue où se dressait l'*Hôtel Beauséjour*. Mais Joseph n'eut pas un regard dans cette direction.

À la police, l'équipe de jour s'en allait. Le secrétaire se hâtait de faire signer les pièces au commissaire.

— Vous m'enfermerez ces deux personnages séparément… Je viendrai sans doute les voir demain…

Sylvie s'était assise sur le banc, au fond du bureau. Joseph roulait une cigarette qu'un agent en uniforme lui arracha des mains.

Et Maigret s'en alla sans rien dire, se retourna une fois encore vers Sylvie qui ne le regardait pas, haussa les épaules et grogna :

— Tant pis !

Calé sur une banquette de l'autocar, il ne remarqua même pas que celui-ci était bondé et qu'une vieille dame restait debout à côté de lui. Tourné vers la vitre, suivant du regard les phares des autos qui défilaient, il fumait rageusement et la vieille dame dut se pencher, murmurer :

— Pardon, monsieur...

Il eut l'air de sortir d'un rêve. Il se leva précipitamment, ne sut où jeter ses cendres brûlantes, donna un tel spectacle de désarroi qu'un jeune couple, derrière lui, pouffa de rire.

À sept heures et demie, il poussait la porte tournante du *Provençal*, trouvait l'inspecteur Boutigues installé dans un fauteuil du hall où il conversait avec le gérant.

— Eh bien ?

— Il est là-haut... répliqua Boutigues, qui paraissait troublé.

— Vous lui avez dit...

— Oui... Il ne s'est pas étonné... Je m'attendais à des protestations...

Le gérant attendait le moment de poser une question mais, dès qu'il ouvrit la bouche, Maigret se hâta vers l'ascenseur.

— Je vous attends ? lui cria Boutigues.

— Si vous voulez...

Il connaissait si bien l'état d'esprit dans lequel il se trouvait depuis deux ou trois heures ! Et il enrageait, comme il enrageait toujours dans ces cas-là ! Ce qui ne l'empêchait pas d'être incapable de réagir...

La sensation confuse de la gaffe... Cette sensation, il l'avait depuis sa rencontre avec Sylvie, à la porte de l'hôtel...

Et pourtant quelque chose le poussait à aller de l'avant !

Pis encore ! Il fonçait d'autant plus fougueusement qu'il voulait se persuader à lui-même qu'il avait raison !

L'ascenseur montait, dans un glissement d'acier bien graissé. Et Maigret se répétait la consigne reçue :

— Surtout, pas d'histoires !

C'était pour cela qu'il était à Antibes ! Pour éviter les histoires, le scandale !

À d'autres moments, il serait entré dans l'appartement de Brown sans sa pipe. Il l'alluma exprès. Il frappa. Il entra aussitôt. Et il se trouva dans la même atmosphère exactement que la veille :

Brown qui allait et venait, impeccable, en donnant des ordres à son secrétaire, en répondant au téléphone et en achevant de dicter un câble pour Sydney.

— Vous permettez un instant ?

Pas trace d'anxiété ! Cet homme-là était à son aise dans toutes les circonstances de la vie ! Est-ce qu'il avait bronché, le matin, alors qu'il conduisait le deuil de son père dans des conditions si extraordinaires ? Est-ce que la présence des quatre femmes l'avait démonté le moins du monde ?

Et l'après-midi, au sortir de l'hôtel borgne, il ne s'était pas troublé ! Il n'avait pas eu une seconde d'hésitation !

Il continuait à dicter. En même temps, il posait une boîte de cigares sur le guéridon qui était en face de Maigret, pressait le timbre électrique.

— Vous emporterez le téléphone dans ma chambre, James.

Et, au maître d'hôtel qui se présentait :

— Un whisky !

Quelle part y avait-il de pose et quelle part de naturel dans cette attitude ?

— Affaire d'éducation ! songeait Maigret. Il a dû être élevé à Oxford ou à Cambridge...

Et c'était une vieille rancune d'élève de Stanislas ! Une rancune mêlée d'admiration !

— Vous emporterez votre machine, mademoiselle.

Eh bien, non ! Brown voyait la dactylo embarrassée de son bloc-notes et de ses crayons. Et il prenait lui-même la lourde machine à écrire, la transportait dans la chambre voisine, fermait la porte à clef.

Puis il attendait que le maître d'hôtel eût apporté le whisky, désignait Maigret à qui on servait l'alcool.

Quand ils furent en tête à tête, seulement, il tira son portefeuille de sa poche, y prit une feuille de papier timbré sur laquelle il jeta un coup d'œil avant de la tendre au commissaire.

— Lisez... Vous comprenez l'anglais ?...

— Assez mal.

— C'est le papier que j'ai acheté vingt mille francs, cet après-midi, à l'*Hôtel Beauséjour*.

Il s'assit. Ce geste était comme une détente.

— Je dois d'abord vous expliquer quelques petites choses... Vous connaissez l'Australie ?... C'est dommage... Mon père, avant son mariage, possédait une très grande propriété... Grande comme un département français... Après son mariage, il était le plus gros éleveur de moutons australien, parce que ma mère avait apporté en dot une propriété presque aussi importante...

Harry Brown parlait lentement, s'ingéniait à ne pas prononcer de paroles inutiles, à être clair.

— Vous êtes protestant ? questionna Maigret.

— Toute la famille. Et celle de ma mère aussi !

Il allait reprendre. Maigret l'interrompit.

— Votre père n'a pas fait ses études en Europe,
n'est-ce pas ?

— Non ! Ce n'était pas encore la mode... Il est
venu seulement après son mariage... Cinq ans après,
quand il avait déjà trois enfants...

Tant pis si Maigret se trompait ! Dans son esprit, il
mettait tout cela en images. Il traçait à grands traits une
maison immense, mais sévère, au milieu des terres. Et
des gens graves ressemblant à des pasteurs presby-
tériens.

William Brown qui prenait la succession de son
père, se mariait, faisait des enfants et ne s'occupait que
de ses affaires...

— Un jour il a dû venir en Europe, à cause d'un
procès...

— Tout seul ?

— Il est venu tout seul !

C'était tellement simple ! Paris ! Londres ! Berlin !
La Côte d'Azur ! Et Brown qui s'apercevait qu'avec sa
fortune colossale il était, dans un monde brillant, plein
de séductions, quelque chose comme un roi !

— Et il n'est pas retourné là-bas ! soupira Maigret.

— Non ! Il a voulu...

Le procès traînait. Les gens avec qui l'éleveur de
moutons était en rapport le conduisaient dans les
endroits où l'on s'amuse. Il entrait en relation avec des
femmes.

— Pendant deux ans, il remettait sans cesse son
retour...

— Qui le remplaçait là-bas à la tête de ses affaires ?

— Ma mère... Et le frère de ma mère... On a reçu des lettres de gens du pays disant que...

Cela suffisait ! Maigret était plus que renseigné ! Brown qui n'avait jamais connu que ses terres, ses moutons, ses voisins et des pasteurs faisait une bombe effrénée, s'offrait tous les plaisirs insoupçonnés jusque-là...

Il remettait son retour à plus tard... Il faisait traîner le procès... Le procès fini, il trouvait de nouvelles excuses pour rester...

Il avait acheté un yacht... Il faisait partie des quelques douzaines de personnages qui peuvent tout s'acheter, tout se permettre...

— Votre mère et votre oncle sont parvenus à le placer sous conseil judiciaire ?

Aux antipodes, on se défendait ! On obtenait des jugements ! Et un beau matin, à Nice ou à Monte-Carlo, William Brown se réveillait avec, pour toute fortune, une pension alimentaire !

— Longtemps, il a continué à faire des dettes et nous avons payé... dit Harry.

— Puis vous n'avez plus payé ?

— Pardon ! J'ai continué à verser une pension de cinq mille francs par mois...

Maigret sentait que ce n'était pas encore net. Il ressentait un vague malaise qu'il traduisit par une question brusque :

— Qu'est-ce que vous êtes venu proposer à votre père, quelques jours avant sa mort ?

C'était en vain qu'il épiait son interlocuteur. Brown ne se troublait pas, répondait avec son habituelle simplicité :

— Malgré tout, il avait encore des droits, n'est-ce pas ?... Depuis quinze ans, il faisait opposition au jugement... C'est un grand procès là-bas... Cinq avocats travaillent seulement pour cela... Et, en attendant, on vit sous un régime provisoire qui empêche de réaliser de grosses opérations...

— Un instant... D'un côté, votre père, tout seul, vivant en France et représenté en Australie par des gens de loi qui défendent ses intérêts.

— Des gens de loi qui ont une mauvaise réputation...

— Évidemment !... Dans l'autre camp, votre mère, votre oncle, vos deux frères et vous...

— Yes !... Je veux dire oui !...

— Et qu'est-ce que vous offriez à votre père pour disparaître complètement de la circulation ?

— Un million !

— Autrement dit, il y gagnait, puisque vous lui versiez une pension inférieure à l'intérêt de cette somme, bien placée... Pourquoi refusait-il ?...

— Pour nous faire enrager !

Harry dit cela très gentiment. Il ne savait sans doute pas que ce mot était quelque peu incongru dans sa bouche.

— C'était une idée fixe... Il ne voulait pas nous laisser en paix...

— Donc, il a refusé...

— Oui ! Et il m'a annoncé qu'il s'arrangerait pour que, même après sa mort, les ennuis continuent...

— Quels ennuis ?

— Le procès ! Là-bas, cela nous fait beaucoup de tort...

Est-ce qu'il y avait encore besoin d'explications ? Il suffisait d'évoquer le *Liberty Bar*, Jaja, Sylvie à demi nue, William qui apportait des provisions… Ou la villa et les deux Martini, la jeune et la vieille, et la bagnole dans laquelle on les conduisait au marché…

Puis de regarder Harry Brown, qui représentait l'élément ennemi, l'ordre, la vertu, le droit, avec ses cheveux bien lissés, son complet correct, son sang-froid, sa politesse un peu distante, ses secrétaires…

— Pour nous faire enrager !…

La figure de William devenait plus vivante ! Longtemps pareil à son fils, à tous ceux de *là-bas*, il avait rompu avec l'ordre, la vertu, la bonne éducation…

Il était devenu l'ennemi, qu'on avait rayé purement et simplement des cadres de la famille…

Il s'obstinait, parbleu ! Il savait bien qu'il n'aurait pas gain de cause ! Il savait bien que désormais il était le maudit !…

Mais il les ferait enrager !…

N'était-il pas capable de n'importe quoi pour cela ?… Les faire enrager, sa femme, son beau-frère, ses enfants qui le reniaient, qui continuaient à travailler pour gagner de l'argent, toujours plus d'argent…

— Lui mort, n'est-ce pas, expliquait posément Harry, le procès s'éteignait et tous les ennuis, toutes ces histoires scandaleuses qui font la joie des mauvaises gens de chez nous…

— Évidemment !

— Alors, il a rédigé un testament… Il ne peut pas déshériter sa femme et ses enfants… Mais il peut disposer d'une partie de sa fortune… Savez-vous au profit de qui il l'a fait ?… De quatre femmes…

Maigret faillit éclater de rire. En tout cas, il ne put s'empêcher de sourire en imaginant les deux Martini, la mère et la fille, puis Jaja et Sylvie arrivant en Australie pour défendre leurs droits...

— C'est ce testament que vous avez à la main ?...

Il était long, établi dans toutes les règles, par-devant notaire.

— C'est à cela que mon père faisait allusion en disant que, même après sa mort, les histoires continueraient...

— Vous en connaissiez les termes ?

— Ce matin encore, je ne savais rien... Quand je suis rentré au *Provençal*, après l'enterrement, un homme m'attendait...

— Un nommé Joseph ?

— Une sorte de garçon de café... Il m'en a montré une copie... Il m'a dit que si je voulais lui racheter l'original, je n'avais qu'à me rendre dans un hôtel de Cannes et apporter vingt mille francs... Cette sorte de gens n'a pas l'habitude de mentir...

Maigret avait pris une attitude sévère.

— Autrement dit, vous étiez disposé à détruire un testament ! Il y a même commencement d'exécution...

Brown ne se troubla pas plus que précédemment.

— Je sais ce que je fais ! dit-il avec calme. Et je sais ce que sont ces femmes...

Il se leva, regarda le verre plein de Maigret.

— Vous ne buvez pas ?

— Merci !

— N'importe quel tribunal comprendra que...

— Que le groupe de *là-bas* doit gagner...

Qu'est-ce qui avait poussé Maigret à dire cela ? Le vertige de la gaffe ?

Harry Brown ne broncha pas, articula en se dirigeant vers la porte de sa chambre où cliquetait la machine à écrire :

— Le document n'est pas détruit… Je vous le laisse… Je reste ici jusqu'à ce que…

La porte était déjà ouverte et le secrétaire annonçait :

— C'est Londres qui…

Il avait l'appareil téléphonique à la main. Brown le saisit, commença à parler anglais avec volubilité.

Maigret en profita pour s'en aller, avec le testament. Il pressa en vain le bouton d'appel de l'ascenseur, finit par s'engager dans l'escalier en se répétant :

— Surtout, pas d'histoires !

En bas, l'inspecteur Boutigues prenait le porto en compagnie du gérant. De beaux grands verres à dégustation, en cristal taillé. Et la bouteille à portée de la main !

8

Les quatre héritières

Boutigues sautillait au côté de Maigret et ils n'avaient pas parcouru vingt mètres que l'inspecteur annonçait :

— Je viens de faire une découverte !... Le directeur, que je connais depuis longtemps, surveille l'*Hôtel du Cap*, au Cap Ferrat, qui appartient à la même société...

Ils venaient de quitter le *Provençal*. Devant eux, la mer n'était, dans la nuit, qu'une mare d'encre d'où ne s'élevait même pas un frémissement.

À droite, les lumières de Cannes. À gauche, celles de Nice. Et la main de Boutigues désignait l'obscurité, au-delà de ces lucioles.

— Vous connaissez le Cap Ferrat ?... Entre Nice et Monte-Carlo...

Maigret savait. Maintenant, il avait à peu près compris la Côte d'Azur : un long boulevard partant de Cannes et finissant à Menton, un boulevard de soixante kilomètres, avec des villas et par-ci par-là un casino, quelques palaces...

La fameuse mer bleue... La montagne... Et toutes les douceurs promises par les prospectus : les orangers, les mimosas, le soleil, les palmiers, les pins parasols, les tennis, les golfs, les salons de thé et les bars américains...

— La découverte ?

— Eh bien ! Harry Brown a une maîtresse sur la Côte ! Le directeur l'a aperçu plusieurs fois au Cap Ferrat, où il lui rend visite... Une femme d'une trentaine d'années, veuve ou divorcée, très comme il faut, paraît-il, qu'il a installée dans une villa...

Est-ce que Maigret écoutait ? Il regardait le prestigieux panorama nocturne d'un air grognon. Boutigues poursuivait :

— Il va la voir environ une fois par mois... Et c'est la fable de l'*Hôtel du Cap*, parce que Brown y joue toute une comédie afin de cacher sa liaison... Au point que, quand il découche, il rentre par l'escalier de service et feint de n'être pas sorti de la nuit...

— C'est rigolo ! dit Maigret, avec si peu de conviction que l'inspecteur en fut tout déconfit.

— Vous ne le faites plus surveiller ?

— Non... oui...

— Vous irez voir la dame en question au Cap Ferrat ?

Maigret n'en savait rien ! Il ne pouvait penser à trente-six choses à la fois et pour l'instant il ne pensait pas à Harry Brown, mais à William. Place Macé, il serra négligemment la main de son compagnon, sauta dans un taxi.

— Suivez la route du Cap d'Antibes... Je vous arrêterai...

Et il se répéta, tout seul dans le fond de la voiture :

— William Brown a été assassiné !

La petite grille, l'allée de gravier, puis la cloche, une lampe électrique s'allumant au-dessus de la porte, des pas dans le hall, l'huis entrouvert...

— C'est vous ! soupira Gina Martini en reconnaissant le commissaire et en s'effaçant pour le laisser entrer.

On entendait une voix d'homme dans le salon.

— Venez... je vais vous expliquer...

L'homme était debout, un carnet à la main, et la vieille femme avait la moitié du corps engagée dans une armoire.

— M. Petitfils... Nous lui avons demandé de venir pour...

M. Petitfils était maigre, avec de longues moustaches tristes, des yeux fatigués.

— C'est le directeur de la principale agence de location de villas... Nous l'avons appelé pour prendre conseil et...

Toujours l'odeur de musc. Les deux femmes avaient retiré leurs vêtements de deuil et portaient des peignoirs d'intérieur, des savates.

Tout cela était désordonné. Est-ce que la lumière était moins forte que d'habitude ? On avait une impression de grisaille. La vieille femme sortait de son armoire, saluait Maigret, expliquait :

— Depuis que j'ai vu ces deux femmes à l'enterrement, je ne suis pas tranquille... Alors je me suis adressée à M. Petitfils pour lui demander son avis... Il pense comme moi qu'il faut dresser un inventaire...

— Un inventaire de quoi ?

— Des objets qui nous appartiennent et de ceux qui appartenaient à William... Nous travaillons depuis deux heures de l'après-midi...

Cela se voyait ! Il y avait des piles de linge sur les tables, des objets disparates par terre, des livres entassés, du linge encore dans des corbeilles...

Et M. Petitfils prenait des notes, dessinait des croix à côté de la désignation des objets.

Qu'est-ce que Maigret était venu faire là ? Ce n'était déjà plus la villa de Brown. Inutile d'y chercher son souvenir. On vidait les armoires, les tiroirs, on entassait tout, on triait, on classait.

— Quant au poêle, il m'a toujours appartenu, disait la vieille. Je l'avais déjà il y a vingt ans, dans mon logement de Toulouse.

— Vous ne voulez pas prendre quelque chose, commissaire ? questionnait Gina.

Il y avait un verre sale : celui de l'homme d'affaires. Il fumait, tout en prenant des notes, un cigare de Brown.

— Merci... Je voulais seulement vous dire...

Leur dire quoi ?

— ... que j'espère, demain, mettre la main sur l'assassin...

— Déjà ?

Cela ne les intéressait pas. Par contre, la vieille questionnait :

— Vous avez dû voir le fils, n'est-ce pas ?... Qu'est-ce qu'il dit ?... Qu'est-ce qu'il compte faire ?... Est-ce qu'il a l'intention de venir tout nous prendre ?...

— Je ne sais pas... Je ne le pense pas...

— Ce serait honteux ! Des gens aussi riches ! Mais ce sont justement ceux-là qui...

La vieille souffrait vraiment ! L'inquiétude lui était une torture ! Elle regardait toutes les vieilleries qui l'entouraient avec une peur atroce de les perdre.

Et Maigret avait la main sur son portefeuille ! Il lui suffirait de l'ouvrir, d'en tirer une petite feuille de papier, de la montrer aux deux femmes…

Est-ce que, du coup, elles ne danseraient pas d'allégresse ? Est-ce que même, la joie, trop forte, ne tuerait pas la mère ?

Des millions et des millions ! Des millions qu'elles ne tiendraient pas encore, certes, qu'il leur faudrait aller conquérir en Australie, à grand renfort de procès !

Mais elles iraient ! Il croyait les voir s'embarquer, descendre du paquebot, là-bas, avec des airs dignes !

Ce ne serait plus un M. Petitfils qu'elles auraient comme homme d'affaires, mais des notaires, des avoués, des avocats…

— Je vous laisse travailler… Je viendrai vous voir demain…

Il avait toujours son taxi à la porte. Il s'y installa sans donner d'adresse et le chauffeur attendit, tenant la portière entrouverte.

— À Cannes… dit enfin Maigret.

Et c'étaient toujours les mêmes pensées qui lui revenaient.

— Brown a été assassiné !

— Pas d'histoires !

Sacré Brown ! Si la blessure eût été à la poitrine, on eût pu croire qu'il s'était tué pour faire enrager le monde. Mais on ne se poignarde pas soi-même par-derrière, que diable !

Ce n'était plus lui qui intriguait Maigret ! Le commissaire avait l'impression de le connaître aussi bien que s'il eût été son ami de toujours.

D'abord William en Australie... Un garçon riche, bien élevé, un peu timide, vivant chez ses parents, se mariant quand il en avait l'âge avec une personne convenable, lui faisant des enfants...

Ce Brown-là ressemblait assez au fils Brown... Il avait peut-être parfois du vague à l'âme, des désirs troubles, mais il devait les mettre sur le compte d'une mauvaise santé passagère et se purger.

Le même William en Europe... Les digues qui cédaient soudain... Il ne pouvait plus se contenir... Tout l'affolait, toutes les possibilités qui s'offraient à lui...

Et il devenait un familier de ce boulevard qui s'étend de Cannes à Menton... Yacht à Cannes... Parties de baccara à Nice... Et tout !... Et une paresse incommensurable à l'idée de retourner *là-bas*...

— Le mois prochain...

Et le mois suivant c'était la même chose !

Alors, on lui coupait les vivres. Le beau-frère veillait ! Tous les Brown, et les tenants et aboutissants des Brown se défendaient !

Lui était incapable de quitter son boulevard, la molle atmosphère de la Côte, son indulgence, sa facilité...

Plus de yacht. Une petite villa...

Dans le domaine des femmes, il descendait aussi de quelques degrés, en arrivait à Gina Martini...

Un dégoût... Un besoin de désordre, de veulerie... La villa du Cap d'Antibes étant encore trop bourgeoise...

Il dénichait le *Liberty Bar*... Jaja... Sylvie...

Et il continuait le procès, là-bas, contre tous les Brown restés sages, pour les faire enrager... Il s'assurait par un testament qu'ils enrageraient encore après sa mort...

Qu'il eût tort ou raison, cela ne regardait pas Maigret. Et pourtant le commissaire ne pouvait s'empêcher de comparer le père au fils, à Harry Brown, correct, maître de lui, qui, lui, avait su faire la part des choses.

Harry n'aimait pas le désordre ! Harry avait quand même de troubles besoins.

Et il installait une maîtresse au Cap Ferrat... Une maîtresse comme il faut, sachant vivre, veuve ou divorcée, discrète...

Même à l'hôtel où il descendait on ne devait pas savoir qu'il avait découché !

Ordre... Désordre... Ordre... Désordre...

Maigret était l'arbitre, puisqu'il avait le fameux testament dans sa poche !

Il pouvait lâcher tout à l'heure quatre femmes dans la lice !

Quelque chose d'inouï, de haut en couleur que cette arrivée, *là-bas*, des quatre femmes de William Brown ! Jaja et ses pieds sensibles, ses chevilles enflées, ses seins fatigués... Sylvie qui, dans l'intimité, ne pouvait supporter qu'un peignoir sur son corps maigre...

Puis la vieille Martini et ses joues couvertes d'écailles de fard ! La jeune et son odeur de musc qui devenait comme une odeur *sui generis*.

On roulait le long du fameux boulevard. On apercevait les lumières de Cannes.

— Pas d'histoires !

Le taxi s'arrêtait en face des *Ambassadeurs* et le chauffeur questionnait :

— Où dois-je vous conduire ?

— Nulle part ! Ça va !

Maigret paya. Le casino était illuminé. Quelques voitures de maître arrivaient, car il était près de neuf heures du soir.

Et douze casinos s'illuminaient de même entre Cannes et Menton ! Et des centaines d'autos de luxe...

Maigret gagna à pied la ruelle où il constata que le *Liberty Bar* était fermé. Pas de lumière. Rien que la lueur d'un réverbère qui, à travers les vitres de la devanture, jetait une lueur trouble sur le zinc et sur la machine à sous.

Il frappa. Il fut étonné du vacarme que ses coups déclenchaient dans la ruelle. L'instant d'après une porte s'ouvrait derrière lui, celle du bar d'en face. Le garçon interpellait Maigret.

— C'est pour Jaja ?

— Oui.

— De la part de qui ?

— Du commissaire.

— Dans ce cas, j'ai une commission pour vous... Jaja reviendra dans quelques minutes... Elle m'a prié de vous dire de l'attendre... Si vous voulez entrer ici...

— Merci.

Il préférait faire les cent pas. Dans le bar d'en face, il y avait quelques clients qui marquaient plus ou moins mal. Une fenêtre s'ouvrit quelque part. Une femme, qui avait entendu du bruit, questionna timidement :

— C'est toi, Jean ?

— Non !

Et Maigret, en arpentant la ruelle de long en large, se répétait :

— Avant tout, il faut savoir qui a tué William !

Dix heures... Jaja qui n'arrivait pas... Chaque fois qu'il entendait des pas, Maigret tressaillait, espérait que son attente était finie... Mais ce n'était pas elle...

Pour horizon, cinquante mètres d'une ruelle mal pavée, large de deux mètres ; la vitrine éclairée d'un bar ; l'autre bar stagnant dans l'ombre...

Et de vieilles maisons mal d'aplomb, des fenêtres qui n'étaient même plus rectangulaires !

Maigret entra dans le bar d'en face.

— Elle ne vous a pas dit où elle allait ?

— Non ! Vous ne voulez pas prendre quelque chose ?

Et les consommateurs, à qui on avait dit qui il était, le regardaient des pieds à la tête !

— Merci !

Il marchait à nouveau, jusqu'au coin de la rue, frontière entre le monde honteux et les quais bien éclairés, animés d'une vie normale.

Dix heures et demie... Onze heures... Le premier café du coin s'intitulait *Harry's Bar*. C'est de là que Maigret avait téléphoné l'après-midi en compagnie de Sylvie. Il entra, se dirigea vers la cabine.

— Vous me donnerez la permanence de police... Allô !... Police ?... Ici, commissaire Maigret... Les deux oiseaux que je vous ai remis tout à l'heure n'ont pas reçu de visite ?

— Oui... Une grosse femme...

— Qui a-t-elle vu ?

— D'abord la femme... Puis l'homme... Nous ne savions pas... Vous n'aviez pas laissé d'instructions...

— Il y a combien de temps de cela ?

— Une bonne heure et demie… Elle a apporté des cigarettes et des gâteaux…

Maigret raccrocha nerveusement. Puis, sans reprendre haleine, il demanda le *Provençal*.

— Allô !… Ici, police… Oui, le commissaire que vous avez vu tout à l'heure… Voulez-vous me dire si M. Harry Brown a reçu une visite.

— Il y a un quart d'heure… Une femme… Assez mal habillée…

— Où était-il ?

— Il dînait, dans la salle à manger… Il l'a fait monter dans sa chambre…

— Elle est partie ?

— Elle descendait au moment où vous avez sonné.

— Très grosse, n'est-ce pas ? Très vulgaire ?

— C'est cela.

— Elle avait un taxi ?

— Non… Elle est partie à pied…

Maigret raccrocha, s'assit dans le bar et commanda une choucroute et de la bière.

— Jaja a vu Sylvie et Joseph… On lui a donné une commission pour Harry Brown… Elle revient en autocar, si bien qu'elle en a pour une demi-heure…

Il mangea en lisant un journal qui traînait sur une table. On annonçait le suicide de deux amants, à Bandol. L'homme était marié, en Tchécoslovaquie.

— Vous prendrez un légume ?

— Merci ! Qu'est-ce que je vous dois ?… Attendez !… Encore un demi… brune…

Et cinq minutes plus tard il se promenait à nouveau dans la ruelle, à proximité de la vitrine sombre du *Liberty Bar*.

Le rideau devait être levé, au casino. Soirée de gala. Opéra. Danses. Souper. Dancing. Boule et baccara…

Et tout le long des soixante kilomètres ! Des centaines de femmes guettant les soupeurs. Des centaines de croupiers guettant les joueurs ! Et des centaines de gigolos, danseurs, garçons de café, guettant les femmes…

Des centaines encore d'hommes d'affaires, comme M. Petitfils, avec leur liste de villas à vendre ou à louer, guettant les hivernants…

De loin en loin, à Cannes, à Nice, à Monte-Carlo, un quartier plus mal éclairé que les autres, des ruelles, de drôles de bicoques, des ombres se faufilant le long des murs, des vieilles femmes et des jeunes, des machines à sous et des arrière-boutiques…

La lie…

Jaja n'arrivait pas ! Dix fois Maigret tressaillit en entendant des pas. À la fin, il n'osait plus passer devant le bar d'en face, dont le garçon le regardait avec ironie.

Pendant ce temps, il y avait des milliers, des dizaines de milliers de moutons qui broutaient l'herbe des Brown, sur les terrains des Brown, gardés par des valets des Brown… Des dizaines de milliers de moutons qu'on était peut-être en train de tondre – car aux antipodes il devait faire grand jour – pour charger des wagons de laine, puis des cargos de laine…

Et des marins, des officiers, des capitaines…

Et tous les bateaux qui s'en venaient vers l'Europe, les officiers qui vérifiaient les thermomètres (pour s'assurer que la température était favorable au chargement), et les courtiers, à Amsterdam, à Londres, à Liverpool, au Havre, qui discutaient des cours…

Et Harry Brown, au *Provençal*, qui recevait des câbles de ses frères, de son oncle, et qui envoyait des coups de téléphone à ses agents...

En lisant le journal, tout à l'heure, Maigret avait lu :

Le Commandeur des Croyants, chef de l'Islam, a marié sa fille au prince...

Et l'on ajoutait :

De grandes fêtes ont eu lieu aux Indes, en Perse, en Afghanistan, en...

Puis encore :

Un grand dîner a été donné à Nice, au Palais de la Méditerranée, où l'on remarquait...

La fille du grand prêtre qui se mariait à Nice... Une noce sur le boulevard de soixante et quelques kilomètres... Et là-bas, au diable, des centaines de milliers de gens qui...

Mais Jaja n'arrivait toujours pas ! Maigret connaissait tous les pavés, toutes les façades de la ruelle. Une petite fille aux cheveux en tresses faisait ses devoirs près d'une fenêtre.

Est-ce que l'autocar avait eu un accident ? Est-ce que Jaja devait aller ailleurs ? Est-ce qu'elle était en fuite ?

Derrière la vitre du bar, Maigret aperçut, en y collant le front, le chat qui se léchait les pattes.

Et toujours des réminiscences de journaux :

On mande de la Côte d'Azur que S. M. le roi de… est arrivée dans sa propriété du Cap Ferrat, accompagnée de…

On annonce de Nice l'arrestation de M. Grapho-poulos qui a été interpellé au moment où, dans une salle de baccara, il venait de gagner cinq cents et quelques mille francs en se servant d'un sabot truqué…

Puis une petite phrase :

Le sous-directeur de la police des jeux est compromis.

Parbleu ! Si un William Brown cédait, est-ce qu'un pauvre bougre à deux mille francs par mois était obligé d'être un héros ?

Maigret était furieux. Il en avait assez d'attendre ! Il en avait surtout assez de cette atmosphère qui jurait avec son tempérament.

Pourquoi l'avait-on envoyé ici avec une consigne aussi ridicule que :

— *Surtout, pas d'histoires !*

Pas d'histoires ?… Et s'il lui plaisait de sortir le testament, un vrai testament, irréfutable ?… Et d'envoyer les quatre femmes *là-bas* ?…

Des pas… Il ne se retourna même plus !… Quelques instants plus tard, une clef tournait dans une serrure, une voix malade soupirait :

— Vous étiez là ?

C'était Jaja. Une Jaja fatiguée, dont la main tremblait en tenant la clef. Une Jaja en grande tenue, manteau mauve et souliers rouge sang de bœuf.

— Entrez… Attendez… Je vais allumer…

Le chat ronronnait déjà en se frottant à ses jambes hydropiques. Elle cherchait le commutateur.

— Quand je pense à cette pauvre Sylvie...

Enfin ! Elle avait déclenché la lumière. On y voyait. Le garçon de café d'en face avait sa vilaine tête collée à ses vitres.

— Entrez, je vous en prie... Je n'en peux plus... Toutes ces émotions...

Et la porte de l'arrière-boutique s'ouvrait. Jaja marchait droit vers le feu qui était rouge, fermait à demi la clef, changeait une casserole de place.

— Asseyez-vous, monsieur le commissaire... Le temps de me déshabiller et je suis à vous...

Elle ne l'avait pas encore regardé en face. Le dos tourné à Maigret, elle répétait :

— Cette pauvre Sylvie...

Et elle gravissait l'escalier de l'entresol, continuait à parler tout en se déshabillant, la voix un peu plus haute :

— Une bonne petite fille... Si elle avait voulu. Mais ce sont toujours celles-là qui paient pour les autres... Je le lui avais bien dit...

Maigret s'était assis, devant la table où il y avait des restes de fromage, de pâté de tête, de sardines.

Il entendait, au-dessus de sa tête, le bruit des souliers que Jaja enlevait, des pantoufles qu'elle attirait vers elle.

Puis la gigue qu'elle dansait pour enlever son pantalon, sans s'asseoir.

9

Bavardages

— Avec toutes ces émotions-là, j'ai les pieds qui vont encore enfler...

Jaja avait cessé un moment d'aller et venir. Elle s'était assise. Et, chaussures enlevées, elle passait ses mains sur ses pieds endoloris, d'un geste machinal, tout en parlant.

Elle parlait fort, parce qu'elle imaginait Maigret en bas, et elle fut tout étonnée de le voir paraître au-dessus de l'escalier.

— Vous étiez là ?... Ne faites pas attention au désordre... Depuis qu'il se passe toutes ces choses...

Maigret aurait été bien en peine de dire pourquoi il était monté. Ou plutôt, tout en écoutant sa compagne, il avait pensé soudain qu'il ne connaissait pas encore l'entresol.

Maintenant, il s'était arrêté au sommet de l'escalier. Jaja continuait à se caresser les pieds et elle parlait toujours, avec une volubilité croissante.

— Est-ce que seulement j'ai dîné ?... Je ne crois pas... Ce que ça a pu me retourner de voir Sylvie là-bas...

Elle avait passé un peignoir, elle aussi, mais sur son linge, qui était d'un rose vif. Du linge très court, orné de dentelles, qui faisait contraste avec sa chair grasse et trop blanche.

Le lit n'était pas fait. Maigret pensa que si on le voyait à ce moment il ferait difficilement croire qu'il n'était là que pour causer.

Une chambre quelconque, moins pauvre qu'on aurait pu le penser. Un lit d'acajou, très bourgeois. Une table ronde. Une commode. Par contre, le seau de toilette était au milieu de la pièce et la table était encombrée de fards, de serviettes sales, de pots de crème.

Jaja soupirait en mettant enfin ses pantoufles.

— Je me demande comment tout cela finira !

— C'est ici que William dormait quand…

— Je n'ai que cette pièce, et les deux du bas…

Dans un coin, il y avait un divan au velours usé.

— Il couchait sur le divan ?

— Cela dépendait… Ou bien c'était moi…

— Et Sylvie ?

— Avec moi…

La chambre était si basse de plafond que Maigret touchait celui-ci de son chapeau. La fenêtre était étroite, ornée d'un rideau de velours vert. La lampe électrique n'avait pas d'abat-jour.

Il ne fallait pas un grand effort d'imagination pour évoquer la vie habituelle de cette pièce ; William et Jaja qui montaient, presque toujours ivres, puis Sylvie qui rentrait et se glissait près de la grosse femme…

Mais les réveils ?… Avec la lumière vive du dehors…

Jaja n'avait jamais été aussi bavarde. Elle parlait d'une voix dolente, comme si elle espérait se faire plaindre.

— Je parie que je vais tomber malade... Si ! je le sens... Comme il y a trois ans, quand des marins se sont battus juste en face de chez moi... Il y en avait un qui avait reçu un coup de rasoir et qui...

Elle était debout. Elle regardait autour d'elle, cherchant quelque chose, puis oubliant ce qu'elle cherchait.

— Vous avez mangé, vous ?... Venez !... On va prendre quelque chose...

Maigret la précédait dans l'escalier, la voyait se diriger vers le fourneau, y remettre du charbon, tourner une cuiller dans une casserole.

— Quand je suis seule, je n'ai pas le courage de cuisiner... Et quand je pense que Sylvie est en ce moment...

— Dites donc, Jaja !

— Quoi ?

— Qu'est-ce qu'elle vous a dit, Sylvie, cet après-midi, pendant que j'étais dans le bar à servir un client ?

— Ah oui !... Je lui demandais ce que c'était les vingt mille... Alors elle répondait qu'elle ne savait pas, que c'était une combine de Joseph...

— Et ce soir ?

— Quoi, ce soir ?

— Quand vous êtes allée la voir au poste...

— C'est toujours la même chose... Elle se demande ce que Joseph a bien pu fricoter...

— Il y a longtemps qu'elle est avec ce Joseph ?

— Elle est avec lui sans être avec lui... Ils ne vivent pas ensemble... Elle l'a rencontré quelque part, sans doute aux courses, en tout cas pas ici… Il lui a dit qu'il pouvait lui rendre des services, lui amener des clients… Évidemment, avec son métier !… C'est un garçon qui a de l'instruction, de l'éducation… N'empêche que je ne l'ai jamais aimé…

Dans une casserole, il y avait un reste de lentilles que Jaja versa dans une assiette.

— Vous en voulez ?… Non ?… Servez-vous à boire… Moi, je n'ai plus le courage de rien… Est-ce que la porte de devant est fermée ?…

Maigret s'était assis à califourchon, comme l'après-midi. Il la regardait manger. Il l'écoutait parler.

— Vous comprenez, ces gens-là, surtout ceux des casinos, ont des combinaisons trop compliquées pour nous… Et, dans l'histoire, c'est toujours la femme qui se fait prendre… Si Sylvie m'avait écoutée…

— De quelle mission Joseph vous a-t-il chargée, ce soir ?

Elle fut un moment à avoir l'air de ne pas comprendre, à rester la bouche pleine en regardant Maigret.

— Ah oui… Pour le fils…

— Qu'est-ce que vous êtes allée lui dire ?

— Qu'il s'arrange pour les faire relâcher, sinon…

— Sinon quoi ?

— Oh ! je sais bien que vous ne me laisserez pas tranquille… Mais vous reconnaîtrez que je n'ai jamais été méchante avec vous… Je fais tout ce que je peux, moi !… Je n'ai rien à cacher.

Il devina la cause de cette volubilité, de cette voix geignarde.

En chemin, Jaja s'était arrêtée dans quelques bistrots, pour se donner du courage !

— D'abord, c'est toujours moi qui ai retenu Sylvie, et qui l'ai empêchée de se mettre tout à fait avec Joseph... Puis, quand tout à l'heure j'ai compris qu'il y avait quelque chose...

— Eh bien ?

Ce fut plus comique que tragique. Tout en mangeant, elle se mit à pleurer ! Et c'était un spectacle grotesque que celui de cette grosse femme en peignoir mauve, devant son plat de lentilles, pleurnichant comme un gosse.

— Ne me bousculez pas... Laissez-moi penser !... Si vous croyez que je m'y retrouve... Tenez ! donnez-moi à boire...

— Tout à l'heure !

— Donnez-moi à boire et je dirai tout...

Il céda, lui versa un petit verre d'alcool.

— Qu'est-ce que vous voulez savoir ?... Qu'est-ce que je disais ?... J'ai vu les vingt mille francs... Est-ce que c'est William qui les avait dans sa poche ?...

Maigret devait faire un effort pour garder sa lucidité car, petit à petit, un décalage se faisait, peut-être en partie à cause de l'atmosphère, mais davantage à cause du discours de Jaja.

— William...

Il comprit soudain ! Jaja avait cru que les vingt mille francs avaient été volés à Brown au moment de l'assassinat !

— C'est ce que vous avez pensé tout à l'heure ?

— Je ne sais plus ce que j'ai pensé... Tenez ! voilà que je n'ai plus faim... Vous n'avez pas de cigarettes ?

— Je ne fume que la pipe.

— Il doit en rester quelque part... Sylvie en avait toujours...

Et elle cherchait en vain dans les tiroirs.

— Est-ce qu'on les met toujours en Alsace ?

— Qui ?... Quoi ?... De quoi parlez-vous ?...

— Des femmes... Comment cela s'appelle-t-il encore ?... La prison de... Cela commence par Hau... De mon temps...

— Quand vous étiez à Paris ?

— Oui... On ne parlait que de cela... Il paraît que c'est tellement sévère que les prisonnières essaient toutes de se suicider... Et j'ai encore lu il n'y a pas bien longtemps dans le journal qu'il y a même des condamnées de quatre-vingts ans... Il n'y a plus de cigarettes... Sylvie a dû les emporter...

— C'est elle qui a peur d'aller là-bas ?

— Sylvie ?... Je ne sais pas... J'ai pensé à cela dans l'autobus, en revenant... Il y avait une vieille femme devant moi et...

— Asseyez-vous...

— Oui... Il ne faut pas faire attention... Je n'en peux rien... Je ne suis bien nulle part... Qu'est-ce qu'on disait ?...

Et, avec une expression d'angoisse dans les yeux, elle se passait la main sur le front, faisait tomber sur sa joue une mèche de cheveux roussâtres.

— Je suis triste... Donnez-moi à boire, dites !...

— Quand vous m'aurez dit ce que vous savez...

— Mais je ne sais rien du tout !... Qu'est-ce que je saurais ?... J'ai d'abord vu Sylvie... Et encore ! le flic est resté à côté de moi, à écouter ce que nous disions... J'avais envie de pleurer... Sylvie m'a dit tout bas en m'embrassant que c'était la faute de Joseph...

— Puis vous avez vu celui-ci ?

— Oui... Je vous l'ai déjà dit... Il m'a envoyée à Antibes pour prévenir Brown que si...

Elle cherchait ses mots. On eût dit qu'elle avait de soudaines absences, à la façon de certains ivrognes. À ces moments-là elle regardait Maigret avec angoisse, comme si elle eût éprouvé le besoin de se raccrocher à lui.

— Je ne sais plus... Il ne faut pas me torturer... Je ne suis qu'une pauvre femme... J'ai toujours essayé de faire plaisir à tout le monde...

— Non ! Un instant...

Maigret lui reprenait des mains le verre qu'elle venait de saisir, car il prévoyait le moment où, ivre morte, elle s'endormirait.

— Harry Brown vous a reçue ?

— Non... Oui... Il m'a dit que, s'il me retrouvait sur son chemin, il me ferait mettre sous clef...

Et soudain, triomphante :

— Hossegor !... Non !... Hossegor, c'est autre chose... C'est dans un roman... Haguenau... Voilà !...

C'était le nom de la prison dont elle avait parlé auparavant.

— Il paraît qu'elles n'ont même pas le droit de parler... Est-ce que vous croyez que c'est vrai ?...

Jamais elle n'avait donné à Maigret une pareille impression d'inconstance. À ce point qu'à certains moments on pouvait se demander si elle ne retombait pas en enfance.

— Il est évident que, si Sylvie est complice, elle ira à...

Alors, plus que jamais, et plus vite, elle se mit à parler, et des roseurs de fièvre montèrent à ses joues.

— Ce soir j'ai quand même compris bien des choses... Les vingt mille francs, maintenant, je sais ce que c'est... C'est Harry Brown, le fils de William, qui les a apportés pour payer...

— Pour payer quoi ?

— Tout !

Et elle le regardait avec un air de triomphe, de défi.

— Je ne suis pas si bête que j'en ai l'air... Quand le fils a su qu'il existait un testament...

— Pardon ! Vous connaissiez ce testament ?

— C'est le mois dernier que William nous en a parlé... On était ici tous les quatre...

— C'est-à-dire lui, vous, Sylvie et Joseph...

— Oui... On avait bu une bonne bouteille, parce que c'était l'anniversaire de William... Et on parlait d'un tas de choses... Quand il avait bu, il racontait des choses sur l'Australie, sur sa femme, son beau-frère...

— Et qu'est-ce que William a dit ?

— Qu'ils seraient tous bien farces à sa mort ! Il a tiré le testament de sa poche et il nous en a lu une partie... Pas tout... Il n'a pas voulu lire le nom des deux autres femmes... Il a annoncé qu'un jour ou l'autre il le déposerait chez un notaire...

— Il y a un mois de cela ? Est-ce que, à ce moment, Joseph connaissait Harry Brown ?

— Avec lui, on ne sait jamais... Il connaît beaucoup de monde, à cause de sa profession...

— Et vous croyez qu'il a averti le fils ?

— Je ne dis pas ça ! Je ne dis rien... Seulement, on ne peut pas s'empêcher de penser... Voyez-vous, ces gens riches-là, ça ne vaut pas mieux que les autres... Alors, supposez que Joseph soit allé lui raconter tout... Le fils Brown, avec l'air de rien, dit que ça lui ferait plaisir d'avoir le testament... Mais, comme William pourrait en écrire un autre, il vaudrait mieux que William soit mort aussi...

Maigret n'y prit garde. Elle s'était servi à boire. Il était trop tard pour l'empêcher de vider son verre. Le commissaire, quand elle poursuivit, reçut au visage une affreuse haleine saturée d'alcool.

Et elle se penchait ! Elle se rapprochait de lui ! Elle prenait des airs mystérieux, importants !

— ... Mort aussi !... C'est bien ça que je disais ?... Alors, on parle d'argent... Pour vingt mille francs... Et peut-être encore vingt mille autres qui auraient été versés après... On ne sait jamais... Je dis ce que je pense... Parce que ces choses-là ne se paient jamais en une fois... Quant à Sylvie...

— Elle ne savait rien ?

— Puisque je vous affirme qu'on ne m'a rien dit !... Est-ce qu'on n'a pas frappé à la porte ?...

Elle était raidie soudain par la peur. Pour la rassurer, Maigret fut obligé d'aller entrouvrir l'huis. Quand il revint, il s'aperçut qu'elle en avait profité pour boire à nouveau.

— Je ne vous ai rien dit... Je ne sais rien... Vous comprenez ?... Je suis une pauvre femme, moi ! Une pauvre femme qui a perdu son mari et qui...

Et voilà qu'elle éclatait à nouveau en sanglots, ce qui était plus pénible encore que tout le reste.

— D'après vous, Jaja, qu'est-ce que William aurait fait ce jour-là entre deux heures et cinq heures ?

Elle le regarda sans répondre, sans cesser de pleurer. Pourtant ses sanglots étaient déjà moins sincères.

— Sylvie était partie quelques instants avant lui...
Est-ce que vous ne croyez pas qu'ils auraient pu, par
exemple...

— Qui ?

— Sylvie et William...

— Qu'ils auraient pu quoi ?

— Je ne sais pas, moi !... Se rencontrer quelque
part... Sylvie n'est pas laide... Elle est jeune... Et
William...

Il ne la quittait pas des yeux. Il poursuivit avec une
indifférence feinte :

— Ils se retrouvent quelque part où Joseph les
guette et exécute son coup...

Elle ne dit rien. Par contre, elle regarda Maigret en
fronçant les sourcils, comme si elle faisait un violent
effort pour comprendre. Et cet effort s'expliquait. Elle
avait les yeux troubles et ses pensées devaient, elles
aussi, manquer de netteté.

— Harry Brown, mis au courant de l'histoire de testament, commande le crime... Sylvie attire William à
un endroit propice... Joseph fait le coup... Ensuite,
Harry Brown est invité à verser l'argent à Sylvie, dans
un hôtel de Cannes...

Elle ne bougeait pas. Elle écoutait, sidérée, ou
abrutie.

— Joseph, une fois pris, vous envoie dire à Harry
que s'il ne le fait pas libérer il parlera...

Elle cria littéralement :

— C'est cela !... Oui, c'est cela...

Elle s'était levée. Elle haletait. Et elle semblait par-
tagée entre le besoin de sangloter et celui d'éclater de
rire.

Tout à coup, elle se prit la tête à deux mains, d'un geste convulsif, mit ses cheveux en désordre, trépigna.

— C'est cela !… Et moi… Moi… moi qui…

Maigret restait assis, la regardant avec quelque étonnement. Est-ce qu'elle allait piquer une crise de nerfs, s'évanouir ?

— Moi… moi…

Il ne put prévoir le geste. Elle saisit soudain la bouteille, la lança par terre où elle s'écrasa avec fracas.

— Moi qui…

À travers les deux portes on ne voyait que la lueur d'un réverbère et on entendait le garçon d'en face mettre les volets. Il devait être très tard. On n'entendait plus les tramways depuis longtemps.

— Je ne veux pas, vous entendez ! glapit-elle. Non !… Pas cela !… Je ne veux pas… Ce n'est pas vrai… C'est…

— Jaja !

Mais l'appel de son nom ne la calmait pas. Elle était au summum de la frénésie et avec la même brusquerie qu'elle avait mise à saisir la bouteille elle se baissa, ramassa quelque chose, cria :

— Pas Haguenau… Ce n'est pas vrai !… Sylvie n'a pas…

De toute sa carrière, Maigret n'avait jamais assisté à un spectacle aussi ignoble. C'était un morceau de verre qu'elle tenait à la main. Et tout en parlant elle s'entaillait le poignet, juste à la place de l'artère…

Elle avait les yeux exorbités. Elle paraissait folle.

— Haguenau… je… Pas Sylvie !…

Un flot de sang gicla au moment où Maigret parvenait enfin à lui saisir les deux bras. Le commissaire en reçut sur la main et sur la cravate.

Pendant quelques secondes, Jaja, ahurie, désemparée, regarda ce sang rouge qui coulait et qui lui appartenait. Puis elle mollit. Maigret la soutint un instant, la laissa glisser par terre, chercha, du doigt, à serrer l'artère.

Il fallait une ficelle. Il regardait, affolé, autour de lui. Il y avait une prise de courant au bout de laquelle se trouvait un fer à repasser. Il l'arracha. Pendant ce temps, le sang coulait toujours.

Il revint enfin vers Jaja qui ne bougeait plus et enroula le fil à son poignet, serra de toutes ses forces.

Dans la rue, il n'y avait plus que la lumière du bec de gaz. Le bar d'en face était fermé.

Il sortit, la démarche indécise, se trouva dans l'air tiède de la nuit, se dirigea vers la rue plus éclairée qui s'amorçait à deux cents mètres.

De là, on voyait les rampes lumineuses du casino, les autos, les chauffeurs groupés près du port. Et les mâts des yachts qui bougeaient à peine.

Un sergent de ville était immobile au milieu du carrefour.

— Un médecin… Au *Liberty Bar*… Vite…

— Ce n'est pas la petite boîte qui… ?

— Oui ! la petite boîte qui ! hurla Maigret avec impatience. Mais vite, nom de Dieu !

10

Le divan

Les deux hommes montaient l'escalier avec précaution, mais le corps était lourd, le passage étroit. Si bien que Jaja, soutenue par les épaules et par les pieds, pliée en deux, heurtait tantôt la rampe, tantôt le mur, tantôt encore frôlait les marches.

Le docteur, en attendant de monter à son tour, regardait autour de lui avec curiosité, pendant que Jaja gémissait doucement, comme un animal inconscient. Un gémissement si faible, si étrangement modulé que, bien qu'il emplît le logement, on ne pouvait en repérer la provenance, comme il arrive pour la voix émise par les ventriloques.

Dans la chambre basse de l'entresol, Maigret préparait le lit, puis donnait un coup de main aux agents pour soulever davantage Jaja qui était lourde, inerte, et qui pourtant avait l'air d'une grosse poupée de son.

Est-ce qu'elle se rendait compte de ses pérégrinations ? Savait-elle où elle était ? De temps en temps elle ouvrait les yeux, mais elle ne regardait rien, ni personne.

Elle gémissait toujours, sans une crispation des traits.

— Elle souffre beaucoup ? demanda Maigret au docteur.

C'était un petit vieillard bien gentil, méticuleux, effaré de se trouver dans un tel décor.

— Elle ne doit pas souffrir du tout. Je suppose qu'elle est douillette. Ou c'est la peur…

— Elle a conscience de ce qui se passe ?

— À la voir on ne le croirait pas. Et pourtant…

— Elle est ivre morte ! soupira Maigret. Je me demandais seulement si la douleur l'avait dégrisée…

Les deux agents attendaient des instructions et regardaient eux aussi autour d'eux avec curiosité. Les rideaux n'étaient pas fermés. Maigret aperçut, derrière la fenêtre d'en face, le halo plus pâle d'un visage dans une chambre sans lumière. Il baissa le store, attira un agent dans un coin.

— Vous allez m'amener la femme que j'ai fait mettre sous clef tout à l'heure. Une certaine Sylvie. Mais pas l'homme !

Et, à l'autre :

— Attendez-moi en bas.

Le docteur avait fait tout ce qu'il avait à faire. Après avoir placé des pinces hémostatiques, il avait remis l'artère en place avec des agrafes. Maintenant il regardait d'un air ennuyé cette grosse femme qui geignait toujours. Par contenance, il lui prenait le pouls, lui tâtait le front, les mains.

— Venez par ici, docteur ! dit Maigret qui était adossé à un angle de la pièce.

Et, tout bas :

— Je voudrais que vous profitiez de son immobilité pour faire une auscultation générale… Les organes essentiels, bien entendu…

— Si vous voulez ! Si vous voulez !

Il était de plus en plus ahuri, le petit docteur, et il devait se demander si Maigret était un parent de Jaja. Il choisit des appareils dans sa trousse et, sans se presser, mais sans conviction, il commença à prendre la tension artérielle.

Mécontent, il le fit trois fois, se pencha sur la poitrine, écarta le peignoir et chercha une serviette propre pour l'étendre entre son oreille et le sein de Jaja. Il n'y en avait pas dans la chambre. Il se servit de son mouchoir.

Quand il se redressa enfin, il était grognon.

— Évidemment !

— Évidemment quoi ?

— Elle ne fera pas de vieux os ! Le cœur est archi usé. Par-dessus le marché, il est hypertrophié et la tension artérielle est effrayante...

— C'est-à-dire qu'elle en a pour... ?

— Ça, c'est une autre question... S'il s'agissait d'une de mes clientes, je la mettrais au repos absolu, à la campagne, avec un régime extrêmement sévère...

— Pas d'alcool, évidemment !

— Surtout pas d'alcool ! Une hygiène parfaite !

— Et vous la sauveriez ?

— Je n'ai pas dit cela ! Mettons que je la prolongerais d'un an...

Ils tendirent l'oreille en même temps, parce qu'ils venaient de remarquer le silence qui les entourait. Quelque chose manquait à l'ambiance et ce quelque chose était le gémissement de Jaja.

Quand ils se tournèrent vers le lit, ils la virent, la tête soulevée sur un bras, le regard dur, la poitrine haletante.

Elle avait entendu. Elle avait compris. Et c'est le petit docteur qu'elle semblait rendre responsable de son état.

— Vous vous sentez mieux ? questionna celui-ci pour dire quelque chose.

Alors, méprisante, elle se coucha à nouveau, sans mot dire, ferma les yeux.

Le médecin ne savait pas si on avait encore besoin de lui. Il se mit en devoir de ranger ses instruments dans sa trousse et il devait se tenir à lui-même un discours, car de temps en temps il hochait la tête d'un air approbateur.

— Vous pouvez aller ! lui dit Maigret quand il fut prêt. Je suppose qu'il n'y a plus rien à craindre ?

— Rien d'immédiat, en tout cas…

Lorsqu'il fut parti, Maigret s'assit sur une chaise, au pied du lit, bourra une pipe, car l'odeur de pharmacie qui régnait dans la chambre l'écœurait. De même cacha-t-il sous l'armoire, ne sachant où la mettre, la cuvette qui avait servi à laver la plaie.

Il était calme et lourd. Son regard était posé sur le visage de Jaja, qui paraissait plus bouffi que d'habitude. C'était peut-être parce que les cheveux, rejetés en arrière, étaient rares, découvrant un grand front bombé, orné d'une petite cicatrice au-dessus de la tempe.

À gauche du lit, le divan.

Jaja ne dormait pas. Il en était sûr. Le rythme de sa respiration était irrégulier. Les cils clos frémissaient souvent.

À quoi pensait-elle ? Elle savait qu'il était là, à la regarder. Elle savait maintenant que sa machine était détraquée et qu'elle n'en avait pas pour bien longtemps à vivre.

Qu'est-ce qu'elle pensait ? Quelles images passaient derrière ce front bombé ?

Et voilà que soudain elle se dressait, frénétique, d'un seul mouvement, regardait Maigret avec des prunelles égarées, lui criant :

— Ne me laissez pas !… J'ai peur !… Où est-il ?… Où est-il, le petit homme ?… Je ne veux pas…

Il s'approcha d'elle pour la calmer et ce fut bien malgré lui qu'il dit :

— Reste tranquille, ma vieille !

Bien sûr, une vieille ! Une pauvre grosse vieille imbibée d'alcool, aux chevilles si enflées qu'elle marchait comme un éléphant.

Elle en avait fait, pourtant, des kilomètres et des kilomètres, là-bas, du côté de la porte Saint-Martin, sur un même bout de trottoir !

Elle se laissait docilement repousser la tête sur l'oreiller. Elle ne devait plus être ivre. On entendait le sergent de ville qui, en bas, avait trouvé une bouteille et qui se servait à boire, tout seul dans l'arrière-boutique. Du coup, elle tendit l'oreille, questionna, anxieuse :

— Qui est-ce ?

Mais d'autres bruits lui parvenaient. Des pas, dans la ruelle, encore loin, puis une voix de femme à bout de souffle – car elle marchait vite ! – qui questionnait :

— … Pourquoi n'y a-t-il pas de lumière dans le bar ?… Est-ce que… ?

— Chut… Ne faites pas trop de bruit…

Et des petits coups frappés sur les volets. L'agent d'en bas qui allait ouvrir. Des bruits encore, dans l'arrière-boutique, et enfin les pas de quelqu'un qui s'élançait dans l'escalier.

Jaja, affolée, regardait Maigret avec angoisse. Elle faillit même crier en le voyant se diriger vers la porte.

— Pouvez aller, vous autres ! lança le commissaire en s'effaçant pour laisser entrer Sylvie.

Et celle-ci s'arrêtait soudain au milieu de la pièce, la main sur son cœur qui battait trop vite. Elle avait oublié son chapeau. Elle ne comprenait rien. Elle regardait le lit avec des prunelles fixes.

— Jaja…

En bas, celui qui avait déjà bu devait servir l'autre, car des verres s'entrechoquaient. Puis la porte d'entrée s'ouvrit et se ferma. Des pas s'éloignèrent dans la direction du port.

Maigret faisait si peu de bruit, bougeait si peu qu'on pouvait oublier sa présence.

— Ma pauvre Jaja…

Et pourtant Sylvie ne s'élançait pas. Quelque chose la retenait : le regard glacé que la vieille braquait sur elle.

Alors Sylvie se tournait vers Maigret, balbutiait :

— Est-ce que… ?

— Est-ce que quoi ?

— Rien… Je ne sais pas… Qu'est-ce qu'elle a ?…

Chose étrange : malgré la porte fermée, malgré l'éloignement, on entendait le tic-tac du réveille-matin, si rapide, si saccadé qu'on avait l'impression que, pris de vertige, il allait se briser.

Une nouvelle crise de Jaja était proche. On la sentait naître, animer peu à peu tout son gros corps mou, allumer ses yeux, dessécher sa gorge. Mais elle se raidissait. Elle faisait un effort pour se contenir tandis que Sylvie, désemparée, ne sachant que faire, ni où aller, ni comment se tenir, restait au milieu de la chambre, tête baissée, mains jointes sur sa poitrine.

Maigret fumait. Il était désormais sans impatience. Il savait qu'il avait fermé le cercle.

Il n'y avait plus de mystère, plus d'imprévu possible. Chaque personnage avait pris sa place : les deux Martini, la jeune et la vieille, dans la villa où elles procédaient à l'inventaire avec l'aide de M. Petitfils ; Harry Brown au *Provençal*, où il attendait sans fièvre le résultat de l'enquête, tout en dirigeant ses affaires par téléphone et télégraphe...

Joseph en prison...

Et voilà que Jaja se dressait enfin, à bout de patience, à bout de nerfs. Elle regardait Sylvie avec rage. Elle la désignait de sa main valide.

— C'est elle !... C'est ce poison !... C'est cette p... !

Elle avait hurlé le plus gros mot de son vocabulaire. Des larmes lui giclaient des paupières.

— Je la hais, entendez-vous !... Je la hais !... C'est elle !... Elle m'a donné longtemps le change !... Et savez-vous comment elle m'appelait ?... La *vieille* !... Oui ! La vieille !... Moi qui...

— Couche-toi, Jaja, dit Maigret. Tu vas te faire mal...

— Oh ! vous...

Et soudain, avec un renouveau d'énergie :

— Mais je ne me laisserai pas faire !... Je n'irai pas à Haguenau... Vous entendez !... Ou alors elle ira aussi... Je ne veux pas... Je ne veux pas...

Elle avait la gorge si sèche qu'elle cherchait instinctivement à boire autour d'elle.

— Va chercher la bouteille ! dit Maigret à Sylvie.

— Mais... elle est déjà...

— Va...

Et il marcha vers la fenêtre, s'assura qu'on ne les observait plus de la maison d'en face. En tout cas, il ne vit rien derrière les vitres.

Un bout de ruelle aux pavés inégaux... Un réverbère... L'enseigne du bar d'en face...

— Je sais bien que vous la protégez, parce qu'elle est jeune... Peut-être même qu'elle vous a déjà fait des propositions, à vous aussi...

Sylvie revenait, les yeux cernés, le corps las, tendait à Maigret une bouteille de rhum à moitié pleine.

Et Jaja ricanait :

— Maintenant que je vais crever, je peux, n'est-ce pas ?... J'ai bien entendu le docteur...

Mais rien que cette idée-là la mettait en effervescence. Elle avait peur de mourir. Ses yeux en devenaient hagards.

Pourtant elle prit la bouteille. Elle but, avidement, en observant tour à tour ses deux compagnons.

— La vieille qui va crever !... Mais je ne veux pas !... Je veux qu'elle crève avant moi... Car c'est elle...

Elle s'arrêtait soudain de parler, comme quelqu'un qui perd le fil de ses idées. Maigret ne faisait pas un mouvement, attendait.

— Elle a parlé ?... Je suis sûre qu'elle a parlé, sinon on ne l'aurait pas relâchée... Tandis que moi, j'ai essayé de l'en faire sortir... Car ce n'est pas vrai que Joseph m'ait envoyée chez le fils, à Antibes... C'est moi seule... Comprenez-vous ?...

Mais oui ! Maigret comprenait tout ! Il y avait une bonne heure qu'il n'avait plus rien à apprendre.

Il désigna le divan, d'un geste vague.

— Ce n'était pas William qui couchait là, pas vrai ?

— Non, il ne couchait pas là !... Il couchait ici, dans mon lit !... William était mon amant !... William venait pour moi, pour moi seule, et c'est elle, que je recevais par charité, qui occupait le divan... Vous ne vous en étiez pas encore douté ?...

Elle criait tout cela d'une voix rauque. Désormais, il n'y avait qu'à la laisser parler. Cela remontait du plus profond d'elle-même. C'était tout le vieux fond qui était mis au jour, la vraie Jaja, la Jaja toute nue.

— La vérité c'est que je l'aimais, qu'il m'aimait !... Il comprenait, lui, que si je n'ai pas reçu d'instruction, d'éducation, ce n'est pas ma faute... Il était heureux près de moi... Il me le disait... Cela lui faisait mal de partir... Et, quand il arrivait, c'était comme un écolier qu'on met enfin en vacances...

Elle pleurait tout en parlant et cela provoquait une étrange grimace que la lumière rose de l'abat-jour rendait plus hallucinante encore.

Surtout qu'elle avait tout un bras prisonnier d'un appareil !

— Et je ne me doutais de rien ! J'étais bête ! On est toujours bête dans ces cas-là ! C'est moi qui invitais cette fille, qui la retenais, parce que je trouvais que la maison était plus gaie avec un peu de jeunesse...

Sylvie ne bougeait pas.

— Regardez-la ! Elle me nargue encore ! Elle a toujours été la même et moi, grosse bête que j'étais, je prenais ça pour de la timidité... J'en étais tout émue... Quand je pense que c'est avec mes peignoirs qu'elle l'excitait en montrant tout ce qu'elle a à montrer !

» Car elle le voulait !... Elle et son maquereau de Joseph... William avait de l'argent, parbleu !... Et eux...

» Tenez ! le testament...

Et elle saisit la bouteille, but si goulûment qu'on entendait les glouglous dans sa gorge. Sylvie en profita pour
regarder Maigret d'un air suppliant. Elle tenait à peine
debout. On la voyait vaciller.

— C'est ici que Joseph l'a volé... Je ne sais pas
quand... Sans doute un soir qu'on avait bu... William en
avait parlé... Et l'autre a dû se dire que le fils paierait
cher ce bout de papier...

Maigret écoutait à peine ce récit qu'il devinait. Par
contre, il regardait la chambre, le lit, le divan...

William et Jaja...

Et Sylvie sur le divan...

Ce pauvre William qui, évidemment, devait faire la
comparaison...

— Je me suis doutée de quelque chose quand, à la fin
du déjeuner, j'ai vu Sylvie partir en lançant un coup d'œil
à Will... Je ne le croyais pas encore... Mais tout de suite
après son départ il a parlé de s'en aller à son tour...
D'habitude, il ne quittait jamais la maison avant le soir...
Je n'ai rien dit... Je me suis habillée...

La scène capitale, que Maigret avait reconstituée
depuis longtemps ! Joseph qui venait rendre une courte
visite et qui avait déjà le testament en poche ! Sylvie qui
s'était habillée plus tôt que de coutume et qui avait
mangé en costume de ville pour partir aussitôt après le
repas...

Ces regards que Jaja surprenait... Elle ne disait rien...
Elle mangeait... Elle buvait... Mais à peine William
était-il parti qu'elle passait un manteau sur ses vêtements
d'intérieur...

Plus personne dans le bar ! La maison vide ! La porte
fermée...

Ils couraient les uns après les autres...

— Savez-vous où elle l'attendait ?... À l'*Hôtel Beauséjour*... Et moi, dans la rue, j'allais et je venais comme une folle... J'avais envie de frapper à leur porte, de supplier Sylvie de me le rendre... Au coin de la rue, il y a un marchand de couteaux... Et pendant qu'ils... pendant qu'ils étaient là-haut, je regardais la vitrine... Je ne savais plus... J'avais mal partout... Je suis entrée... J'ai acheté un couteau à cran d'arrêt... Je crois bien que je pleurais...

» Puis ils sont sortis ensemble... William était tout changé, comme rajeuni... Même qu'il a poussé Sylvie dans une confiserie et qu'il a acheté une boîte de chocolats...

» Ils se sont quittés devant le garage...

» Et c'est alors que je me suis mise à courir... Je savais qu'il allait retourner à Antibes... Je me suis placée sur son chemin, juste en dehors de la ville... Il commençait à faire noir... Il m'a vue... Il a arrêté l'auto...

» Et j'ai crié :

» — Tiens !... Tiens !... Voilà pour toi !... Et voilà pour elle !...

Elle retomba sur son lit, le corps recroquevillé, le visage baigné de larmes et de sueur.

— Je ne sais même pas comment il est parti... Il a dû me repousser, fermer la portière...

» J'étais toute seule au milieu de la route et j'ai failli être écrasée par un autobus... Je n'avais plus le couteau... Peut-être qu'il était resté dans l'auto...

Le seul détail auquel Maigret n'eût pas pensé : le couteau que William Brown, les yeux déjà voilés, avait sans doute eu la présence d'esprit de jeter dans un fourré !

— Je suis rentrée tard...

— Oui... Les bistrots...

— Je me suis réveillée dans mon lit, toute malade…

Et, dressée, à nouveau :

— Mais je n'irai pas à Haguenau !… Je n'irai pas !… Vous pouvez tous essayer de m'y conduire !… Le docteur l'a dit : je vais crever… Et c'est cette pu…

Il y eut un bruit de chaise remuée. C'était Sylvie qui attirait un siège jusqu'à elle et qui s'y évanouissait, assise de travers.

Un évanouissement lent, progressif, mais qui n'était pas simulé. Ses narines étaient pincées, cernées de jaune. Et les orbites étaient creuses.

— C'est bien fait pour elle !… cria Jaja. Laissez-la !… Ou plutôt non… Je ne sais pas… Je ne sais plus… C'est peut-être Joseph qui a tout organisé… Sylvie !… Ma petite Sylvie…

Maigret s'était penché sur la jeune femme. Il lui tapotait les mains, les joues.

Il voyait Jaja saisir la bouteille et boire à nouveau, pomper littéralement l'alcool qui la fit tousser éperdument.

Puis la grosse poupée soupira, enfonça sa tête dans l'oreiller.

Alors seulement il prit Sylvie dans ses bras, la descendit au rez-de-chaussée, lui mouilla les tempes d'eau fraîche.

La première chose qu'elle dit en ouvrant les yeux fut :

— Ce n'est pas vrai…

Un désespoir profond, absolu.

— Je veux que vous sachiez que ce n'est pas vrai… Je n'essaie pas de me faire meilleure que je suis… Mais ce n'est pas vrai… J'aime bien Jaja !… C'est lui qui voulait… Est-ce que vous comprenez ?… Il y avait des mois qu'il me regardait avec des yeux bouleversés… Il me suppliait… Est-ce que je pouvais refuser, alors que tous les soirs, avec d'autres…

— Chut ! Plus bas…

— Elle peut m'entendre ! Et, si elle réfléchissait, elle comprendrait… Je n'ai même rien voulu dire à Joseph, par crainte qu'il en profite… Je lui ai donné un rendez-vous…

— Un seul ?

— Un seul… Vous voyez !… C'est vrai qu'il m'a acheté des chocolats… Il était tout fou… Si fou que cela me faisait peur… Il me traitait comme une jeune fille…

— C'est tout ?

— Je ne savais pas que c'était Jaja qui l'avait… Non ! Je le jure ! Je croyais plutôt que c'était Joseph… J'avais peur… Il m'a dit que je devais retourner au *Beauséjour*, où quelqu'un me remettrait de l'argent…

Et, plus bas :

— Qu'est-ce que je pouvais faire ?

On entendait à nouveau gémir, là-haut. Les mêmes gémissements que tout à l'heure.

— Elle est très grièvement blessée ?

Maigret haussa les épaules, monta au premier étage, vit que Jaja dormait et que c'était dans son sommeil accablant qu'elle gémissait de la sorte.

Il redescendit, trouva Sylvie qui, les nerfs tendus, guettait les bruits de la maison.

— Elle dort ! souffla-t-il. Chut…

Sylvie ne comprenait pas, regardait avec effroi Maigret qui bourrait une nouvelle pipe.

— Restez près d'elle… Quand elle se réveillera, vous lui direz que je suis parti… pour toujours…

— Mais…

— Vous lui direz qu'elle a rêvé, qu'elle a eu des cauchemars, que…

— Mais… Je ne comprends pas… Et Joseph ?

Il la regarda dans les yeux. Il avait les mains dans les poches. Il en retira les vingt billets qui s'y trouvaient toujours.

— Vous l'aimez ?

Et elle :

— Vous savez bien qu'il faut un homme ! Sinon…

— Et William ?

— Ce n'était pas la même chose… Il était d'un autre monde… Il…

Maigret marchait vers la porte. Il se retourna une dernière fois, tout en agitant la clef dans la serrure.

— Arrangez-vous pour qu'on ne parle plus du *Liberty Bar*… Compris ?…

La porte était ouverte sur l'air froid du dehors. Car il s'exhalait du sol une humidité qui ressemblait à un brouillard.

— Je ne vous croyais pas comme ça… balbutia Sylvie qui ne savait plus que dire. Je… Jaja… Je vous jure que c'est la meilleure femme de la terre…

Il se retourna, haussa les épaules, se mit en marche dans la direction du port, s'arrêta un peu plus loin que le réverbère pour rallumer sa pipe éteinte.

11

Une histoire d'amour

Maigret décroisa les jambes, regarda son interlocuteur dans les yeux, lui tendit une feuille de papier timbré.

— Je peux ?… questionna Harry Brown avec un regard anxieux vers la porte derrière laquelle étaient son secrétaire et sa dactylo.

— C'est à vous.

— Remarquez que je suis prêt à leur donner une indemnité… Cent mille francs chacune par exemple… Vous me comprenez bien ?… Ce n'est pas une question d'argent : c'est une question de scandale… Si ces quatre femmes venaient *là-bas* et…

— Je comprends.

Par la fenêtre, on apercevait la plage de Juan-les-Pins, cent personnes en maillot étendues sur le sable, trois jeunes femmes qui faisaient de la culture physique avec un long et maigre professeur et un Algérien qui allait d'un groupe à l'autre avec un panier de cacahuètes.

— Est-ce que vous croyez que cent mille francs… ?

— Très bien ! dit Maigret en se levant.

— Vous n'avez pas bu votre verre.

— Merci.

Et Harry Brown, correct, pommadé, hésitait un instant, risquait :

— Voyez-vous, monsieur le commissaire, j'ai cru un
moment que vous étiez un ennemi… En France…

— Oui…

Maigret se dirigeait vers la porte. L'autre le suivait
en continuant avec moins d'assurance :

— … le scandale n'a pas la même importance que
dans…

— Bonsoir, monsieur !

Et Maigret s'inclina, sans tendre la main, sortit de
l'appartement où se brassaient des affaires de laine.

— En France… En France… grommelait le
commissaire en descendant l'escalier garni de tapis
pourpres.

Eh bien, quoi, en France ? Comment s'appelait la
liaison de Harry Brown avec la veuve ou la divorcée du
Cap Ferrat ?

Une histoire d'amour !

Alors… L'histoire de William, avec Jaja, avec
Sylvie ?…

Et Maigret, le long de la plage, était obligé de
contourner des corps demi-nus. Il évoluait parmi des
peaux bronzées, que mettaient en valeur des maillots
colorés.

Boutigues l'attendait près de la cabine du professeur
de culture physique.

— Eh bien ?

— Fini !… William Brown a été tué par un malfai-
teur inconnu qui voulait lui voler son portefeuille…

— Mais pourtant...

— Quoi ?... Pas d'histoires !... Alors...

— Cependant...

— Pas d'histoires ! répéta Maigret en regardant l'eau bleue, toute plate, sur laquelle des canoës évoluaient. Est-ce qu'il y a place, ici, pour des histoires ?

— Vous voyez cette jeune femme en costume de bain vert ?

— Elle a les cuisses maigres.

— Eh bien ! s'écria Boutigues, triomphant, vous ne devineriez jamais qui elle est... La fille de Morrow...

— Morrow ?

— L'homme du diamant... Une des dix ou douze fortunes qui...

Le soleil était chaud. Maigret, en complet sombre, faisait tache parmi les peaux nues. De la terrasse du casino arrivaient des flots de musique.

— Vous prenez quelque chose ?

Boutigues, lui, était en gris clair, arborait un œillet rouge à sa boutonnière.

— Je vous avais bien dit qu'ici...

— Oui... Ici...

— Vous n'aimez pas le pays ?

Et d'un geste lyrique il montrait la baie d'un bleu inouï, le Cap d'Antibes et ses villas claires blotties dans la verdure, le casino jaune comme un chou à la crème, les palmiers de la promenade...

— Le gros que vous voyez là-bas, avec un petit maillot de bain rayé, est le plus important directeur de journal allemand...

Lors Maigret, dont les yeux étaient d'un gris glauque, après une nuit sans sommeil, de grogner :

— Et puis après ?

— Tu es content que j'aie fait de la morue à la crème ?

— Tu ne peux pas t'imaginer à quel point !

Boulevard Richard-Lenoir. L'appartement de Maigret. Une fenêtre ouvrant sur de maigres marronniers que ne garnissaient encore que quelques feuilles.

— Qu'est-ce que c'était, cette histoire ?

— Une histoire d'amour ! Mais, comme on m'avait dit *Pas d'histoires*…

Les deux coudes sur la table, il mangeait sa morue avec appétit. Il parlait la bouche pleine.

— Un Australien qui en a eu assez de l'Australie et des moutons…

— Je ne comprends pas.

— Un Australien qui a eu envie de faire la bombe et qui l'a faite…

— Après ?

— Après ?… Rien !… Il l'a faite et sa femme, ses enfants et son beau-frère lui ont coupé les vivres…

— Ce n'est pas intéressant !

— Pas du tout ! C'est ce que je disais… Il a continué à vivre là-bas, sur la Côte…

— Il paraît que c'est si beau…

— Magnifique !… Il a loué une villa… Puis, comme il y était trop seul, il y a amené une femme…

— Je commence à comprendre !

— Rien du tout… Passe-moi la sauce… Il y a trop peu d'oignons.

— Ce sont les oignons de Paris qui n'ont aucun goût… J'en ai mis une livre… Continue…

— La femme s'est installée dans la villa et y a installé sa mère…

— Sa mère ?

— Oui… Alors, cela n'a plus eu aucun charme et l'Australien est allé chercher de l'amusement ailleurs…

— Il a pris une maîtresse ?

— Pardon ! Il en avait déjà une ! Et sa mère. Il a déniché un bistrot et une bonne vieille qui buvait avec lui…

— Qui buvait ?

— Oui ! Quand ils avaient bu, ils voyaient le monde autrement… Ils en étaient le centre… Ils se racontaient des histoires…

— Et après ?

— La bonne vieille croyait que c'était arrivé.

— Qu'est-ce qui était arrivé ?

— Que quelqu'un l'aimait !… Qu'elle avait trouvé l'âme sœur !… Et tout !…

— Et tout quoi ?

— Rien… Cela faisait un couple ! Un couple du même âge… Un couple qui arrivait à se soûler en mesure…

— Qu'est-il arrivé ?

— Il y avait une petite protégée… Une nommée Sylvie… Le vieux s'est amouraché de Sylvie…

Mme Maigret regarda son mari avec reproche.

— Qu'est-ce que tu me racontes ?

— La vérité ! Il s'est amouraché de Sylvie et Sylvie ne voulait pas, à cause de la vieille… Puis elle a bien dû vouloir, parce que, quand même, l'Australien était le principal personnage.

— Je ne saisis pas…

— Cela ne fait rien… L'Australien et la petite se sont retrouvés à l'hôtel…

— Ils ont trompé la vieille ?

— Justement ! Tu vois que tu comprends ! Alors, la vieille, qui a compris, elle, qu'elle ne comptait plus pour rien du tout, a tué son amant… Cette morue est une merveille…

— Je ne comprends pas encore…

— Qu'est-ce que tu ne comprends pas ?

— Pourquoi on n'a pas arrêté la vieille. Car, en somme, elle a…

— Rien du tout !

— Comment, rien du tout ?

— Passe-moi le plat… On m'avait dit *Surtout, pas d'histoires*… Pas de drame, autrement dit ! Parce que les fils, la femme et le beau-frère de l'Australien sont des gens considérables… Des gens capables de racheter très cher un testament…

— Qu'est-ce que tu racontes maintenant avec ce testament ?

— Ce serait trop compliqué… Bref, une histoire d'amour… Une vieille femme qui tue son vieil amant parce qu'il la trompe avec une jeune.

— Et qu'est-ce qu'elles sont devenues ?

— La vieille en a pour trois ou quatre mois à vivre… Cela dépend de ce qu'elle boira…

— De ce qu'elle boira ?

— Oui… Parce que c'est aussi une histoire d'alcool…

— C'est compliqué !

— Encore plus que tu le crois ! La vieille, qui a tué, mourra dans trois ou quatre mois, ou cinq, ou six, les jambes enflées, les pieds dans un baquet.

— Dans un baquet ?

— Vois, dans le dictionnaire de médecine, comment on meurt de l'hydropisie…

— Et la jeune ?

— Elle est encore plus malheureuse... Parce qu'elle aime la vieille comme une mère... Puis parce qu'elle aime son maquereau...

— Son... ? Je ne te comprends pas... Tu as des façons de t'exprimer...

— Et le maquereau va perdre les vingt mille francs aux courses ! poursuivit Maigret, imperturbable, sans cesser de manger.

— Quels vingt mille francs ?

— Peu importe !

— Je m'y perds !

— Moi aussi... Ou plutôt, moi, je comprends trop... On m'a dit *Pas d'histoires*... C'est tout !... On n'en parlera plus... Une pauvre histoire d'amour qui a tourné mal...

Et soudain :

— Il n'y a pas de légume ?

— J'ai voulu faire des choux-fleurs, mais...

Et Maigret paraphrasa à part lui :

— Jaja a voulu faire de l'amour, mais...

Maigret voyage

1

Ce qui se passait au George-V
pendant qu'il pleuvait sur Paris,
que Maigret dormait et qu'un certain
nombre de gens faisaient de leur mieux

— Les affaires les plus empoisonnantes sont celles
qui ont l'air si banales au début qu'on ne leur attache
pas d'importance. C'est un peu comme ces maladies
qui commencent d'une façon sourde, par de vagues
malaises. Quand on les prend enfin au sérieux, il est
souvent trop tard.

C'était Maigret qui avait dit ça, jadis, à l'inspecteur
Janvier, un soir qu'ils s'en revenaient tous les deux par
le Pont-Neuf au Quai des Orfèvres.

Mais, cette nuit, Maigret ne commentait pas les événements qui se déroulaient, car il dormait profondé-
ment, dans son appartement du boulevard Richard-
Lenoir, à côté de Mme Maigret.

S'il s'était attendu à des embêtements, ce n'est pas à
l'Hôtel George-V qu'il aurait pensé, un endroit dont
on parle plus souvent à la rubrique mondaine des journaux que dans les faits divers, mais à la fille d'un
député qu'il avait été obligé de convoquer à son bureau
pour lui recommander de ne plus se livrer à certaines

excentricités. Bien qu'il lui eût parlé sur un ton paternel, elle avait assez mal pris la chose. Il est vrai qu'on venait tout juste de fêter ses dix-huit ans.

— Vous n'êtes jamais qu'un fonctionnaire et je vous ferai casser...

À trois heures du matin, il tombait une petite pluie fine à peine visible, qui suffisait cependant pour laquer les rues et pour donner, comme des larmes aux yeux, plus d'éclat aux lumières.

À trois heures et demie, au troisième étage du George-V, la sonnerie vibra dans la pièce où une femme de chambre et un valet somnolaient. Tous les deux ouvrirent les yeux. Le valet de chambre remarqua le premier que c'était la lampe jaune qui venait de s'allumer et dit :

— C'est pour Jules.

Cela signifiait qu'on avait sonné le garçon et celui-ci alla servir une bouteille de bière danoise à un client.

Les deux domestiques s'assoupirent à nouveau, chacun sur sa chaise. Il y eut un silence plus ou moins long, puis la sonnerie se fit entendre à nouveau au moment où Jules, âgé de plus de soixante ans, et qui avait toujours fait la nuit, revenait avec son plateau vide.

— Voilà ! Voilà ! gronda-t-il entre ses dents.

Sans se presser, il se dirigea vers le 332, où une lampe était allumée au-dessus de la porte, frappa, attendit un instant et, n'entendant rien, ouvrit doucement. Il n'y avait personne dans le salon obscur. Un peu de lumière venait de la chambre où on entendait un gémissement faible et continu comme celui d'un animal ou d'un enfant.

La petite comtesse était étendue sur son lit, les yeux
mi-clos, les lèvres entrouvertes, les deux mains sur la
poitrine à l'endroit approximatif du cœur.

— Qui est-ce ? gémit-elle.

— Le garçon, madame la comtesse.

Il la connaissait bien. Elle le connaissait bien aussi.

— Je suis en train de mourir, Jules. Je ne veux pas.
Appelez vite le docteur. Est-ce qu'il y en a un dans
l'hôtel ?

— Pas à cette heure-ci, madame la comtesse, mais je
vais avertir l'infirmière…

Un peu plus d'une heure auparavant, il avait servi,
dans le même appartement, une bouteille de champagne, une bouteille de whisky, du soda et un seau de
glace. Bouteilles et verres se trouvaient encore dans le
salon, sauf une coupe à champagne, renversée sur la
table de nuit.

— Allô ! Passez-moi vite l'infirmière…

Mlle Rosay, la téléphoniste de service, ne s'étonna
pas, planta une fiche, puis une autre, dans un des nombreux trous du standard.

Jules entendait une sonnerie lointaine, puis une voix
endormie.

— Allô… L'infirmerie écoute…

— Voulez-vous descendre tout de suite au 332 ?

— Je meurs, Jules…

— Vous verrez que vous ne mourrez pas, madame
la comtesse…

Il ne savait que faire en attendant. Il alla allumer les
lampes dans le salon, constata que la bouteille de
champagne était vide tandis que la bouteille de whisky
ne l'était qu'aux trois quarts.

La comtesse Palmieri gémissait toujours, les mains crispées sur sa poitrine.

— Jules…

— Oui, madame la comtesse…

— Si on arrivait trop tard…

— Mlle Genévrier descend tout de suite…

— Si on arrivait trop tard quand même, dites-leur que je me suis empoisonnée, mais que je ne veux pas mourir…

L'infirmière à cheveux gris, au visage gris, dont le corps, sous la blouse blanche, sentait encore le lit, pénétrait dans l'appartement, après avoir, pour la forme, frappé de petits coups à la porte. Elle tenait un flacon de Dieu sait quoi à la main, un flacon brunâtre, et des boîtes de médicaments gonflaient ses poches.

— Elle dit qu'elle s'est empoisonnée…

Avant tout, Mlle Genévrier regarda autour d'elle, découvrit le panier à papier dont elle retira un tube pharmaceutique, lut l'étiquette.

— Priez la téléphoniste d'appeler le docteur Frère… C'est urgent…

On aurait dit que, maintenant qu'il y avait quelqu'un pour la soigner, la comtesse s'abandonnait à son sort, car elle n'essayait plus de parler et son gémissement devenait plus faible.

— Allô ! Appelez vite le docteur Frère… Mais non, ce n'est pas moi !… C'est l'infirmière qui l'a dit…

Ces choses-là sont si fréquentes, dans les hôtels de luxe et dans certains quartiers de Paris, qu'à Police-Secours, quand, la nuit, on reçoit un appel du XVIe arrondissement, par exemple, il y a presque toujours quelqu'un pour questionner :

— Gardénal ?

C'est devenu un nom commun. On dit « un gardénal » comme on dit « un Bercy » pour désigner un ivrogne.

— Allez me chercher de l'eau chaude…

— Bouillie ?

— Peu importe, du moment qu'elle est chaude…

Mlle Genévrier avait pris le pouls de la comtesse, lui avait soulevé la paupière supérieure.

— Combien de comprimés avez-vous avalé ?

Une voix de petite fille répondait :

— Je ne sais pas… Je ne sais plus… Ne me laissez pas mourir…

— Bien sûr, mon petit… Buvez toujours ceci…

Elle lui soutenait les épaules, tenant un verre devant ses lèvres.

— C'est mauvais ?

— Buvez…

À deux pas, avenue Marceau, le docteur Frère s'habillait en hâte, saisissait sa trousse et, un peu plus tard, sortait de l'immeuble endormi, montait dans sa voiture qui stationnait au bord du trottoir.

Le hall de marbre du George-V était désert, avec seulement, d'un côté, le réceptionniste de nuit qui lisait un journal derrière son bureau d'acajou, de l'autre le concierge qui ne faisait rien.

— Le 332… annonça le médecin en passant.

— Je sais…

La téléphoniste l'avait mis au courant.

— J'appelle une ambulance ?

— Je vais voir…

Le docteur Frère connaissait la plupart des appartements de l'hôtel. Comme l'infirmière, il frappa un coup en quelque sorte symbolique, entra, retira son chapeau et se dirigea vers la chambre à coucher.

Jules, après avoir apporté un pot d'eau chaude, s'était retiré dans un coin.

— Empoisonnement, docteur… Je lui ai donné…

Ils échangeaient quelques mots, qui étaient comme de la sténographie ou comme une conversation en code tandis que la comtesse, toujours soutenue par l'infirmière, avait de violents haut-le-cœur et commençait à vomir.

— Jules !

— Oui, docteur…

— Faites téléphoner à l'Hôpital Américain de Neuilly pour qu'ils envoient une ambulance…

Tout cela n'avait rien d'exceptionnel. La téléphoniste, le casque sur la tête, s'adressait à une autre téléphoniste de nuit, là-bas, à Neuilly.

— Je ne sais pas au juste, ma petite… Il s'agit de la comtesse Palmieri et le docteur est là-haut avec elle…

Le téléphone sonnait au 332. Jules décrochait, annonçait :

— L'ambulance sera ici dans dix minutes.

Le médecin rangeait dans sa trousse la seringue avec laquelle il venait de faire une piqûre.

— Je l'habille ?

— Contentez-vous de l'envelopper d'une couverture. Si vous apercevez une valise quelque part, mettez-y quelques-unes de ses affaires. Vous savez mieux que moi ce qu'elle réclamera…

Un quart d'heure plus tard, deux infirmiers descendaient la petite comtesse, puis la hissaient dans l'ambulance tandis que le docteur Frère prenait place dans sa voiture.

— Je serai là-bas en même temps que vous…

Il connaissait les infirmiers. Les infirmiers le connaissaient. Il connaissait aussi la réceptionniste de l'hôpital, à qui il alla dire quelques mots, et le jeune médecin de garde. Ces gens-là parlaient peu, toujours comme en code, parce qu'ils avaient l'habitude de travailler ensemble.

— Le 41 est libre…

— Combien de comprimés ?

— Elle ne s'en souvient pas. Le tube a été trouvé vide.

— Elle a vomi ?

Cette infirmière-ci était aussi familière au docteur Frère que celle du George-V. Pendant qu'elle s'affairait, il allumait enfin une cigarette.

Lavage d'estomac. Pouls. Nouvelle piqûre.

— Il n'y a plus qu'à la laisser dormir. Prenez son pouls toutes les demi-heures.

— Oui, docteur.

Il redescendait par un ascenseur tout pareil à celui de l'hôtel, donnait quelques indications à la réceptionniste, qui les inscrivait.

— Vous avez averti la police ?

— Pas encore…

Il regarda l'horloge blanche et noire. Quatre heures et demie.

— Passez-moi le poste de police de la rue de Berry.

Là-bas, il y avait des vélos devant la porte, sous la lanterne. À l'intérieur, deux jeunes agents jouaient aux cartes et un brigadier se préparait du café sur une lampe à alcool.

— Allô !... Poste de la rue de Berry... Docteur comment ?... Frère ?... Comme un frère ?... Bon... J'écoute... Un instant...

Le brigadier saisit un crayon, nota sur un bout de papier les indications qu'on lui fournissait.

— Oui... Oui... J'annonce que vous allez envoyer votre rapport... Elle est morte ?...

Il raccrocha, dit aux deux autres qui le regardaient :

— Gardénal... George-V...

Pour lui, cela représentait simplement du travail en plus. Il décrocha en soupirant.

— Le central ?... Ici, le poste de la rue de Berry... C'est toi, Marchal ?... Comment ça va, là-bas ?... Ici, c'est calme... La bagarre ?... Non, on ne les a pas gardés au poste... Un des types connaît des tas de gens, tu comprends ?... J'ai dû téléphoner au commissaire, qui m'a dit de les relâcher...

Il s'agissait d'une bagarre dans un cabaret de nuit de la rue de Ponthieu.

— Bon ! J'ai autre chose... Un gardénal... Tu prends note ?... Comtesse... Oui, une comtesse... Vraie ou fausse, je n'en sais rien... Palmieri... P comme Paul, A comme Arthur, L comme Léon, M comme... Palmieri, oui... Hôtel George-V... Appartement 332... Docteur Frère, comme un frangin... Hôpital Américain de Neuilly... Oui, elle a parlé... Elle a voulu mourir, puis elle n'a plus voulu... La vieille rengaine...

À cinq heures et demie, l'inspecteur Justin, du VIIIᵉ arrondissement, questionnait le concierge de nuit du George-V, inscrivait quelques mots dans son calepin, parlait ensuite à Jules, le garçon, puis se dirigeait vers l'hôpital de Neuilly, où on lui déclara que la comtesse dormait et que ses jours n'étaient pas en danger.

À huit heures du matin, il pluvinait toujours, mais le ciel était clair et Lucas, légèrement enrhumé, prenait place à son bureau du Quai des Orfèvres où les rapports de la nuit l'attendaient.

Il retrouvait ainsi la trace, en quelques phrases administratives, de la bagarre de la rue de Ponthieu, d'une dizaine de filles appréhendées, de quelques ivrognes, d'une attaque au couteau rue de Flandre et de quelques autres incidents qui ne sortaient pas de la routine.

Six lignes le mettaient aussi au courant de la tentative de suicide de la comtesse Palmieri, née La Salle.

Maigret arriva à neuf heures, un peu soucieux à cause de la fille du député.

— Le chef ne m'a pas demandé ?

— Pas encore.

— Rien d'important au rapport ?

Lucas hésita une seconde, jugea en fin de compte qu'une tentative de suicide, même au George-V, n'était pas une chose importante et répondit :

— Rien...

Il ne se doutait pas qu'il commettait ainsi une faute grave, qui allait compliquer l'existence de Maigret et de toute la P.J.

Quand la sonnerie retentit dans le couloir, le commissaire, quelques dossiers à la main, sortit de son bureau et, avec les autres chefs de service, se rendit chez le grand patron. Il fut question d'affaires en cours, qui regardaient les différents commissaires, mais, faute de savoir, il ne parla pas de la comtesse Palmieri.

À dix heures, il était de retour dans son bureau et, la pipe à la bouche, commençait son rapport sur une attaque à main armée qui s'était produite trois jours plus tôt et dont il espérait arrêter les auteurs à bref délai grâce à un béret alpin abandonné sur les lieux.

Un certain John T. Arnold, vers le même moment, qui, à l'Hôtel Scribe, sur les Grands Boulevards, prenait son petit déjeuner, en pyjama et en robe de chambre, décrocha le téléphone.

— Allô ! mademoiselle… Voulez-vous me demander le colonel Ward, à l'Hôtel George-V ?

— Tout de suite, monsieur Arnold.

Car M. Arnold était un vieux client, qui habitait le Scribe presque à l'année.

La téléphoniste du Scribe et celle du George-V se connaissaient, sans s'être jamais vues, comme les téléphonistes se connaissent.

— Allô ! mon petit, veux-tu me passer le colonel Ward ?

— Pour Arnold ?

Les deux hommes avaient l'habitude de se téléphoner plusieurs fois par jour et le coup de téléphone de dix heures du matin était une tradition.

— Il n'a pas encore sonné pour son petit déjeuner… Je l'appelle quand même ?…

— Attends… Je demande à mon client…

La fiche passait d'un trou à l'autre.

— Monsieur Arnold ?… Le colonel n'a pas encore sonné pour son petit déjeuner… Je le fais réveiller ?

— Il n'a pas laissé de message ?

— On ne m'a rien dit…

— Il est bien dix heures ?

— Dix heures dix…

— Appelez-le…

La fiche, à nouveau.

— Sonne-le, ma petite… Tant pis s'il grogne…

Silence sur la ligne. La téléphoniste du Scribe eut le temps de donner trois autres communications, dont une avec Amsterdam.

— Allô ! mon petit, tu n'oublies pas mon colonel ?

— Je le sonne sans arrêt. Il ne répond pas.

Quelques instants plus tard, le Scribe appelait encore le George-V.

— Écoute, ma petite. J'ai dit à mon client que le colonel ne répondait pas. Il prétend que c'est impossible, que le colonel attend son coup de téléphone à dix heures, que c'est très important…

— Je vais le sonner une fois de plus…

Puis, après une vaine tentative :

— Attends un moment. Je demande au concierge s'il est sorti.

Un silence.

— Non. Sa clef n'est pas au tableau. Que veux-tu que je fasse ?

Dans son appartement, John T. Arnold s'impatientait.

— Eh bien ! mademoiselle ? Vous oubliez ma communication ?

— Non, monsieur Arnold. Le colonel ne répond pas. Le concierge ne l'a pas vu sortir et sa clef n'est pas au tableau…

— Qu'on envoie le garçon frapper à sa porte…

Ce n'était plus Jules, mais un Italien, nommé Gino, qui avait pris la relève au troisième étage, où l'appartement du colonel Ward se trouvait à cinq portes de celui de la comtesse Palmieri.

Le garçon rappela le concierge.

— On ne répond pas et la porte est fermée à clef.

Le concierge se tourna vers son assistant.

— Va voir…

L'assistant sonna à son tour, frappa, murmura :

— Colonel Ward…

Puis il tira un passe-partout de sa poche et parvint à ouvrir la porte.

Dans l'appartement, les volets étaient fermés et une lampe restait allumée sur une table du salon. La chambre à coucher était éclairée aussi, le lit préparé pour la nuit, avec le pyjama déplié.

— Colonel Ward…

Il y avait des vêtements sombres sur une chaise, des chaussettes sur le tapis, deux souliers, dont un, à l'envers, qui montrait la semelle.

— Colonel Ward !…

La porte de la salle de bains était contre. L'aide du concierge frappa d'abord, puis la poussa et dit simplement :

— M… !

Il faillit téléphoner, de la chambre, mais il avait si peu envie de rester là qu'il préféra sortir de l'appartement, dont il referma la porte, et, négligeant l'ascenseur, descendre l'escalier en courant.

Trois ou quatre clients entouraient le concierge qui consultait un horaire des lignes d'avions transatlantiques. L'assistant parla bas à l'oreille de son chef.

— Il est mort…

— Un instant…

Puis le concierge, découvrant seulement le sens des mots qu'il venait d'entendre :

— Qu'est-ce que tu dis ?

— Mort… Dans sa baignoire…

En anglais, le concierge s'adressait à ses clients pour leur demander de patienter une minute. Il traversait le hall, se penchait sur le bureau des réceptionnistes.

— M. Gilles est dans son bureau ?

On lui fit signe que oui et il alla frapper à une porte qui se trouvait dans l'angle gauche.

— Excusez-moi, monsieur Gilles… Je viens de faire monter René chez le colonel… Il paraît qu'il est mort, dans sa baignoire…

M. Gilles portait des pantalons rayés, un veston de cheviotte noire. Il se tourna vers sa secrétaire.

— Appelez tout de suite le docteur Frère. Il doit être occupé à faire ses visites. Qu'on s'arrange pour le rejoindre…

M. Gilles savait, lui, des choses que la police ignorait encore. Le concierge, M. Albert, aussi.

— Qu'est-ce que vous en pensez, Albert ?

— Comme vous, sans doute…

— On vous a mis au courant, au sujet de la comtesse ?

Un signe de la tête suffit.

— Je monte…

Mais, comme il n'avait pas envie d'y aller seul, il choisit pour l'accompagner un des jeunes gens en jaquette, aux cheveux gominés, de la réception. En passant devant le concierge, qui avait repris sa place, il lui dit :

— Prévenez l'infirmière… Qu'elle descende tout de suite au 347…

Le hall n'était pas vide, comme la nuit. Les trois Américains discutaient toujours de l'avion qu'ils prendraient. Un couple, qui venait de débarquer, remplissait sa fiche à la réception. La fleuriste était à son poste, et la marchande de journaux, non loin du préposé aux billets de théâtre. Dans les fauteuils, quelques personnes attendaient, entre autres la première vendeuse d'un grand couturier avec un carton de robes.

Là-haut, au seuil de la salle de bains du 347, le directeur n'osait plus regarder le corps obèse du colonel, drôlement couché dans la baignoire, la tête sous l'eau, le ventre seul émergeant.

— Appelle-moi la...

Il se ravisait en entendant une sonnerie dans la chambre voisine, se précipita.

— Monsieur Gilles ?

C'était la voix de la téléphoniste.

— J'ai pu rejoindre le docteur Frère chez un de ses patients, rue François-Ier. Il sera ici dans quelques minutes.

Le jeune homme de la réception questionnait :

— Qui est-ce que je dois appeler ?

La police, évidemment. En cas d'accident de ce genre, c'est indispensable. M. Gilles connaissait le commissaire du quartier, mais les deux hommes ne sympathisaient guère. En outre, les gens du commissariat agissaient parfois avec un manque de doigté gênant dans un hôtel comme le George-V.

— Appelle-moi la Police Judiciaire.

— Qui ?

— Le directeur.

S'ils s'étaient trouvés plusieurs fois ensemble à des dîners, ils n'avaient échangé que quelques phrases, mais cela suffisait comme introduction.

— Allô !... Le directeur de la Police Judiciaire ?... Excusez-moi de vous déranger, monsieur Benoit... Ici,

Gilles, directeur du George-V… Allô !… Il vient de se passer… Je veux dire que je viens de découvrir…

Il ne savait plus comment s'y prendre.

— Il s'agit malheureusement d'une personnalité importante, mondialement connue… Le colonel Ward… Oui… David Ward… Un des membres de mon personnel l'a trouvé mort, il y a un moment, dans sa baignoire… Je ne sais rien d'autre, non… J'ai préféré vous appeler tout de suite… J'attends le médecin d'un instant à l'autre… Inutile de vous demander…

La discrétion, bien sûr. Il n'avait aucune envie de voir journalistes et photographes assaillir l'hôtel.

— Non… Non, évidemment… Je vous promets qu'on ne touchera à rien… Je reste en personne dans l'appartement… Voici justement le docteur Frère… Vous désirez lui parler ?…

Le docteur, qui ne savait encore rien, prenait l'écouteur qu'on lui tendait.

— Docteur Frère à l'appareil… Allô !… Oui… J'étais chez un malade et j'arrive à l'instant… Vous dites ?… Je ne peux pas dire que ce soit un de mes clients, mais je le connais… Une seule fois, j'ai eu à le soigner d'une grippe bénigne… Comment ?… Très solide, au contraire, malgré la vie qu'il mène… Qu'il menait, si vous voulez… Excusez-moi… Je n'ai pas encore vu le corps… Entendu… Oui… Oui… J'ai compris… À tout à l'heure, monsieur le directeur… Vous voulez lui parler à nouveau ?… Non ?…

Il raccrocha, demanda :

— Où est-il ?

— Dans la baignoire.

— Le directeur de la P.J. recommande qu'on ne touche à rien en attendant qu'il envoie quelqu'un…

M. Gilles s'adressait au jeune employé de la réception.

— Tu peux descendre. Qu'on guette les gens qui viendront de la police et qu'on les fasse monter discrètement... Pas de bavardages à ce sujet dans le hall, s'il te plaît... Compris ?

— Oui, monsieur le directeur.

Une sonnerie, dans le bureau de Maigret.

— Voulez-vous passer un instant chez moi ?

C'était la troisième fois que le commissaire était dérangé depuis qu'il avait commencé son rapport sur le vol à main armée. Il ralluma la pipe qu'il avait laissée s'éteindre, franchit le couloir, frappa à la porte du chef.

— Entrez, Maigret... Asseyez-vous...

Des rayons de soleil commençaient à se mêler à la pluie et il y en avait sur l'encrier de cuivre du directeur.

— Vous connaissez le colonel Ward ?

— J'ai lu son nom dans les journaux. C'est l'homme aux trois ou quatre femmes, non ?

— On vient de le trouver mort dans sa baignoire, au George-V.

Maigret ne broncha pas, plongé qu'il était encore dans son histoire de *hold-up*.

— Je crois préférable que vous alliez là-bas en personne. Le médecin, qui est plus ou moins attaché à l'hôtel, vient de me dire que le colonel jouissait hier encore d'une excellente santé et qu'à sa connaissance il n'avait jamais souffert de troubles cardiaques... La presse va s'en occuper, non seulement la presse française mais la presse internationale...

Maigret avait en horreur ces histoires de personnages trop connus dont on ne peut s'occuper qu'en mettant des gants.

— J'y vais, dit-il.

Une fois de plus, son rapport attendrait. L'air grognon, il poussa la porte du bureau des inspecteurs, se demandant qui choisir pour l'accompagner. Janvier était là, mais il s'était occupé, lui aussi, du vol à main armée.

— Va donc dans mon bureau et essaie de continuer mon rapport... Toi, Lapointe...

Le jeune Lapointe leva la tête, tout heureux.

— Mets ton chapeau. Tu m'accompagnes...

Puis, à Lucas :

— Si on me demande, je suis au George-V.

— L'histoire d'empoisonnement ?

C'était venu spontanément et Lucas rougit.

— Quelle histoire d'empoisonnement ?

Lucas bégayait :

— La comtesse...

— De qui parles-tu ?

— Il y avait quelque chose dans les rapports, ce matin, au sujet d'une comtesse au nom italien qui a tenté de se suicider au George-V. Si je ne vous en ai rien dit...

— Où est le rapport ?

Lucas fouilla les papiers amoncelés sur son bureau, en tira une feuille administrative.

— Elle n'est pas morte... C'est pourquoi...

Maigret parcourait les quelques lignes.

— On a pu la questionner ?

— Je ne sais pas. Quelqu'un du VIIIe arrondissement s'est rendu à l'hôpital de Neuilly... Je ne sais pas encore si elle était en état de parler...

Maigret ignorait que, cette même nuit, un peu avant deux heures du matin, la comtesse Palmieri et le

colonel David Ward étaient descendus de taxi devant
le George-V et que le concierge ne s'était pas étonné de
les voir s'approcher ensemble pour prendre leurs clefs.

Jules, le garçon d'étage, ne s'était pas montré surpris
non plus quand, répondant à la sonnerie du 332, il
avait trouvé le colonel chez la comtesse.

— Comme d'habitude, Jules ! lui avait dit celle-ci.

Cela signifiait une bouteille de Krug 1947 et une
bouteille non entamée, non débouchée, de Johnny
Walker, car le colonel se méfiait du whisky qu'il ne
débouchait pas lui-même.

Lucas, qui s'attendait à une réprimande, fut plus
mortifié quand Maigret le regarda d'un air surpris,
comme si un tel manque de jugement était incroyable
de la part de son plus ancien collaborateur.

— Viens, Lapointe…

Ils croisèrent une petite crapule que le commissaire
avait convoquée.

— Repasse me voir cet après-midi.

— À quelle heure, chef ?

— L'heure que tu voudras…

— Je prends une voiture ? questionna Lapointe.

Ils en prirent une. Lapointe se mit au volant. Au
George-V, le portier avait des instructions.

— Laissez. Je vais la ranger…

Tout le monde avait des instructions. À mesure que
les deux policiers avançaient, les portes s'ouvraient et
ils se trouvèrent en un clin d'œil au seuil du 347 où se
tenait le directeur, alerté par téléphone.

Maigret n'avait pas eu souvent l'occasion d'opérer
au George-V, mais il y avait quand même été appelé
deux ou trois fois et il connaissait M. Gilles, à qui il
serra la main. Le docteur Frère attendait dans le salon,

près du guéridon sur lequel sa trousse noire était posée. C'était un homme bien, très calme, qui avait une clientèle importante et qui connaissait presque autant de secrets que Maigret lui-même. Seulement, il évoluait dans un monde différent, où la police n'a que rarement l'occasion de pénétrer.

— Mort ?

Un battement de cils.

— Vers quelle heure ?

— Seule l'autopsie l'établira avec exactitude, si, comme je le suppose, une autopsie est ordonnée.

— Il ne s'agit pas d'un accident ?

— Venez voir...

Maigret n'apprécia pas plus que M. Gilles le spectacle qu'offrait le corps nu dans la baignoire.

— Je ne l'ai pas déplacé car, du point de vue médical, c'était inutile. À première vue, cela pourrait être un de ces accidents comme il s'en produit plus souvent qu'on ne le pense dans les baignoires. On glisse, la tête porte sur le bord et...

— Je sais... Seulement, cela ne laisse pas de traces sur les épaules... C'est ce que vous vouliez dire ?

Maigret avait, lui aussi, remarqué deux taches plus foncées sur les épaules du mort, semblables à des ecchymoses.

— Vous pensez qu'on l'a aidé, n'est-ce pas ?

— Je ne sais pas... Je préférerais que le médecin légiste tranche la question...

— Quand l'avez-vous vu pour la dernière fois vivant ?

— Il y a environ une semaine, lorsque je suis venu donner une piqûre à la comtesse...

M. Gilles se rembrunit. Son intention avait-elle été d'éviter qu'il soit question de celle-ci ?

— Une comtesse au nom italien ?

— La comtesse Palmieri.

— Celle qui a tenté de se suicider la nuit dernière ?

— Je ne suis pas sûr, à vrai dire, que sa tentative ait été sérieuse. Qu'elle ait pris une certaine quantité de phénobarbital, c'est certain. Je savais d'ailleurs qu'elle en usait régulièrement le soir. Elle a forcé la dose mais je doute qu'elle en ait ingurgité une quantité suffisante pour provoquer la mort.

— Un faux suicide ?

— Je me le demande…

Ils avaient l'habitude, l'un comme l'autre, des femmes – presque toujours des jolies femmes ! – qui, à la suite d'une dispute, d'une déception, d'une histoire amoureuse, prennent juste assez de somnifère pour donner les symptômes d'un empoisonnement, sans toutefois mettre leurs jours en danger.

— Vous dites que le colonel était présent quand vous avez fait une piqûre à la comtesse ?

— Lorsqu'elle était à Paris, je lui en faisais deux par semaine… Vitamines B et C. Rien de bien méchant… Surmenage… Vous comprenez ?

— Et le colonel… ?

M. Gilles préféra répondre lui-même.

— Le colonel et la comtesse entretenaient des relations étroites… Chacun avait son appartement, je me suis toujours demandé pourquoi, car…

— Il était son amant ?

— C'était une situation admise, pour ainsi dire officielle. Voilà déjà deux ans, si je ne me trompe, que le colonel a demandé le divorce et, dans leur milieu, on s'attendait à ce qu'une fois libre il épouse la comtesse…

Maigret faillit demander avec une fausse naïveté :

— Quel milieu ?

À quoi bon ? Le téléphone sonnait. Lapointe regardait son patron pour savoir ce qu'il devait faire. Il était visible que le décor impressionnait le jeune inspecteur.

— Réponds…

— Allô !… Comment ?… Oui, il est ici… C'est moi, oui…

— Qui est-ce ? demanda Maigret.

— Lucas voudrait vous dire un mot.

— Allô ! Lucas…

Celui-ci, pour rattraper sa faute du matin, s'était mis en rapport avec l'Hôpital Américain de Neuilly.

— Je vous demande pardon, patron… Je ne me le pardonnerai pas… Elle n'est pas rentrée à l'hôtel ?…

La comtesse Palmieri venait de quitter sa chambre d'hôpital, où on l'avait laissée seule, et elle était partie sans qu'on songe à l'en empêcher.

*Où il continue à être question de gens qui ont
sans cesse leur nom dans les journaux ailleurs
qu'à la rubrique des faits divers*

Il y eut, vers ce moment-là, un incident, insignifiant en
apparence, qui devait pourtant influer sur l'humeur de
Maigret pendant toute l'enquête. Lapointe en fut-il
conscient, ou le commissaire lui attribua-t-il une réaction
qu'il n'avait pas ?

Déjà un peu plus tôt, quand M. Gilles avait parlé du
milieu auquel appartenaient la comtesse Palmieri et le
colonel Ward, le commissaire s'était retenu de demander :

— Quel milieu ?

S'il l'avait fait, n'aurait-on pas senti dans sa voix une
pointe d'agacement, d'ironie, peut-être d'agressivité ?

Cela lui rappelait une impression qu'il avait eue au
temps de ses débuts dans la police. Il avait à peu près
l'âge de Lapointe et on l'avait envoyé, pour une simple
vérification, dans le quartier même où il se trouvait à présent, entre l'Étoile et la Seine, il ne se rappelait pas le nom
de la rue.

C'était encore l'époque des hôtels particuliers, des
« maisons de maîtres », le jeune Maigret avait eu la sensation de pénétrer dans un nouvel univers. Ce qui l'avait le

plus frappé, c'était la qualité du silence, loin de la foule et du vacarme des transports en commun. On entendait seulement des chants d'oiseaux, le bruit rythmé du sabot des chevaux montés par des amazones et des cavaliers en melon clair qui se dirigeaient vers le Bois.

Même les immeubles de rapport avaient une physionomie comme secrète. Dans les cours, on voyait des chauffeurs astiquer les voitures, parfois, sur un seuil ou à une fenêtre, un valet de chambre en gilet rayé ou un maître d'hôtel à la cravate blanche.

De la vie des maîtres, portant presque tous des noms connus, qu'on lisait le matin dans *Le Figaro* ou dans *Le Gaulois*, l'inspecteur d'alors ne savait à peu près rien, et il avait la gorge serrée en sonnant à un de ces majestueux portails.

Aujourd'hui, dans l'appartement 347, il n'était certes plus le débutant de jadis. Et la plupart des hôtels particuliers avaient disparu, beaucoup de rues naguère silencieuses étaient devenues des rues commerçantes.

Il ne s'en trouvait pas moins dans ce qui avait remplacé les quartiers aristocratiques et le George-V s'y dressait comme le centre d'un univers particulier qui lui était peu familier.

Les journaux publiaient les noms de ceux qui dormaient encore ou qui étaient en train de prendre leur petit déjeuner dans les appartements voisins. L'avenue elle-même, la rue François-Ier, l'avenue Montaigne constituaient un monde à part où, sur les plaques des maisons, on lisait les noms des grands couturiers et où dans les vitrines, à la simple devanture d'un chemisier, on voyait des choses inconnues partout ailleurs.

Est-ce que Lapointe, qui vivait dans un meublé modeste de la Rive Gauche, n'était pas désorienté ?

N'éprouvait-il pas, comme le Maigret de jadis, un respect involontaire pour ce luxe qu'il découvrait soudain ?

— Un policier, le policier idéal, devrait se sentir à son aise dans tous les milieux…

C'était Maigret qui avait dit cela un jour et, toute sa vie, il s'était efforcé d'oublier les différences de surface qui existent entre les hommes, de gratter le vernis pour découvrir, sous les apparences diverses, l'homme tout nu.

Or, malgré lui, ce matin, quelque chose l'agaçait dans l'atmosphère qui l'entourait. M. Gilles, le directeur, était un excellent homme, en dépit de ses pantalons rayés, d'une certaine suavité professionnelle, de sa peur des histoires, et il en était de même du médecin habitué à soigner des personnes illustres.

C'était un peu comme s'il eût senti entre eux une sorte de complicité. Ils prononçaient les mêmes mots que tout le monde, et pourtant ils parlaient un autre langage. Quand ils disaient « la comtesse » ou « le colonel », cela avait un sens qui échappait au commun des mortels.

Ils étaient dans le secret, en somme. Ils appartenaient, ne fût-ce qu'à titre de comparses, à un monde à part auquel le commissaire refusait, par honnêteté, de se montrer hostile a priori.

Tout cela, il le pensait confusément, il le sentait plutôt, alors qu'il raccrochait le téléphone et qu'il se tournait vers le médecin pour lui demander :

— Croyez-vous que, si la comtesse avait réellement absorbé une dose de barbiturique susceptible de la tuer, il lui aurait été possible, après vos soins, il y a une demi-heure, par exemple, de se lever sans aide et de quitter l'hôpital ?

— Elle est partie ?

Les volets de la chambre à coucher étaient toujours baissés mais on avait ouvert ceux du salon et un peu de soleil, un reflet plutôt, pénétrait dans la pièce. Le médecin était debout près du guéridon sur lequel se trouvait sa trousse. Le directeur de l'hôtel se tenait, lui, à proximité de la porte du salon, et Lapointe à droite de Maigret, un peu en retrait.

Le mort était toujours dans la baignoire et la salle de bains, dont la porte restait ouverte, était la pièce la plus éclairée.

Le téléphone sonna une fois de plus. Le directeur décrocha, après un coup d'œil au commissaire, comme pour lui en demander la permission.

— Allô ! oui ?… C'est moi… Il monte ?…

Tout le monde le regardait et il cherchait quelque chose à dire, le visage soucieux, quand la porte qui donnait sur le couloir fut poussée.

Un homme d'une cinquantaine d'années, aux cheveux argentés, au teint bruni par le soleil, qui portait un complet de fil-à-fil gris clair, regarda tour à tour les personnages réunis dans la pièce, aperçut enfin M. Gilles.

— Ah ! vous êtes là… Qu'est-il arrivé à David ?… Où est-il ?…

— Hélas, monsieur Arnold…

Il désignait la salle de bains puis, tout naturellement, se mettait à parler anglais.

— Comment avez-vous su ?

— J'ai téléphoné cinq fois ce matin… répondait M. Arnold dans la même langue.

C'était encore un détail qui accroissait l'agacement de Maigret. Il comprenait l'anglais, non sans effort, mais était loin de le parler couramment. Or, le docteur, à son tour, adoptait cette langue.

— Hélas, monsieur Arnold, il n'y a aucun doute qu'il soit mort…

Le nouveau venu s'était campé sur le seuil de la salle de bains où il était resté un bon moment à regarder le corps dans la baignoire et on avait vu ses lèvres remuer, comme s'il récitait une prière muette.

— Un stupide accident, n'est-ce pas ?

Dieu sait pourquoi, il employait à nouveau le français, qu'il parlait sans presque d'accent.

C'est à cet instant précis qu'eut lieu l'incident. Maigret se trouvait près de la chaise sur laquelle était jeté le pantalon du mort. On y voyait une mince chaîne en platine, attachée à un bouton à hauteur de la ceinture, à l'autre bout de laquelle, dans la poche, un objet devait être fixé, clef ou montre.

Machinalement, le commissaire avait tendu la main pour saisir la chaîne, par pure curiosité, et, alors qu'il était au milieu de son geste, le nommé Arnold s'était tourné vers lui, le regardant sévèrement comme pour l'accuser d'une incongruité ou d'une indélicatesse.

Tout cela fut beaucoup plus subtil que les mots. Juste un coup d'œil, à peine appuyé, un changement à peine perceptible d'expression.

Or, Maigret lâcha la chaîne et prit une attitude dont il eut aussitôt honte, car c'était l'attitude d'un coupable.

Lapointe s'en était-il réellement aperçu et l'avait-il fait exprès de détourner la tête ?

Ils étaient trois, au Quai – et c'était devenu un sujet de plaisanterie –, à vouer au commissaire une admiration qui confinait à un culte : Lucas, le plus ancien, Janvier, qui avait été jadis aussi jeune, aussi inexpérimenté et aussi ardent que Lapointe, et enfin celui-ci, le « petit Lapointe » comme on disait.

Venait-il d'être désillusionné, ou seulement gêné, en voyant le patron se laisser prendre, comme lui-même, par l'ambiance dans laquelle ils se trouvaient plongés ?

Maigret réagit, se durcit, et ce fut peut-être aussi une maladresse, il en avait conscience, mais il ne pouvait pas faire autrement.

— C'est moi qui désire vous poser quelques questions, monsieur Arnold…

L'Anglais ne lui demanda pas qui il était, se tourna vers M. Gilles qui expliqua :

— Le commissaire Maigret, de la Police Judiciaire…

Un petit signe de tête, vague, à peine poli.

— Puis-je vous demander qui vous êtes et pourquoi vous êtes venu ici ce matin ?

Une fois encore, Arnold regarda le directeur, l'air surpris, comme si la question était pour le moins surprenante.

— M. John T. Arnold est…

— Laissez-le répondre lui-même, voulez-vous ?

Et l'Anglais :

— Nous pourrions peut-être passer au salon ?

Avant cela, il alla encore jeter un coup d'œil dans la salle de bains, comme pour rendre une fois de plus ses devoirs au mort.

— Vous avez encore besoin de moi ? demanda le docteur Frère.

— Du moment que je sais où vous trouver…

— Je tiens ma secrétaire au courant de mes déplacements… L'hôtel a mon numéro de téléphone…

Arnold disait, en anglais, à M. Gilles :

— Voulez-vous me faire monter un scotch, s'il vous plaît ?

Et Maigret, avant de reprendre la conversation, décrochait le téléphone.

— Donnez-moi le Parquet, mademoiselle…

— Quel parquet ?

Ici, on ne parlait pas le même langage qu'au Quai des Orfèvres. Il dit le numéro.

— Voulez-vous me passer le procureur ou un des substituts ?… Le commissaire Maigret… Oui…

Pendant qu'il attendait, M. Gilles trouva le temps de murmurer :

— Pouvez-vous demander à ces messieurs d'agir discrètement, d'entrer à l'hôtel comme si de rien n'était et…

— Allô !… Je suis à l'Hôtel George-V, monsieur le procureur…

On vient de découvrir un mort dans une salle de bains, le colonel David Ward… Ward, oui… Le corps est encore dans la baignoire et certains indices laissent supposer que le décès n'a pas été accidentel… Oui… C'est ce qu'on m'a dit…

Le procureur venait, à l'autre bout du fil, de prononcer :

— Vous savez que David Ward est un homme *très important* ?

Maigret écoutait néanmoins sans impatience.

— Oui… oui… Je reste ici… Il y a eu un autre événement la nuit dernière, au même hôtel… Je vous en parlerai tout à l'heure… Oui… À tout de suite, monsieur le procureur…

Pendant qu'il parlait, un garçon en veste blanche avait fait une courte apparition et M. Arnold s'était installé dans un fauteuil, avait allumé un cigare dont il avait coupé le bout lentement, soigneusement.

— Je vous ai demandé…

— Qui je suis et ce que je fais ici… À mon tour de vous demander : savez-vous qui est… je dois dire maintenant *qui était* mon ami David Ward ?

Ce n'était peut-être pas de l'insolence, après tout, mais une assurance innée. Arnold était ici chez lui. Le directeur hésitait à l'interrompre, le faisait enfin à la façon dont un écolier, en classe, demande la permission d'aller aux lavabos.

— Vous m'excusez, messieurs… Je voudrais savoir si je peux descendre pour donner quelques instructions…

— Nous attendons le Parquet.

— J'ai entendu, oui…

— On aura besoin de vous. J'attends aussi les spécialistes de l'Identité Judiciaire et les photographes, ainsi que le médecin légiste…

— Pourrai-je faire entrer une partie tout au moins de ces messieurs par la porte de service ?… Vous devez me comprendre, commissaire… S'il y a trop d'allées et venues dans le hall et si…

— Je comprends…

— Je vous remercie…

— On vous monte votre whisky tout de suite, monsieur Arnold… Vous prendrez peut-être quelque chose, messieurs ?…

Maigret fit non de la tête et le regretta, car il aurait bien bu une gorgée d'alcool lui aussi.

— Je vous écoute, monsieur Arnold… Vous disiez ?…

— Je disais que vous avez sans doute lu le nom de mon ami David dans les journaux, comme tout le monde… Le plus souvent, on le fait précéder du mot milliardaire… Le « milliardaire anglais »… Et, si on compte en francs, c'est exact… En livres, non…

— Quel âge ? coupa Maigret.

— Soixante-trois ans… David n'a pas fait sa fortune seul mais, comme on dit chez nous, il est né avec une cuiller d'argent dans la bouche… Son père possédait déjà les plus grosses tréfileries de Manchester, fondées par son grand-père… Vous me suivez ?

— Je vous suis.

— Je n'irai pas jusqu'à dire que l'affaire marchait toute seule et que David n'avait pas à s'en occuper, mais elle lui demandait peu d'activité, une entrevue, de temps en temps, avec ses directeurs, des conseils d'administration, des signatures à donner…

— Il ne vivait pas à Manchester ?

— Presque jamais.

— Si j'en crois les journaux…

— Les journaux ont adopté une fois pour toutes deux ou trois douzaines de personnalités dont ils relatent les moindres faits et gestes. Cela ne veut pas dire que tout ce qu'ils racontent soit exact. Ainsi, en ce qui concerne les divorces de David, on a imprimé beaucoup d'inexactitudes… Mais ce n'est pas cela que je voudrais vous faire comprendre… Pour la plupart des gens, David, qui avait hérité d'une fortune considérable, d'une affaire solidement établie, n'avait rien d'autre à faire que de passer son temps gaiement à Paris, à Deauville, à Cannes, à Lausanne ou à Rome, fréquentant les cabarets et les champs de courses, entouré de jolies femmes et de personnalités aussi connues que lui… Or, ce n'est pas le cas…

M. Arnold prit son temps, contempla un instant la cendre blanche de son cigare, fit un signe au garçon qui entrait et saisit le verre de whisky sur le plateau.

— Vous permettez ?

Puis, se calant dans son fauteuil :

— Si David n'a pas mené, à Manchester, la vie habituelle d'un gros industriel anglais, c'est, justement, parce que sa situation, là-bas, était faite d'avance, qu'il n'avait qu'à y continuer l'œuvre de son père et de son grand-père, ce qui ne l'intéressait pas. Vous comprenez cela ?

Et, à la façon dont il regardait le commissaire, puis le jeune Lapointe, on sentait qu'il considérait les deux hommes comme incapables de comprendre ce sentiment-là.

— Les Américains ont un mot que, nous autres Anglais, employons rarement... Ils disent un « playboy », ce qui signifie un homme riche dont le seul but dans la vie est de prendre du bon temps, passant du polo aux sports d'hiver, courant des régates, fréquentant les cabarets en compagnie agréable...

— Le Parquet ne va pas tarder à arriver, remarqua Maigret en regardant sa montre.

— Je m'excuse de vous infliger ce discours, mais vous m'avez posé une question à laquelle il est impossible de répondre en quelques mots... Peut-être aussi mon intention est-elle de vous éviter des gaffes... C'est bien ainsi que vous dites ?... Loin d'être un « playboy », David Ward s'occupait, à titre personnel, et non pas en tant que propriétaire des Tréfileries Ward, de Manchester, d'un certain nombre d'affaires diverses... Seulement, il ne croyait pas nécessaire, pour travailler, de s'enfermer huit heures par jour dans un bureau... Croyez-moi si je vous affirme qu'il avait le génie des affaires... Il lui arrivait d'en réaliser d'énormes dans les endroits et dans les moments les plus inattendus...

— Par exemple ?

— Un jour que nous passions ensemble, dans sa Rolls, sur la Riviera italienne, une panne nous a forcés à nous arrêter dans une auberge assez modeste. Pendant qu'on préparait notre repas, David et moi nous sommes promenés à pied dans les environs. Cela se passait voilà vingt ans. Le même soir, nous étions à Rome, mais, quelques jours plus tard, j'achetais, pour le compte de David, deux mille hectares de terrains en partie couverts de vignes… Aujourd'hui, vous y verrez trois grands hôtels, un casino, une des plus jolies plages de la côte, bordée de villas… En Suisse, près de Montreux…

— En somme, vous étiez son homme d'affaires personnel…

— Son ami et son homme d'affaires, si vous voulez… Son ami d'abord car, lorsque je l'ai connu, je ne m'étais jamais occupé de commerce ni de finance…

— Vous êtes au George-V aussi ?

— Non, à l'Hôtel Scribe. Cela vous paraîtra bizarre mais, à Paris comme ailleurs, nous habitions presque toujours des hôtels différents, David étant très jaloux de ce que nous appelons sa « privacy »…

— C'est pour la même raison que la comtesse Palmieri occupait un appartement à l'autre bout du couloir ?

Arnold rougit un peu.

— Pour cette raison-là et pour d'autres…

— C'est-à-dire… ?

— C'est une question de délicatesse…

— Tout le monde n'en connaissait pas moins leurs relations ?

— Tout le monde en parlait, c'est exact.

— Et c'était vrai ?

— Je suppose. Je n'ai jamais posé de questions sur ce sujet.

— Vous étiez pourtant intimes…

C'était au tour d'Arnold d'être agacé. Lui aussi devait penser qu'ils ne parlaient pas le même langage, qu'ils n'étaient pas de plain-pied.

— Combien a-t-il eu de femmes légitimes ?

— Trois seulement. Les journaux lui en ont attribué davantage parce que, dès qu'il rencontrait une femme et se montrait quelques fois avec elle, on annonçait un nouveau mariage.

— Les trois femmes vivent toujours ?

— Oui.

— Il a eu des enfants d'elles ?

— Deux. Un fils, Bobby, qui a seize ans et qui est à Cambridge, de la seconde, et une fille, Ellen, de la troisième.

— En quels termes était-il avec elles ?

— Avec ses anciennes femmes ? En excellents termes. C'était un gentleman.

— Il lui arrivait de les revoir ?

— Il les rencontrait…

— Elles ont de la fortune ?

— La première, Dorothy Payne, qui appartient à une importante famille du textile de Manchester.

— Les deux autres ?

— Il a pourvu à leurs besoins.

— De sorte qu'aucune d'elles n'a intérêt à sa mort ?

Arnold fronça les sourcils, en homme qui ne comprend pas, parut choqué.

— Pourquoi ?

— Et la comtesse Palmieri ?

— Il l'aurait sans doute épousée une fois son divorce avec Muriel Halligan rendu définitif.

— Qui, à votre avis, avait intérêt à sa mort ?

La réponse fut aussi rapide que précise.

— Personne.

— Vous lui connaissiez des ennemis ?

— Je ne lui connais que des amis.

— Il était descendu au George-V pour longtemps ?

— Attendez… Nous sommes le 7 octobre…

Il prit un carnet rouge dans sa poche, un joli carnet avec couverture de cuir souple à coins d'or.

— Nous sommes arrivés le 2, venant de Cannes… Auparavant, nous étions à Biarritz, après avoir quitté Deauville le 17 août… Nous devions repartir le 13 pour Lausanne…

— Pour affaires ?

Une fois de plus, Arnold regarda Maigret avec une sorte de désespoir, comme si cet homme épais était définitivement incapable de comprendre les choses les plus élémentaires.

— David a un appartement à Lausanne et y est même domicilié…

— Et ici ?

— Il a cet appartement à l'année aussi, comme il en a un à Londres et un autre au Carlton de Cannes…

— Et à Manchester ?

— Il possède la maison familiale des Ward, une énorme construction de style victorien où, je crois bien, il n'a pas dormi trois fois en trente ans… Il avait Manchester en horreur…

— Vous connaissez bien la comtesse Palmieri ?

Arnold n'eut pas le temps de répondre. On entendait des pas, des voix dans le couloir. M. Gilles, plus impressionné que par Maigret, précédait le procureur de la République et un jeune juge d'instruction avec qui le commissaire n'avait pas encore travaillé. Il s'appelait Calas et avait l'air d'un étudiant.

— Je vous présente M. Arnold…

— John T. Arnold… précisa celui-ci en se levant.

Maigret continuait :

— L'ami intime et l'homme d'affaires particulier du défunt.

Comme s'il était enchanté d'avoir affaire enfin à quelqu'un d'important, et qui était peut-être de son monde, Arnold disait au procureur :

— J'avais rendez-vous ce matin à dix heures avec David, plus exactement je devais lui téléphoner. C'est ainsi que j'ai appris sa mort. Ici, on me dit qu'on ne croit pas à un accident, et je suppose que la police a de bonnes raisons pour parler de la sorte. Ce que je voudrais vous demander, monsieur le procureur, c'est d'éviter que l'on fasse trop de bruit autour de cette affaire. David était un homme considérable et il m'est difficile de vous dire toutes les répercussions que sa mort va entraîner, non seulement à la Bourse, mais dans différents milieux.

— Nous serons aussi discrets que possible, murmura le procureur. N'est-ce pas, commissaire ?

Celui-ci baissa la tête.

— Je suppose, continuait Arnold, que vous avez des questions à me poser ?

Le magistrat regarda Maigret, puis le juge d'instruction.

— Peut-être tout à l'heure… Je ne sais pas… Pour le moment, je crois que vous pouvez disposer…

— Si vous avez besoin de moi, je suis en bas… Au bar…

La porte refermée, ils se regardèrent, soucieux.

— Vilaine affaire, n'est-ce pas ? fit le procureur. Vous avez une idée ?

— Aucune. Si ce n'est qu'une comtesse Palmieri, qui était la maîtresse de Ward et qui occupait un appartement au bout du couloir, a tenté de s'empoisonner la nuit dernière. Le médecin l'a fait transporter à l'Hôpital Américain de Neuilly, où on lui a donné une chambre privée. L'infirmière allait la voir toutes les demi-heures. Tout à l'heure, elle a trouvé la chambre vide…

— La comtesse a disparu ?

Maigret fit oui de la tête, ajouta :

— Je fais surveiller les gares, les aéroports et les différentes sorties de Paris.

— Curieux, non ?

Maigret haussa les épaules. Qu'est-ce qu'il pouvait dire ? Tout était curieux dans cette affaire, depuis le mort, qui était né avec une cuiller en argent dans la bouche et qui faisait des affaires en fréquentant les champs de courses et les boîtes de nuit, jusqu'à cet homme d'affaires mondain qui lui parlait comme un professeur s'adressant à un élève obtus.

— Vous voulez le voir ?

Le procureur, un magistrat fort digne, appartenant à la vieille noblesse de robe, avouait :

— J'ai téléphoné aux Affaires Étrangères… David Ward était vraiment un personnage considérable… Son titre de colonel lui vient de la guerre qu'il a faite à la tête d'une branche de l'Intelligence Service… Croyez-vous que cela puisse avoir un rapport avec sa mort ?

Des pas, dans le couloir, des coups frappés à la porte, enfin l'apparition du docteur Paul, sa trousse à la main.

— J'ai bien cru qu'on allait me faire passer par l'entrée de service… C'est ce qui est en train d'arriver, en bas, aux gens de l'Identité Judiciaire… Où est le cadavre ?

Il serrait la main du procureur, celle de Calas, le nouveau juge, enfin celle de Maigret.

— Alors, vieux complice ?

Puis il retirait son veston et retroussait les manches de sa chemise.

— Un homme ?… Une femme ?…

— Un homme…

Maigret lui désigna la salle de bains et on entendit une exclamation du docteur. Les hommes de l'Identité Judiciaire arrivaient à leur tour, transportant leurs appareils, et Maigret devait s'occuper d'eux.

Au George-V comme ailleurs, pour David Ward comme pour n'importe quelle victime d'un crime, il fallait suivre la routine.

— On peut ouvrir les volets, patron ?

— Oui. Ce verre-ci ne compte pas. On vient de le monter pour un témoin.

Le soleil, maintenant, inondait non seulement le salon mais la chambre, vaste et gaie, où on découvrait des quantités de menus objets personnels, presque tous rares ou précieux.

Par exemple, le réveille-matin, sur la table de nuit, était en or et sortait de chez Cartier, comme un étui à cigares traînant sur une commode, tandis que le nécessaire à manucure portait la marque d'une grande maison de Londres.

Dans la penderie, un inspecteur compta dix-huit complets, et sans doute y en avait-il autant dans les autres appartements de Ward, à Cannes, à Lausanne, à Londres…

— Vous pouvez m'envoyer le photographe, fit la voix du docteur Paul.

Maigret regardait partout et nulle part, enregistrant les moindres détails de l'appartement et de ce qui s'y trouvait.

— Téléphone donc à Lucas pour savoir s'il a des nouvelles… dit-il à Lapointe, qui semblait un peu perdu dans le brouhaha.

Il y avait trois appareils, un dans le salon, l'autre à la tête du lit, le troisième dans la salle de bains.

— Allô !… Lucas ?… Ici, Lapointe…

Devant la fenêtre, Maigret s'entretenait à voix basse avec le procureur et le juge d'instruction tandis que le docteur Paul et le photographe restaient invisibles près de la baignoire.

— Nous allons voir si le docteur Paul confirme l'opinion du docteur Frère… D'après celui-ci, les ecchymoses…

Le médecin légiste apparaissait enfin, jovial comme à son habitude.

— En attendant mon rapport et, probablement, l'autopsie, car je suppose qu'elle sera ordonnée, je peux vous dire ceci :

» Primo : ce type-là était bâti pour vivre au moins quatre-vingts ans.

» Secundo : il était passablement saoul quand il est entré dans sa baignoire.

» Tertio : il n'a pas glissé et la personne qui l'a aidé à passer de vie à trépas a déployé une certaine énergie pour le maintenir sous l'eau.

» C'est tout pour le moment. Si on veut me l'envoyer à l'Institut médico-légal, j'essayerai d'en découvrir davantage…

Les deux magistrats échangèrent un coup d'œil. Autopsie ? Pas autopsie ?

— Il a de la famille ? demanda le procureur à Maigret.

— Autant que j'ai pu comprendre, il a deux enfants, tous les deux mineurs, et le divorce d'avec sa troisième femme n'était pas encore définitif.

— Des frères, des sœurs ?

— Un instant…

Il décrocha à nouveau. Lapointe lui faisait signe qu'il avait à lui parler, mais le commissaire demandait d'abord le bar.

— M. Arnold, s'il vous plaît.

— Un instant…

Un peu plus tard, Maigret annonçait au magistrat :

— Pas de sœur. Il a eu un frère, tué aux Indes à l'âge de vingt-deux ans… Il lui reste des cousins avec qui il n'entretenait aucune relation… Qu'est-ce que tu voulais, Lapointe ?

— Lucas m'a appris un détail qu'on vient de lui communiquer. Ce matin, vers neuf heures, la comtesse Palmieri, de sa chambre, a demandé plusieurs numéros de téléphone…

— On les a notés ?

— Pas ceux de Paris, deux ou trois, paraît-il, dont deux fois le même. Elle a ensuite appelé Monte-Carlo…

— Quel numéro ?

— L'Hôtel de Paris…

— On ne sait pas qui ?

— Non. Vous voulez que je demande l'Hôtel de Paris ?

On restait dans un même milieu. Ici, le George-V. À Monte-Carlo, l'hôtel le plus fastueux de la Côte d'Azur.

— Allô ! mademoiselle, donnez-moi l'Hôtel de Paris, à Monte-Carlo, s'il vous plaît… Comment ?…

Il se tourna, embarrassé, vers le commissaire.

— Elle demande sur le compte de qui elle doit mettre la communication.

Et Maigret, avec impatience :

— Sur celui de Ward... Ou sur le mien, si elle préfère...

— Allô ! mademoiselle... C'est de la part du commissaire Maigret... Oui... Merci...

L'appareil raccroché, il annonça :

— Dix minutes d'attente.

Dans un tiroir, on venait de trouver des lettres, certaines en anglais, d'autres en français ou en italien, pêle-mêle, lettres de femmes et lettres d'affaires mélangées, invitations à des cocktails ou à des dîners, tandis que dans un autre tiroir se trouvaient des dossiers mieux classés...

— On les emporte ?

Maigret fit signe que oui, après avoir consulté le juge Calas du regard. Il était onze heures et l'hôtel commençait à s'éveiller, on entendait des sonneries, des domestiques qui allaient et venaient et, sans cesse, le déclic de l'ascenseur.

— Vous croyez, docteur, qu'une femme aurait pu lui maintenir la tête sous l'eau ?

— Cela dépend de la femme.

— Ils l'appellent la petite comtesse, ce qui laisse supposer qu'elle est plutôt menue.

— Ce n'est pas la taille ni l'embonpoint qui comptent... grommela le docteur Paul, philosophe.

Et Maigret :

— Nous ferions peut-être bien d'aller jeter un coup d'œil au 332...

— Le 332 ?

— L'appartement de la comtesse en question.

Ils trouvèrent la porte fermée, durent se mettre à la recherche d'une femme de chambre. On avait déjà fait le ménage de l'appartement, qui se composait aussi d'un salon, plus petit qu'au 347, d'une chambre et d'une salle de bains.

Bien que la fenêtre fût ouverte, il flottait encore une odeur de parfum et d'alcool et, si on avait enlevé la bouteille de champagne, celle de whisky, aux trois quarts pleine, était restée sur un guéridon.

Le procureur et le juge, trop bien élevés ou trop timides, hésitaient sur le seuil, tandis que Maigret ouvrait armoires et tiroirs. Ce qu'il découvrait c'était, en féminin, ce qu'il avait découvert chez David Ward, des objets de grand luxe qu'on ne trouve que dans de rares magasins et qui sont comme le symbole d'un certain niveau de vie.

Sur la coiffeuse, des bijoux traînaient comme des choses sans valeur, bracelet de diamants avec une montre minuscule, boucles d'oreilles et bagues valant en tout une vingtaine de millions.

Ici aussi, des papiers dans un tiroir, invitations, factures de couturiers et de modistes, prospectus, indicateur d'Air-France et de la Pan-American.

Pas de lettres personnelles, à croire que la petite comtesse n'écrivait ni ne recevait de correspondance. Par contre, dans un placard, Maigret compta vingt-huit paires de chaussures, certaines qui n'avaient jamais été portées, et leur taille lui confirma que la comtesse était réellement menue.

Lapointe accourait.

— J'ai eu l'Hôtel de Paris au bout du fil. La téléphoniste prend note des appels, mais pas des communications que les clients reçoivent, sauf quand ils sont absents et qu'elle leur laisse un message. Elle a reçu plus de quinze communications de Paris ce matin et est incapable de dire à qui celle-là était adressée.

Lapointe ajouta, hésitant :

— Elle m'a demandé s'il faisait aussi chaud ici que là-bas. Il paraît…

On ne l'écoutait plus et il se tut. Le petit groupe regagnait l'appartement de David Ward et rencontrait un assez étrange cortège. Le directeur, qu'on avait sans doute alerté, marchait en tête, en éclaireur, épiant avec inquiétude les portes qui pouvaient s'ouvrir à tout moment. Il avait amené un des chasseurs en uniforme bleu ciel comme renfort, afin de rendre la voie libre.

Quatre hommes suivaient, portant la civière sur laquelle le corps de David Ward, toujours nu, était caché par une couverture.

— Par ici… disait M. Gilles d'une voix étouffée.

Il marchait sur la pointe des pieds. Les porteurs avançaient avec précaution, évitant de heurter les murs et les portes.

Ils ne se dirigeaient pas vers un des ascenseurs, mais prenaient un couloir plus étroit que les autres, à la peinture moins brillante et moins fraîche, qui conduisait au monte-charge.

David Ward, qui avait été un des clients les plus prestigieux de l'hôtel, le quittait par le chemin des malles et des gros bagages.

Il y eut un silence. Les magistrats, qui n'avaient plus rien à faire, hésitaient à rentrer dans l'appartement.

— Vous vous en occupez, Maigret… soupira le procureur.

Il hésita, dit plus bas :

— Soyez prudent... Essayez d'éviter que les journaux... Enfin, vous me comprenez... Le ministère m'a bien recommandé...

C'était moins compliqué, la veille, à peu près à la même heure, quand le commissaire était allé, rue de Clignancourt, rendre visite à l'encaisseur, père de trois enfants, qui avait reçu deux balles dans le ventre en essayant de défendre sa sacoche qui contenait huit millions.

Il avait refusé d'être transporté à l'hôpital. Il préférait, s'il devait mourir, le faire dans la petite chambre au papier à fleurs roses où sa femme le veillait et où, en revenant de l'école, les enfants marchaient sur la pointe des pieds.

Pour cette affaire-là, on avait une piste, le béret abandonné sur les lieux, qui finirait bien par conduire jusqu'aux coupables.

Mais pour David Ward ?

— Je crois, dit soudain Maigret, comme s'il se parlait à lui-même, que je vais aller faire un tour à Orly.

Peut-être à cause des indicateurs d'Air-France et de la Pan-American qui traînaient dans un tiroir, ou à cause du coup de téléphone à Monte-Carlo ?

Peut-être, après tout, parce qu'il fallait faire quelque chose, n'importe quoi, et qu'un aéroport lui paraissait dans la ligne d'une personne comme la comtesse.

Des allées et venues de la petite comtesse
et des scrupules de Maigret

Il ne devait pas quitter le George-V aussi vite qu'il en avait eu l'intention. Alors qu'il donnait des instructions, par téléphone, à Lucas, avant de se rendre à l'aéroport, le jeune Lapointe, qui était allé rôder dans la chambre de la comtesse Palmieri, en rapporta une boîte en métal colorié. Elle avait contenu primitivement des biscuits anglais, et elle était bourrée de photographies.

Cela rappela à Maigret la boîte dans laquelle, quand il était petit, sa mère mettait les boutons et dans laquelle on pêchait chaque fois qu'il en manquait un à un vêtement. Celle-là était une boîte à thé, ornée de caractères chinois, assez inattendue dans la maison d'un régisseur de château qui ne buvait jamais de thé.

Dans un placard du 332, le commissaire avait aperçu des valises qui sortaient de chez un malletier célèbre de l'avenue Marceau et les moindres objets usuels, un chausse-pied, par exemple, ou un presse-papier, portaient la marque d'une maison de grand luxe.

Or, c'était dans une simple boîte à biscuits que la comtesse gardait pêle-mêle les photographies d'elle et de ses amis, des instantanés pris au hasard de ses déplacements, qui la montraient, en maillot, à bord d'un yacht, en Méditerranée probablement, ou faisant du ski nautique, ou encore dans la neige, en haute montagne.

Sur un certain nombre de ces photographies, elle était en compagnie du colonel, parfois seule avec lui, le plus souvent avec d'autres personnes qu'il arrivait au commissaire de reconnaître car c'étaient des acteurs, des écrivains, des gens dont on avait l'habitude de voir le portrait dans les journaux.

— Vous emportez la boîte, patron ?

On aurait dit que Maigret ne quittait qu'à son corps défendant cet étage du George-V où il semblait pourtant qu'il n'y eût plus rien à apprendre.

— Appelle l'infirmière. Assure-toi d'abord que c'est la même que la nuit dernière.

C'était la même, pour la bonne raison qu'il n'y en avait qu'une attachée à l'hôtel. Son travail consistait surtout, Maigret l'apprit un peu plus tard, à soigner des gueules de bois et à faire des piqûres. Depuis quelques années, un tiers des clients recevaient, sur ordre de leur médecin, des piqûres d'une sorte ou d'une autre.

— Dites-moi, mademoiselle…

— Genévrier…

C'était une personne digne et triste, sans âge, aux yeux ternes comme les gens qui ne dorment pas assez.

— Lorsque la comtesse Palmieri a quitté l'hôtel en ambulance, elle était en tenue de nuit, n'est-ce pas ?

— Oui. On l'a enveloppée d'une couverture. Je ne voulais pas perdre de temps à l'habiller. Je lui ai mis du linge et des vêtements dans une valise.

— Une robe ?

— Un tailleur bleu, le premier qui m'est tombé sous la main. Des souliers et des bas aussi, naturellement.

— Rien d'autre ?

— Un sac à main, qui se trouvait dans la chambre. Je me suis assurée qu'il contenait un peigne, un poudrier, du rouge à lèvres, tout ce dont une femme a besoin.

— Vous ne savez pas si ce sac contenait de l'argent ?

— J'y ai vu un portefeuille, un carnet de chèques et un passeport…

— Un passeport français ?

— Italien.

— La comtesse est d'origine italienne ?

— Française. Elle est devenue italienne par son mariage avec le comte Palmieri et je suppose qu'elle a conservé cette nationalité. Je ne sais pas. Je ne m'occupe pas de ces choses-là.

Dans l'ascenseur, il y avait un homme que Lapointe dévorait des yeux et Maigret finit par reconnaître le plus grand comique du cinéma américain. Cela lui fit un drôle d'effet, à lui aussi, après l'avoir tant vu sur les écrans, de le retrouver en chair et en os, dans la cage d'un ascenseur, vêtu comme tout le monde, des poches sous les yeux, l'air lugubre de quelqu'un qui a trop bu la veille.

Avant de se diriger vers le hall, le commissaire passa par le bar, où John T. Arnold était accoudé devant un whisky.

— Venez donc un instant dans ce coin…

Il n'y avait encore que quelques clients qui, la plupart, avaient le même air jaunâtre que l'acteur américain, sauf deux qui avaient étalé sur un guéridon des papiers d'affaires et qui discutaient gravement.

Maigret passait les photos, une à une, à son compagnon.

— Je suppose que vous connaissez ces gens-là ? J'ai remarqué que vous étiez sur quelques instantanés…

Arnold connaissait tout le monde, en effet, et beaucoup étaient des personnages dont Maigret connaissait le nom, lui aussi : deux anciens rois, qui avaient régné dans leur pays et qui vivaient maintenant sur la Côte d'Azur, une ex-reine qui habitait Lausanne, quelques princes, un metteur en scène anglais, le propriétaire d'une grande marque de whisky, une danseuse de ballets, un champion de tennis…

Arnold était un peu agaçant avec sa façon d'en parler.

— Vous ne le reconnaissez pas ? C'est Paul.

— Paul qui ?

— Paul de Yougoslavie. Ici, c'est Nénette…

Nénette n'était pas le petit nom d'une actrice ou d'une demi-mondaine, mais celui d'une dame du Faubourg Saint-Germain qui recevait ministres et ambassadeurs à sa table.

— Et celui-ci, avec la comtesse et le colonel ?

— Jef.

— Quel Jef ?

— Van Meulen, des produits chimiques.

Encore un nom que Maigret connaissait, bien entendu, qu'on trouvait sur les boîtes de peinture et d'un tas d'autres produits.

Il était en short, coiffé d'un immense chapeau de paille de planteur sud-américain, et il jouait aux boules sur une place de Saint-Tropez.

— C'est le second mari de la comtesse.

— Encore une question, monsieur Arnold. Savez-vous qui se trouve actuellement à Monte-Carlo, à l'Hôtel de Paris, et à qui la comtesse, dans l'embarras, aurait pu avoir l'idée de téléphoner ?

— Elle a téléphoné à Monte-Carlo ?

— Je vous ai posé une question.

— Jef, bien sûr.

— Vous voulez dire son second mari ?

— Il vit une bonne partie de l'année sur la Côte. Il est propriétaire d'une villa, à Mougins, près de Cannes, mais, la plupart du temps, il préfère l'Hôtel de Paris.

— Ils sont restés en bons termes ?

— Excellents. Elle l'appelle toujours papa.

Le comique américain, après un tour de hall, venait s'accouder au bar, et, sans s'enquérir de ce qu'il désirait, on lui préparait d'office un grand verre de gin mélangé de jus de tomate.

— Van Meulen et le colonel étaient en bons termes ?

— C'étaient des amis de toujours.

— Et le comte Palmieri ?

— Il figure sur une des photos que vous venez de me montrer…

Arnold la chercha. Un grand garçon brun, à la chevelure abondante, en slip, à la proue d'un yacht.

— Ami aussi ?

— Pourquoi pas ?

— Je vous remercie…

Maigret se ravisa au moment de se lever.

— Vous savez qui est le notaire du colonel ?

John T. Arnold montra à nouveau quelque impatience, comme si son interlocuteur était par trop ignorant.

— Il en a beaucoup. Pas nécessairement des notaires dans le sens français du mot. À Londres, ses solicitors s'appellent MM. Philps, Philps et Hadley. À New York, la firme Harrison et Shaw s'occupe de ses intérêts. À Lausanne…

— Chez lequel de ces messieurs croyez-vous qu'il ait déposé son testament ?

— Il en a laissé un peu partout. Il en changeait fréquemment.

Maigret avait accepté le whisky qu'on lui offrait mais Lapointe, par discrétion, n'avait pris qu'un verre de bière.

— Je vous remercie, monsieur Arnold.

— N'oubliez surtout pas ce que je vous ai recommandé. Soyez prudent. Vous verrez qu'il y aura des embêtements…

Maigret en doutait si peu qu'il faisait sa tête des mauvais jours. Tous ces gens-là, avec leurs habitudes différentes de celles du commun des mortels, l'irritaient. Il se rendait compte qu'il était mal préparé à les comprendre et qu'il aurait fallu des mois pour se mettre au courant de leurs affaires.

— Viens, Lapointe…

Il traversa le hall à pas pressés sans regarder à droite ni à gauche, par crainte d'être accroché par M. Gilles qu'il aimait bien mais qui ne manquerait pas, lui aussi, de lui parler de prudence et de discrétion. Le hall était presque plein, à présent. On y parlait toutes les langues et on y fumait des cigarettes et des cigares de tous les pays.

— Par ici, monsieur Maigret...

Le voiturier les conduisait vers l'endroit où il avait parqué la petite auto de la P.J., entre une Rolls et une Cadillac.

Pourboire ? Pas pourboire ? Maigret n'en donna pas.

— À Orly, mon petit...

— Oui, patron...

Le commissaire aurait aimé aller à l'Hôpital Américain de Neuilly, questionner l'infirmière, la réceptionniste, la demoiselle du téléphone. Il y avait des quantités de choses qu'il aurait voulu, qu'il aurait dû faire. Mais il ne pouvait être partout à la fois et il avait hâte de retrouver la petite comtesse, comme l'appelaient ses amis.

Et elle était petite, en effet, menue, jolie, il le savait par ses photographies. Quel âge pouvait-elle avoir ? C'était difficile à juger par des instantanés pris pour la plupart en plein soleil et où l'on découvrait davantage son corps, à peu près nu dans un bikini, que le détail de ses traits.

Elle était brune, avec un petit nez pointu, impertinent, des yeux qui pétillaient, et elle prenait volontiers des poses de gamine.

Il aurait juré, pourtant, qu'elle approchait de la quarantaine. La fiche de l'hôtel l'aurait renseigné, mais il n'y avait pas pensé tout à l'heure. Il allait au plus pressé, avec l'impression déplaisante qu'il était en train de saboter son enquête.

— Il faudra tout à l'heure, disait-il à Lapointe, que tu ailles au George-V relever sa fiche. Tu donneras la plus nette des photos à agrandir.

— On la passe dans les journaux ?

— Pas encore. Tu iras aussi à l'Hôpital Américain. Tu comprends ?

— Oui. Vous partez ?

Ce n'était pas sûr, mais il en avait le pressentiment.

— En tout cas, si je pars, téléphone à ma femme.

Il lui était arrivé quatre ou cinq fois de voyager en avion, il y avait un certain temps de cela, et il reconnut à peine Orly où il découvrait de nouveaux bâtiments et où régnait plus d'activité que, par exemple, à la gare du Nord ou à la gare Saint-Lazare.

La différence, c'est qu'ici, on ne sortait pour ainsi dire pas du George-V, on entendait parler toutes les langues et on voyait donner des pourboires dans toutes les monnaies imaginables. Des photographes de presse, groupés près d'une grosse voiture, prenaient des clichés d'une célébrité aux bras chargés de fleurs et la plupart des valises étaient de la même marque prestigieuse que les bagages de la petite comtesse.

— Je vous attends, patron ?

— Non. Descends en ville et fais ce que je t'ai dit. Si je ne pars pas, je rentrerai en taxi.

Il se faufila dans la foule pour éviter les journalistes et, le temps de gagner le hall, où s'alignaient les comptoirs des diverses compagnies de navigation, deux appareils avaient eu le temps de se poser tandis que des Hindous, certains en turban, traversaient le terrain et se dirigeaient vers la douane.

Le haut-parleur n'arrêtait guère de lancer des appels.

— On demande M. Stillwell... M. Stillwell... On demande M. Stillwell au bureau de la Pan-American...

Puis le même avis en anglais, un autre en espagnol, réclamant Mlle Consuélo Gonzalès.

Le bureau du commissaire spécial de l'aéroport n'était plus à l'endroit où Maigret l'avait connu. Il finit néanmoins par le découvrir, poussa la porte.

— Tiens ! Colombani...

Colombani, au mariage de qui Maigret avait assisté, n'appartenait pas à la P.J. et dépendait directement du ministère de l'Intérieur.

— C'est vous qui m'avez fait passer une note ?

Le commissaire Colombani cherchait, dans le désordre de son bureau, un bout de papier sur lequel le nom de la comtesse était écrit au crayon.

— Vous ne l'avez pas vue ?

— J'ai passé la consigne aux hommes du contrôle... On ne m'a rien signalé jusqu'ici... Je vais vérifier les listes de passagers...

Il entra dans un autre bureau vitré, en revint avec une liasse de feuillets.

— Un instant... Vol 315, pour Londres... Palmieri... Palmieri... P... Non... Pas de Palmieri parmi les voyageurs... Vous ne savez pas où elle est allée ?... L'avion suivant : Stuttgart... Pas de Palmieri non plus... Le Caire, Beyrouth... P... Potteret... Non !... New York, via Pan-American... Pittsberg... Piroulet... Toujours pas de Palmieri...

— Il n'y a pas eu d'avion pour la Côte d'Azur ?

— L'avion de Rome, avec escale à Nice, oui, à dix heures trente-deux.

— Vous avez la liste des passagers ?

— J'ai la liste des passagers pour Rome, parce que mes hommes ont visé leur passeport... Ils ne s'occupent pas des voyageurs pour Nice, qui ne passent pas par la même porte et qui n'ont pas à accomplir les formalités de douane et de police...

— C'est un avion français ?

— Anglais... Voyez la B.O.A.C... Je vous y conduis...

Les stands, dans le hall, s'alignaient comme des baraques de foire, surmontés de panneaux aux couleurs des différents pays, avec, presque toujours, des initiales mystérieuses.

— Vous avez la liste des passagers du vol 312 ?

La jeune fille, une Anglaise à taches de rousseur, chercha dans ses dossiers, tendit une feuille.

— P... P... Paarson... Palmieri... Louise, comtesse Palmieri... C'est cela, Maigret ?

Celui-ci s'adressa à la jeune fille.

— Pouvez-vous me dire si cette personne avait retenu sa place ?

— Un instant... C'est mon collègue qui était ici pour cet avion-là...

Elle sortit de son box, s'enfonça dans la foule, finit par revenir avec un grand garçon blond qui parlait le français avec un fort accent.

— C'est vous qui avez établi le billet de la comtesse Palmieri ?

Il dit oui. Son voisin de l'Italian Air-Line la lui avait amenée. Elle devait absolument se rendre à Nice et avait raté l'avion d'Air-France du matin.

— C'est compliqué, vous savez. Il y a des avions qui ne font telle ligne qu'une fois, ou deux fois la semaine. Les escales ne sont pas les mêmes tous les jours non plus, sur certains parcours. Je lui ai dit que si, à la dernière minute, nous avions une place...

— Elle est partie ?

— Oui. À dix heures trente-deux.

— De sorte qu'elle est arrivée à Nice ?

L'employé regarda une horloge au-dessus du stand d'en face.

— Il y a une demi-heure.

— Comment a-t-elle payé son billet ?

— Par chèque. Elle m'a expliqué qu'elle était partie précipitamment et n'avait pas d'argent sur elle.

— Vous avez l'habitude d'accepter les chèques ?

— Quand il s'agit de gens connus.

— Vous avez encore le sien ?

Il ouvrit un tiroir, tripota quelques papiers, sortit une feuille à laquelle un chèque bleuâtre était épinglé. Le chèque n'était pas tiré sur une banque française, mais sur une banque suisse qui avait un bureau avenue de l'Opéra. L'écriture était nerveuse, irrégulière, comme celle d'une personne en proie à l'impatience ou à la fièvre.

— Je vous remercie.

Et, à Colombani :

— Je peux appeler Nice de votre bureau ?

— Vous pouvez même donner un message par le téléscripteur et il sera reçu instantanément.

— Je préférerais parler.

— Venez… Une affaire importante ?

— Très !

— Embêtante ?

— Je le crains.

— C'est à la police de l'aéroport que vous désirez parler ?

Maigret fit signe que oui.

— Cela prendra quelques minutes. Nous avons le temps de boire un coup… Par ici… Vous nous préviendrez quand nous aurons Nice, Dutilleul ?

Au bar, ils se coincèrent entre une famille brésilienne et des pilotes en uniforme gris qui parlaient le français avec l'accent belge ou suisse.

— Qu'est-ce que vous prenez ?

— Je viens de boire un whisky. Il vaut mieux que je continue.

Colombani expliquait :

— Le message que nous avons reçu de la P.J. ne parlait pas des voyageurs pour un aéroport français... Comme nous ne nous occupons, en principe, que de ceux qui doivent faire viser leur passeport...

Maigret vida son verre d'un trait, car on l'appelait déjà au téléphone.

— Allô ! La police de l'aéroport ?... Ici, Maigret, de la P.J.... Oui... Vous m'entendez ?... Allô !... Je parle aussi nettement que je peux... Une jeune femme... Allô !... La comtesse Palmieri... Comme palmier... palmier... Les arbres de la Promenade des Anglais... Avec un *i* à la fin... Oui... Elle a dû descendre, il y a un peu plus d'une demi-heure, de l'avion de la B.O.A.C... Oui, l'avion venant de Londres via Paris... Comment ?... Je n'entends rien...

Colombani alla gentiment fermer la porte, car le vacarme de l'aéroport, y compris celui d'un avion qui s'approchait des vastes portes-fenêtres, pénétrait dans le bureau.

— L'appareil vient seulement d'atterrir ?... Retard, oui... Tant mieux... Les passagers sont encore à l'aéroport ?... Allô !... Courez vite... Palmieri... Non... Vous la retenez sous un prétexte quelconque... Vérification de papiers, par exemple... Faites vite...

Colombani disait, en habitué :

— Je me doutais qu'il y aurait du retard. On signale des orages sur toute la ligne. L'avion de Casablanca est arrivé une heure et demie en retard et celui de…

— Allô !… Oui… Comment ?… Vous l'avez vue ?… Alors ?… Partie ?…

À l'autre bout du fil, aussi, on entendait des bruits de moteur.

— C'est l'avion qui s'en va ?… Elle est à bord ?… Non ?…

Il finit par comprendre que le policier de Nice l'avait ratée de justesse. Les passagers en provenance de Londres étaient encore là, car ils devaient passer par la douane, mais la comtesse, embarquée à Paris, était sortie la première et était montée tout de suite dans une voiture qui l'attendait.

— Une voiture avec une plaque d'immatriculation belge, dites-vous ?… Oui, j'entends : une grosse voiture… un chauffeur… Non… Rien… Merci…

De l'Hôpital Américain, elle avait téléphoné à Monte-Carlo, où son second mari, Joseph Van Meulen, se trouvait probablement à l'Hôtel de Paris. Puis elle s'était fait conduire à Orly et avait pris le premier avion pour la Côte. À Nice, une grosse auto belge l'attendait.

— Ça va comme vous voulez ? questionnait Colombani.

— À quelle heure y a-t-il un avion pour Nice ?

— À une heure dix-neuf… En principe, ils sont complets, bien qu'on ne soit pas en saison. À la dernière minute, cependant, il y a toujours un ou deux passagers qui ne se présentent pas… Vous désirez que je vous fasse inscrire ?…

Sans lui, Maigret aurait perdu du temps.

— Voilà ! Vous n'avez plus qu'à attendre. On ira vous chercher le moment venu. Vous serez au restaurant ?

Maigret déjeuna, seul dans un coin, après avoir téléphoné à Lucas qui ne lui apprit rien de nouveau.

— Les journalistes ne sont pas encore alertés ?

— Je ne crois pas. J'en ai vu un rôder, tout à l'heure, dans les couloirs, mais c'était Michaux, qui traîne toujours dans la maison, et il ne m'a parlé de rien...

— Que Lapointe fasse ce que je lui ai dit... Je rappellerai de Nice dans le courant de l'après-midi...

On vint le chercher, comme promis, et il suivit la file de passagers vers l'appareil où il s'installa au dernier rang. Il avait laissé la boîte de photographies à Lapointe, mais il en avait gardé quelques-unes qui lui paraissaient les plus intéressantes et, au lieu de lire le journal que l'hôtesse de l'air lui offrait en même temps que du chewing-gum, il se mit à les regarder rêveusement.

Il dut attendre, pour fumer sa pipe et desserrer sa ceinture, qu'un avis lumineux, devant lui, s'éteigne, puis, presque tout de suite, on servit du thé et des gâteaux dont il n'avait pas envie.

Les yeux mi-clos, la tête renversée sur le dossier de son fauteuil, il n'avait l'air de penser à rien, tandis que l'appareil volait au-dessus d'un épais tapis de nuages lumineux. En réalité, il s'efforçait de faire vivre des noms, des silhouettes qui, le matin encore, lui étaient aussi étrangers que des habitants d'une autre planète.

Combien de temps s'écoulerait-il avant que la mort du colonel soit connue et que la presse s'empare de l'histoire ? À ce moment-là, les complications commenceraient, comme chaque fois qu'il s'agit d'une personnalité en vue. Est-ce que les quotidiens de Londres n'enverraient pas des reporters à Paris ? À en croire John

T. Arnold, David Ward avait des intérêts un peu partout dans le monde.

Drôle de type ! Maigret ne l'avait vu que dans une position pitoyable et grotesque, nu dans sa baignoire, avec un gros ventre blême qui émergeait et qui semblait flotter.

Lapointe avait-il senti qu'à certain moment le commissaire était impressionné, pas tout à fait à la hauteur de sa tâche, et sa confiance dans le patron en avait-elle été ébranlée ?

Ces gens-là l'agaçaient, c'était un fait. Il était en face d'eux dans la position du nouveau venu dans un club, par exemple, ou dans une classe d'école, celui qui se sait gauche et qui a honte parce qu'il ne connaît pas encore les règles, les usages, les mots clefs et qui se figure que les autres se moquent de lui.

Il était persuadé que John T. Arnold, si désinvolte, à son aise devant des rois en exil ou des banquiers, à Londres, à Rome, à Berlin ou à New York, s'était amusé de sa gaucherie et l'avait traité avec une condescendance un rien apitoyée.

Maigret savait comme tout le monde, mieux que la plupart des gens, de par son métier, comment se brassent certaines affaires, comment on vit dans certains milieux.

Mais c'était là une connaissance théorique. Il ne le « sentait » pas. De menus détails le déroutaient.

C'était la première fois qu'il avait l'occasion de s'occuper d'un monde à part, dont on n'a des échos que par les indiscrétions des journaux.

Il existe des milliardaires, pour employer le terme consacré, qu'on situe sans peine et dont on devine plus ou moins l'existence, brasseurs d'affaires ou banquiers qui se rendent chaque jour à leur bureau et qui, dans le privé, n'ont pas une tête si différente du commun des mortels.

Il avait connu d'importants industriels du Nord et de l'Est, lainiers, maîtres de forge, qui étaient tous les matins à huit heures à leur travail, tous les soirs au lit à dix heures, et dont la famille ressemblait à celle de leurs chefs de service ou de leurs contremaîtres.

Il croyait comprendre, à présent, que ceux-là n'étaient pas tout au sommet de l'échelle, que c'étaient en somme les gagne-petit des grandes fortunes.

Au-dessus d'eux évoluaient des hommes comme le colonel Ward, peut-être comme Joseph Van Meulen, qui ne mettaient pratiquement plus les pieds dans un bureau, allant de palace en palace, entourés de jolies femmes, faisant des croisières à bord de leur yacht, entretenant entre eux des relations compliquées et traitant, dans un hall d'hôtel ou dans un cabaret, des affaires plus considérables que celles des financiers bourgeois.

David Ward avait eu trois femmes légitimes, dont Maigret avait noté les noms dans son carnet noir. Dorothy Payne, la première, était la seule à appartenir plus ou moins à son milieu et à être originaire, comme lui, de Manchester. Ils n'avaient pas eu d'enfants et avaient divorcé après trois ans. Elle était remariée.

Si sa famille était du clan bourgeois, ce n'était pas dans ce monde qu'elle était rentrée après son divorce et elle n'était pas retournée à Manchester. Elle avait épousé un autre Ward, en quelque sorte, un nommé Aldo de Rocca, magnat des soies artificielles en Italie, qui avait la passion des autos et qui courait chaque année les 24 Heures du Mans.

Celui-là aussi devait descendre au George-V ou au Ritz, au Savoy, à Londres, au Carlton, à Cannes, à l'Hôtel de Paris, à Monte-Carlo.

Comment ces gens-là ne se seraient-ils pas rencontrés sans cesse ? Il existe de par le monde vingt ou trente hôtels de grand luxe, une dizaine de plages à la mode, un nombre limité de galas, de « Grand Prix » ou de « Derby ». Les fournisseurs sont les mêmes pour tous, bijoutiers, couturiers, tailleurs. Mêmes coiffeurs aussi, et mêmes manucures.

La deuxième femme du colonel, Alice Perrin, dont le fils était à Cambridge, sortait d'un milieu différent, puisqu'elle était la fille d'une institutrice de village, dans la Nièvre, et qu'elle travaillait comme mannequin à Paris quand Ward l'avait rencontrée.

Mais les mannequins, justement, ne vivent-ils pas un peu comme en bordure du même monde ?

Divorcée, elle n'avait pas repris son métier et le colonel lui avait laissé des rentes.

Quelles gens fréquentait-elle à présent ?

On aurait pu se demander la même chose de la troisième – Muriel Halligan, fille d'un contremaître de Hoboken, près de New York, qui vendait des cigarettes dans une boîte de nuit de Broadway lorsque David Ward en était tombé amoureux.

Elle vivait à Lausanne, avec sa fille, débarrassée, elle aussi, des soucis d'argent.

Au fait, John T. Arnold était-il marié ? Maigret aurait parié que non. Il semblait né pour être le factotum, l'éminence grise et le confident d'un homme comme Ward. Il devait appartenir à une bonne famille anglaise, peut-être à une très vieille famille ayant eu des revers de fortune. Il avait étudié à Eton ou à Cambridge, pratiqué le golf, le tennis, la voile, l'aviron. Sans doute, avant de rencontrer Ward, était-il entré dans l'armée, ou dans les ambassades ?

Toujours est-il qu'il menait, dans l'ombre du colonel, l'existence pour laquelle il était fait. Qui sait ? Ne profitait-il pas discrètement des aventures amoureuses de son patron comme il profitait de son luxe ?

— Mesdames, messieurs, nous vous prions d'attacher vos ceintures et de ne plus fumer. Dans quelques instants, nous atterrirons à Nice. Nous espérons que vous avez fait un bon voyage. *Ladies and gentlemen…*

Maigret eut de la peine à vider sa pipe dans le minuscule cendrier encastré dans le bras de son fauteuil et ses gros doigts s'acharnèrent sur la boucle de sa ceinture. Il n'avait pas remarqué que, depuis quelques instants, on survolait la mer, qui se rapprocha soudain du hublot, presque verticale, car l'avion avait amorcé un virage, et il y avait des bateaux de pêche qui ressemblaient à des jouets, un voilier à deux mâts qui laissait derrière lui un sillage argenté.

— Veuillez ne pas quitter vos sièges avant l'arrêt complet de l'appareil…

L'avion touchait le sol, rebondissait un peu et les moteurs devenaient plus bruyants tandis qu'il se dirigeait vers le bâtiment blanc de l'aéroport et que les oreilles de Maigret bourdonnaient.

Le commissaire fut un des derniers à descendre, parce qu'il était tout au fond et qu'une grosse dame, devant lui, avait oublié une boîte de chocolats sur son siège et s'efforçait de remonter le courant.

Au bas de l'escalier, un jeune homme sans veston, la chemise éclatante dans le soleil, s'adressa à lui en touchant son chapeau de paille.

— Le commissaire Maigret ?

— Oui.

— Inspecteur Benoît… Ce n'est pas moi qui ai reçu votre message ce midi, mais mon collègue dont j'ai pris la relève. Le commissaire de l'aéroport s'excuse de ne pas être ici pour vous accueillir. Il a été appelé à Nice pour une affaire urgente.

Ils suivaient, d'assez loin, les voyageurs qui se précipitaient vers les bâtiments ; le ciment de la piste était chaud et on voyait, dans le soleil, une foule qui, derrière une barrière, agitait des mouchoirs.

— Nous avons été assez embarrassés, tout à l'heure, et, après avoir demandé conseil au commissaire, je me suis permis de téléphoner Quai des Orfèvres. J'ai eu un certain Lucas à l'appareil et il m'a dit qu'il était au courant. La dame qui vous intéresse…

Il regarda un bout de papier qu'il tenait à la main.

— … La comtesse Palmieri est revenue juste à temps pour l'avion de la Swissair. Faute d'instructions, je n'ai pas osé la retenir de mon propre chef. Le commissaire ne savait pas non plus que faire. J'ai donc appelé la P.J. en priorité et l'inspecteur Lucas…

— Brigadier…

— Le brigadier Lucas, pardon, a eu l'air aussi ennuyé que moi. La dame n'était pas seule. Il y avait avec elle un monsieur à l'air important qui l'avait amenée dans sa voiture et qui avait téléphoné une demi-heure plus tôt pour lui retenir une place dans l'avion de Genève.

— Van Meulen ?

— Je ne sais pas. On pourra vous le dire au bureau.

— Bref, vous l'avez laissée partir ?

— J'ai mal fait ?

Maigret ne répondit pas tout de suite.

— Non. Je ne crois pas… soupira-t-il enfin. À quelle heure y a-t-il un autre avion pour Genève ?

— Il n'y en a pas avant demain matin. Si vous devez absolument vous y rendre, il existe cependant un moyen. Avant-hier encore, quelqu'un s'est trouvé dans le même cas. En prenant l'avion de vingt heures quarante pour Rome, vous arrivez à temps pour l'avion Rome-Genève-Paris-Londres et…

Maigret faillit éclater de rire, car il avait soudain l'impression de retarder sur son époque. Pour aller de Nice à Genève, il suffisait de se rendre à Rome, et, de là…

Au bar, il vit, comme à Orly, des pilotes et des hôtesses de l'air, des Américains, des Italiens, des Espagnols. Un enfant de quatre ans, qui voyageait seul depuis New York, et qui passait des mains d'une hôtesse à celles d'une autre, mangeait gravement de la crème glacée.

— Je voudrais donner un coup de téléphone.

L'inspecteur lui fit les honneurs de l'étroit bureau de la police, où on savait déjà qui il était et où on l'observait curieusement.

— Quel numéro, monsieur le commissaire ?

— L'Hôtel de Paris, à Monte-Carlo.

Quelques instants plus tard, il savait, par le concierge de l'Hôtel de Paris, que M. Joseph Van Meulen occupait bien un appartement à l'hôtel, qu'il avait été appelé à Nice par un coup de téléphone, qu'il s'y était rendu avec sa voiture et son chauffeur, qu'il avait été assez longtemps absent et qu'il venait seulement de rentrer.

Il était occupé à prendre un bain et il avait une table pour le dîner de gala du soir même au Sporting.

On n'avait pas vu la comtesse Palmieri, qui était fort connue à l'hôtel. Quant à Mlle Nadine, elle n'avait pas accompagné Van Meulen lorsqu'il était parti en voiture.

Qui était Nadine ? Maigret n'en savait rien. Le concierge, lui, semblait persuadé que le monde entier était au courant et Maigret évita de poser des questions.

— Vous prenez l'avion de Rome ? demanda le jeune inspecteur niçois.

— Non. Je vais retenir une place à la Swissair pour demain matin et je passerai sans doute la nuit à Monte-Carlo.

— Je vous conduis à la Swissair...

Un comptoir, dans le hall, à côté d'autres comptoirs.

— Vous connaissez la comtesse Palmieri ?

— C'est une de nos bonnes clientes. Elle a encore pris l'avion de Genève tout à l'heure...

— Vous savez où elle descend, à Genève ?

— D'habitude, elle ne réside pas à Genève, mais à Lausanne. Nous lui avons souvent envoyé des billets au Lausanne-Palace...

Il semblait soudain à Maigret que Paris était si grand et le monde si petit ! Il mit presque autant de temps à se rendre, en autocar, à Monte-Carlo, qu'il lui en avait fallu pour venir d'Orly.

4

*Où Maigret rencontre un autre milliardaire,
aussi nu que le colonel, mais bien vivant*

Ici non plus on n'avait pas envie de faire de la publi-
cité à la présence de la police. En entrant dans le hall,
Maigret reconnut le concierge, à qui il avait téléphoné de
l'aéroport et avec qui, il s'en rendait compte en le voyant,
il avait été plusieurs fois en rapport quand l'homme travaillait dans un palace des Champs-Élysées. À cette
époque, il ne trônait pas encore derrière le comptoir aux
clefs et ne portait pas la longue redingote mais, simple
chasseur, il attendait de se précipiter à l'appel des clients.

Dans le hall, il y avait encore des gens en tenue de
plage en même temps que des hommes déjà en smoking
et, devant Maigret, une grosse femme presque nue, le
dos écarlate, un petit chien sous le bras, répandait une
forte odeur d'huile pour bains de soleil.

Au lieu d'appeler Maigret par son nom – à plus forte
raison ne l'appelait-il pas commissaire ! – le concierge lui
adressait un clin d'œil complice et disait :

— Un instant… Je m'en suis occupé…

Puis il décrochait le téléphone.

— Allô !… Monsieur Jean ?…

Les appareils, ici, devaient être particulièrement sensibles, car le concierge parlait à voix presque basse.

— La personne dont je vous ai parlé est arrivée… Je la fais monter ?… Entendu…

À Maigret :

— Le secrétaire de M. Van Meulen vous attend à la porte de l'ascenseur, au cinquième étage, et il vous conduira…

C'était un peu comme une faveur qu'on lui faisait. Un jeune homme tiré à quatre épingles l'attendait en effet dans le couloir.

— M. Joseph Van Meulen me prie de l'excuser s'il vous reçoit pendant son massage, mais il doit sortir presque tout de suite après. Il m'a chargé de vous dire qu'il est enchanté de vous rencontrer en chair et en os, car il a suivi passionnément certaines de vos enquêtes…

C'était un peu curieux, non ? Pourquoi le financier belge ne le lui disait-il pas lui-même, puisque aussi bien ils allaient se trouver face à face ?

On conduisait Maigret dans un appartement qui ressemblait tellement à celui du George-V, même ameublement, disposition des pièces identique, que le commissaire aurait pu se croire encore à Paris s'il n'avait vu le port et les yachts par les fenêtres.

— Le commissaire Maigret… annonça M. Jean en ouvrant la porte d'une chambre.

— Entrez, commissaire, et asseyez-vous confortablement, lui disait un homme couché sur le ventre, nu comme un ver, qu'un masseur, en pantalon blanc et en gilet de corps qui découvrait ses énormes biceps, pétrissait. Je m'attendais à une visite de ce genre, mais je pensais qu'on se contenterait de m'envoyer un inspecteur d'ici. Que vous vous soyez dérangé en personne…

Il n'acheva pas sa pensée. C'était le deuxième milliardaire que Maigret rencontrait le même jour et celui-ci était nu comme le premier, ce qui ne paraissait nullement le gêner.

Sur les photographies trouvées dans la boîte à biscuits, beaucoup de gens étaient à peine vêtus, comme si, à partir d'un certain échelon social, la notion de pudeur devenait différente.

L'homme devait être très grand, à peine empâté, entièrement bruni par le soleil, sauf une étroite bande de peau que le slip avait empêché d'absorber le soleil et qui était d'un blanc gênant. Le commissaire ne voyait pas le visage, enfoncé dans l'oreiller, mais le crâne, bronzé aussi, était chauve et lisse.

Sans s'occuper de la présence du masseur qui, à ses yeux, ne devait avoir aucune importance, le Belge continuait :

— Je savais, bien entendu, que vous retrouveriez la trace de Louise, et c'est moi, ce matin, au téléphone, qui lui ai conseillé de ne pas essayer de se cacher. Remarquez que j'ignorais encore ce qui s'était passé. Elle n'osait pas me donner les détails par téléphone. En outre, elle était dans un tel état... Vous la connaissez ?

— Non.

— C'est une drôle de créature, une des femmes les plus curieuses et les plus attachantes qui soient... C'est fini, Bob ?

— Encore deux minutes, monsieur...

Le masseur devait avoir été boxeur, car il avait le nez cassé, les oreilles écrasées. Ses avant-bras et le dos de ses mains étaient couverts de poils très noirs sur lesquels perlait la sueur.

— Je suppose que vous restez en contact avec Paris ? Quelles sont les dernières nouvelles ?

L'homme parlait naturellement, l'air détendu.

— L'enquête ne fait que commencer, répondit Maigret, prudent.

— Il ne s'agit pas de l'enquête. Les journaux ? Ont-ils publié la nouvelle ?

— Pas à ma connaissance.

— Cela m'étonnerait qu'un des Philps au moins, le plus jeune, sans doute, n'ait pas déjà pris l'avion pour Paris.

— Par qui auraient-ils été avertis ?

— Par Arnold, parbleu. Et, dès que les femmes seront au courant…

— Vous faites allusion aux anciennes épouses du colonel ?

— Ce sont les premières intéressées, non ? J'ignore où est Dorothy, mais Alice doit se trouver à Paris et Muriel, qui vit à Lausanne, sautera dans le premier avion… Cela suffit, Bob… Merci… Demain à la même heure… Non ! J'ai un rendez-vous… Mettons quatre heures ?…

Le masseur lui avait placé une serviette éponge jaune sur le milieu du corps et Van Meulen se levait lentement, se faisant un pagne de la serviette. Debout, très grand en effet, puissant, musclé, en parfaite condition physique pour un homme de soixante-cinq, peut-être de soixante-dix ans, il examinait le commissaire avec une curiosité qu'il ne cherchait pas à cacher.

— Cela me fait plaisir… dit-il sans s'expliquer davantage. Cela ne vous ennuie pas que je m'habille devant vous ? J'y suis obligé, car j'ai une table de vingt personnes au gala de ce soir. Le temps de passer sous la douche…

Il entra dans la salle de bains où on entendit l'eau couler. Le masseur rangeait ses affaires dans une mallette, endossait un veston de couleur et s'en allait après avoir lancé un coup d'œil curieux, lui aussi, à Maigret.

Van Meulen revenait déjà, enveloppé d'un peignoir, des gouttes d'eau sur le crâne et le visage. Son smoking, sa chemise de soie blanche, chaussettes, chaussures, tout ce qu'il allait porter était isolé sur un ingénieux portemanteau que Maigret voyait pour la première fois.

— David était un bon ami, un vieux complice, pourrais-je dire, car nous nous connaissions depuis plus de trente ans… attendez… trente-huit ans exactement, et nous avons été de moitié dans un certain nombre d'affaires… J'ai été très frappé par la nouvelle de sa mort, surtout d'une mort comme celle-là…

Ce qui surprenait, c'était son naturel, un naturel si total que Maigret ne se rappelait pas en avoir rencontré de pareil dans sa vie. Il allait et venait, vaquait à sa toilette, et on aurait pu croire qu'il était seul et se parlait à lui-même.

C'était cet homme-là que la petite comtesse appelait « papa » et le commissaire commençait à comprendre pourquoi. On le sentait solide. On pouvait s'appuyer sur lui. Le jeune secrétaire se tenait dans la pièce voisine, où il téléphonait. Un garçon que personne n'avait sonné apporta un verre embué qui contenait un liquide clair, un martini, vraisemblablement, sur un plateau d'argent. Cela devait être l'heure et faire partie d'une série d'habitudes.

— Merci, Ludo. Puis-je vous offrir quelque chose, Maigret ?

Il ne disait pas commissaire, ni monsieur, et cela n'avait rien de choquant. C'était même, aurait-on dit, une façon de les mettre tous les deux sur un même pied.

— Je prendrai la même chose que vous.

— Très sec ?

Maigret fit oui de la tête. Son interlocuteur avait déjà passé son caleçon, son gilet de corps et ses chaussettes de soie noire. Il cherchait autour de lui le chausse-pied pour mettre ses chaussures vernies.

— Vous ne l'avez jamais rencontrée ?

— Vous parlez de la comtesse Palmieri ?

— Louise, oui… Si vous ne la connaissez pas encore, vous aurez du mal à comprendre… Vous avez l'expérience des hommes, je le sais, mais je me demande si vous pouvez comprendre aussi bien les femmes… Vous avez l'intention d'aller la voir à Lausanne ?

Il ne finassait pas, n'essayait pas de faire croire que la comtesse était ailleurs.

— Elle aura eu le temps de se calmer quelque peu… Ce matin, quand elle m'a téléphoné de la clinique, elle m'a parlé d'une façon si incohérente que je lui ai conseillé de sauter dans le premier avion pour venir me voir…

— Elle a été votre femme, n'est-ce pas ?

— Pendant deux ans et demi. Nous sommes restés bons amis. Pour quelle raison nous serions-nous brouillés ? C'est un miracle que cette infirmière du George-V ait eu l'idée de mettre quelques vêtements et le sac à main de Louise dans l'ambulance, car, autrement, elle n'aurait pas pu quitter la clinique… Il n'y avait pas d'argent dans le sac, rien que de la menue monnaie… Elle a été obligée, à Orly, de payer son taxi avec un chèque, ce qui n'a pas été tout seul… Bref, je l'ai fait chercher à l'aéroport et nous avons mangé un morceau à Nice, où elle m'a raconté l'histoire…

Maigret évitait de poser des questions, préférant laisser son interlocuteur parler à sa guise.

— Je suppose que vous ne la soupçonnez pas d'avoir tué David ?

Comme il ne recevait pas de réponse, Van Meulen se rembrunit.

— Ce serait une grosse faute, Maigret, je vous le dis en ami. Et, d'abord, permettez-moi une question. Est-on sûr que quelqu'un ait maintenu la tête de David dans la baignoire ?…

— Qui vous a mis au courant ?

— Louise, évidemment.

— Elle l'a donc vu ?

— Elle l'a vu et ne songe pas à le nier… Vous l'ignoriez ?… Jean, voulez-vous me donner mes boutons de manchettes et mes boutons de plastron ?…

Il était soucieux, tout à coup.

— Écoutez, Maigret, il vaut mieux que je vous mette au courant, sinon vous risquez de faire fausse route et je voudrais éviter qu'on ennuie Louise plus qu'il n'est nécessaire. C'est encore une petite fille. Elle a beau avoir trente-neuf ans, elle reste et restera toute sa vie une enfant. C'est d'ailleurs ce qui fait son charme. C'est aussi ce qui l'a fait se fourrer continuellement dans des situations impossibles.

Le secrétaire l'aidait à mettre ses boutons de manchettes en platine et Van Meulen s'asseyait, face au commissaire, comme s'il s'accordait un moment de repos.

— Le père de Louise était général et sa mère appartenait à la petite noblesse de province. Elle est née au

Maroc, je crois, où son père était en garnison, mais elle a passé une grande partie de sa jeunesse à Nancy. Elle voulait déjà vivre sa vie et elle a fini par obtenir de ses parents qu'ils l'envoient à Paris pour suivre des cours d'histoire de l'art. À votre santé…

Maigret but une gorgée de martini, chercha un guéridon des yeux pour y poser son verre.

— Mettez-le par terre, n'importe où… Elle a rencontré un Italien, le comte Marco Palmieri, et cela a été le coup de foudre. Vous connaissez Palmieri ?

— Non…

— Vous le connaîtrez.

Il paraissait en être sûr.

— C'est un vrai comte, mais sans fortune. Pour autant que je sache, il vivait à ce moment-là des bontés d'une dame d'un certain âge. Les parents, à Nancy, se sont fait tirer l'oreille. Louise leur a si bien doré la pilule qu'ils ont fini par donner leur consentement au mariage. Appelons ça la première époque, à laquelle on a commencé à parler de la « petite comtesse ». Ils ont eu un appartement à Passy, puis une chambre à l'hôtel, un appartement à nouveau, des hauts, des bas, mais ils n'ont jamais cessé de se montrer dans les cocktails, les réceptions et les endroits où l'on s'amuse.

— Palmieri se servait de sa femme ?

Honnêtement, Van Meulen hésita.

— Non. Pas de la façon que vous pensez. Elle ne s'y serait d'ailleurs pas prêtée. Elle était amoureuse folle et l'est encore. Cela devient plus difficile à comprendre, n'est-ce pas ? Pourtant, c'est la vérité. Je suis même persuadé que Marco est amoureux d'elle, lui aussi, qu'en tout cas il ne peut pas s'en passer.

» Ils ne s'en disputaient pas moins. Elle l'a quitté trois ou quatre fois à la suite de scènes violentes, jamais plus de quelques jours. Il suffisait à Marco de se montrer, pâle et défait, et de lui demander pardon, pour qu'elle tombe à nouveau dans ses bras.

— De quoi vivaient-ils ?

Van Meulen haussa imperceptiblement les épaules.

— C'est vous qui me posez cette question-là ? De quoi vivent tant de gens à qui nous serrons la main tous les jours ? C'est à l'époque d'une de ces brouilles que je l'ai rencontrée. Elle m'a ému. J'ai pensé que ce n'était pas une existence pour elle, qu'elle s'épuisait, se fanerait vite entre les mains d'un homme comme Marco et, comme je venais de divorcer, je lui ai proposé de devenir ma femme.

— Vous étiez amoureux ?

Van Meulen le regarda sans mot dire et ses yeux avaient l'air de répéter la question.

— Le même cas, murmura-t-il enfin, s'est présenté plusieurs fois dans ma vie, comme il s'est présenté à David. Est-ce que cela répond à votre question ? Je ne vous cache pas que j'ai eu une conversation avec Marco, ni que je lui ai remis un chèque important pour qu'il aille se promener en Amérique du Sud.

— Il a accepté ?

— J'avais des moyens de convaincre.

— Je suppose qu'il avait commis certaines... indélicatesses ?

Haussement d'épaules à peine perceptible.

— Louise a été ma femme pendant près de trois ans et j'ai été assez heureux avec elle...

— Vous saviez qu'elle aimait toujours Marco ?

Van Meulen avait l'air de dire :

— Et après ?

Il poursuivait :

— Elle m'a accompagné un peu partout. Je voyage beaucoup. Elle a rencontré mes amis, dont elle connaissait déjà quelques-uns. Il y a eu des nuages, bien entendu, et même quelques gros orages... Je crois qu'elle avait et qu'elle a gardé une sincère affection pour moi... Elle m'appelait papa, ce qui ne me choque pas, puisque aussi bien j'ai trente ans de plus qu'elle...

— C'est par vous qu'elle a connu David Ward ?

— C'est par moi, comme vous dites.

Une petite flamme ironique avait fait pétiller ses yeux.

— Ce n'est pas David qui me l'a prise, mais Marco, qui est revenu un beau jour, amaigri, misérable, et qui s'est mis à passer ses journées sur le trottoir d'en face avec l'air d'un chien perdu... Un soir, elle s'est jetée dans mes bras en sanglotant et m'a avoué...

Le téléphone avait sonné dans la chambre voisine et le secrétaire, qui avait répondu, se montrait sur le seuil.

— M. Philps à l'appareil.

— Donald ou Herbert ?

— Donald...

— Qu'est-ce que je vous avais dit ? C'est le plus jeune. Il appelle de Paris ?

— Oui.

— Passez-le-moi ici...

Il tendit le bras vers l'appareil et la conversation eut lieu en anglais. Aux questions qu'on lui posait à l'autre bout du fil, Van Meulen répondait à peu près...

— Oui... Non... Je ne sais pas encore... Il paraît qu'il n'y a aucun doute là-dessus... Le commissaire Maigret, qui s'en occupe, est en face de moi... J'irai certainement à Paris pour l'enterrement, encore que cela tombe aussi mal que possible, car je devais partir après-demain pour Ceylan… Allô !… Vous êtes au George-V ?… Si j'apprends quelque chose, je vous appellerai… Non, ce soir je serai absent et ne rentrerai pas avant trois heures du matin… Bonsoir…

Il regarda Maigret.

— Ça y est. Philps est sur place, comme je vous en avais prévenu. Il est très excité. Les journaux anglais sont déjà au courant et il est assailli par les reporters… Où en étais-je ? Il va quand même falloir que je finisse de m'habiller… Mes cravates, Jean…

On lui en apporta six au choix, qui paraissaient identiques, et qu'il examina pourtant avec soin avant d'en prendre une.

— Que vouliez-vous que je fasse ? Je lui ai offert le divorce et, afin que Marco ne puisse la laisser un jour sans le sou, je lui ai reconnu, non une certaine somme, mais une rente assez modeste.

— Vous avez continué à la fréquenter ?

— À les fréquenter tous les deux… Cela vous surprend ?

Il faisait son nœud papillon devant le miroir, le cou tendu, la pomme d'Adam saillante.

— Comme il fallait s'y attendre, les scènes ont recommencé. Puis, un beau jour, David a divorcé d'avec Muriel et son tour est venu de jouer les bons Samaritains…

— Il ne l'a cependant pas épousée ?

— Il n'en a pas eu le temps. Il attendait que les formalités du divorce soient terminées… Je me demande, au fait, comment cela va se passer… Je ne sais pas au juste où ils en sont mais, si tous les papiers ne sont pas signés, il y a des chances pour que Muriel Halligan soit considérée comme la veuve de David…

— C'est tout ce que vous savez ?

Il répondit simplement :

— Non. Je sais aussi, tout au moins en partie, ce qui s'est passé la nuit dernière, et autant que ce soit moi qui vous le dise que Louise. Avant tout, je tiens à vous affirmer qu'elle n'a pas tué David Ward. D'abord elle en est probablement incapable…

— Physiquement ?

— C'est le sens que je donne au mot, oui. Moralement, si je puis employer cette expression, nous sommes tous capables de tuer, à condition d'avoir un motif suffisant et d'être persuadés que nous ne serons pas pris.

— Un motif suffisant ?

— La passion, d'abord. On est bien obligé de le croire, puisqu'on voit chaque jour des hommes ou des femmes commettre des crimes passionnels… Encore que mon opinion là-dessus… Mais passons !… L'intérêt… Si les gens ont un intérêt assez fort… Or, ce n'est pas le cas de Louise, tout au contraire…

— À moins que Ward ait fait un testament en sa faveur ou que…

— Il n'y a pas de testament en sa faveur, croyez-moi… David est un Anglais, par conséquent un homme de sang-froid, et il donne à chaque chose la valeur qu'elle mérite…

— Il était amoureux de la comtesse ?

Van Meulen fronça les sourcils, agacé.

— C'est la troisième ou la quatrième fois, Maigret, que vous prononcez ce mot-là. Essayez donc de comprendre. David avait mon âge. Louise est un petit animal joli, amusant, passionnant même. En outre, elle a fait ses classes, si je puis m'exprimer ainsi, c'est-à-dire qu'elle a pris les habitudes d'un certain milieu, d'un certain genre de vie…

— Je crois que je comprends.

— Cela m'évite d'être plus précis. Je ne prétends pas que ce soit très beau, mais c'est humain. Les journalistes, eux, ne comprennent pas, et, à chacune de nos aventures, parlent de coup de foudre… Jean ! Mon carnet de chèques…

Il n'avait plus que son smoking à passer et il regarda l'heure à sa montre.

— Hier soir, ils ont dîné en ville puis, tous les deux, ils sont allés prendre un verre dans un cabaret, je n'ai pas demandé lequel. Le hasard a voulu qu'ils rencontrent Marco en compagnie d'une grosse blonde qui est une Hollandaise de la meilleure société… Ils se sont à peine salués, de loin. Marco a dansé avec sa partenaire. Louise était nerveuse et, quand elle est rentrée au George-V avec David, elle lui a dit, dans l'ascenseur, qu'elle avait encore envie d'une bouteille de champagne.

— Elle boit beaucoup ?

— Trop. David aussi buvait trop, mais seulement le soir. Ils ont bavardé, chacun devant sa bouteille, car David ne prenait que du scotch, et je soupçonne qu'à la fin la conversation commençait à devenir incohérente. Après quelques verres, Louise a volontiers un complexe de culpabilité et elle s'accuse de tous les péchés d'Israël… D'après ce qu'elle m'a dit ce midi, elle a déclaré à David qu'elle n'était pas assez bonne pour lui, qu'elle se méprisait de n'être qu'une femelle tourmentée mais qu'elle ne pouvait faire autrement que de courir après Marco et de le supplier de la reprendre…

— Qu'est-ce que Ward a répondu ?

— Rien. Ce n'est même pas sûr qu'il ait compris. C'est pourquoi je vous ai demandé si on avait la preuve que quelqu'un l'a maintenu dans la baignoire. Jusqu'à minuit, une heure du matin, il tenait le coup, car il ne commençait à boire qu'à cinq heures de l'après-midi. Vers deux heures du matin, il devenait nuageux et j'ai plusieurs fois pensé qu'il pourrait avoir un accident en prenant son bain. Je lui ai même conseillé d'avoir toujours un valet de chambre auprès de lui, mais il avait horreur de se sentir à la merci des gens. Pour la même raison, il exigeait qu'Arnold vive dans un autre hôtel. Je me demande si ce n'était pas une sorte de pudeur de sa part.

» Maintenant, c'est à peu près tout. Louise s'est déshabillée, a passé une robe de chambre et il est possible que, la bouteille de champagne étant vide, elle ait avalé une gorgée de whisky. Elle s'est figuré alors qu'elle avait fait de la peine à David et elle a voulu aller lui en demander pardon… C'est bien d'elle, croyez-le, car je la connais… Elle s'est engagée dans le couloir… Elle m'a juré qu'elle a trouvé la porte entrouverte… Elle est entrée… Dans la salle de bains, elle a vu ce que vous savez et, au lieu d'appeler, elle a couru dans sa chambre où elle s'est jetée sur son lit… Elle prétend qu'alors elle a réellement voulu mourir et c'est fort possible…

» Elle a donc pris des comprimés de somnifère dont elle usait déjà de mon temps, surtout quand elle avait bu…

— Combien de comprimés ?

— Je devine ce que vous pensez. Vous avez peut-être raison. Elle désirait mourir, parce que cela arrangeait tout, mais elle n'aurait pas été fâchée de vivre, n'est-ce pas ? L'intention suffisait, produisait le même effet…

Toujours est-il qu'elle a sonné à temps… Mettez-vous à sa place… Tout cela, pour elle, était comme un cauchemar, où le réel et l'irréel se mélangeaient au point de ne plus s'y reconnaître…

» À la clinique, quand elle a repris conscience, c'est la réalité crue qui l'a emporté… Sa première idée a été de téléphoner à Marco, et elle a appelé son numéro… Personne n'a répondu… Elle a appelé alors un hôtel de la rue de Ponthieu où il lui arrive de passer la nuit quand il est en bonne fortune… Il n'y était pas non plus… Elle a pensé à moi… Elle m'a dit, en phrases décousues, qu'elle était perdue, que David était mort, qu'elle avait failli mourir, qu'elle regrettait de n'être pas morte aussi et elle m'a supplié d'accourir tout de suite…

» Je lui ai répondu que c'était impossible. Après avoir essayé en vain d'obtenir des précisions, je lui ai conseillé de se rendre à Orly et d'y prendre l'avion pour Nice…

» C'est tout, Maigret. Je l'ai envoyée à Lausanne, où elle a ses habitudes, non pas afin de la dérober à la police, mais pour lui éviter l'assaut des journalistes, des curieux, toutes les complications qui ne vont pas manquer de survenir.

» Vous me dites que David a été assassiné et je vous crois.

» J'affirme, moi, que ce n'est pas Louise qui l'a tué et que je n'ai pas la moindre idée de qui a pu faire ça.

» Maintenant…

Il passait enfin son smoking.

— Si on me demande, je suis au Sporting… disait-il à son secrétaire.

— Qu'est-ce que je fais si c'est New York ?

— Vous dites que j'ai réfléchi et que ma réponse est non.

— Bien, monsieur…

— Vous venez, Maigret ?…

Ils prirent ensemble l'ascenseur et, quand celui-ci arriva au rez-de-chaussée, ils eurent la désagréable surprise de recevoir en plein visage le flash d'un photographe.

— J'aurais dû m'en douter… grommela Van Meulen.

Et, bousculant un petit homme replet qui se tenait près de l'opérateur et qui tentait de lui barrer le passage, il se précipita vers la sortie.

— Le commissaire Maigret ?

Le petit homme était le reporter d'un journal de la Côte.

— Il y a moyen de bavarder avec vous un moment ?

Le concierge les observait de loin en fronçant les sourcils.

— Nous pourrions nous asseoir dans un coin…

Maigret avait assez d'expérience pour savoir que cela ne servirait à rien de se dérober, car alors on lui ferait dire des choses qu'il n'avait jamais dites.

— Je suppose, continuait le journaliste, que je ne peux pas vous offrir un verre au bar ?

— Je viens d'en boire un.

— Chez Joseph Van Meulen ?

— Oui.

— C'est exact que la comtesse Palmieri était sur la Côte cet après-midi ?

— C'est exact.

Le commissaire s'était assis dans un énorme fauteuil de cuir et le reporter, son bloc à la main, lui faisait face, installé sur l'extrême bord d'une chaise.

— Je suppose qu'elle est la suspecte numéro un ?

— Pourquoi ?

— C'est ce qu'on nous a téléphoné de Paris.

Quelqu'un avait dû alerter la presse, du George-V ou de l'aéroport, peut-être un des inspecteurs d'Orly qui était de mèche avec un journal ?

— Vous l'avez ratée ?

— C'est-à-dire que, quand je suis arrivé à Nice, elle était déjà repartie.

— Pour Lausanne, je sais.

La presse n'avait pas perdu de temps.

— Je viens de téléphoner au Lausanne-Palace. Elle y est arrivée de Genève en taxi. Elle paraissait épuisée. Elle a refusé de répondre aux questions des reporters qui l'attendaient et elle est montée tout de suite dans son appartement, le 204.

Le journaliste semblait satisfait de donner ainsi les tuyaux au commissaire Maigret.

— Elle a fait monter une bouteille de champagne, puis elle a fait appeler un médecin qu'on attend d'un moment à l'autre. Croyez-vous qu'elle ait tué le colonel ?

— Je suis moins rapide que vous et vos compères.

— Vous irez à Lausanne ?

— C'est possible.

— Par l'avion de demain matin ? Vous savez que la troisième femme du colonel habite Lausanne et que la comtesse Palmieri et elle ne peuvent pas se sentir ?

— Je l'ignorais.

Curieuse interview, où c'était le reporter qui donnait des nouvelles.

— À supposer qu'elle soit coupable, je suppose que vous n'auriez pas le droit de l'arrêter ?

— Sans mandat d'extradition, non.

— Je suppose que, pour obtenir un mandat d'extradition, il est nécessaire de fournir des preuves formelles ?

— Écoutez, mon ami, j'ai l'impression que vous êtes en train d'improviser votre article et je ne vous conseille pas de l'écrire sur ce ton-là. Il n'est question ni d'arrestation, ni d'extradition…

— La comtesse n'est pas suspecte ?

— Je n'en sais rien.

— Donc…

Cette fois, Maigret se fâcha.

— Non ! cria-t-il presque, au point de faire sursauter le concierge. Je ne vous ai rien dit, pour la bonne raison que je ne sais rien, et si vous mettez dans ma bouche des paroles ambiguës comme celles que vous venez de débiter, vous aurez de mes nouvelles…

— Mais…

— Rien du tout ! trancha-t-il en se levant et en se dirigeant vers le bar.

Il était tellement en colère qu'il commanda sans s'en rendre compte :

— Un martini…

Le barman devait le reconnaître d'après ses photographies, car il le regardait curieusement. Deux ou trois personnes, juchées sur de hauts tabourets, se retournèrent pour le dévisager. Malgré les précautions du concierge, tout le monde savait déjà qu'il était à l'hôtel.

— Où sont les cabines téléphoniques ?

— À gauche, dans le couloir…

Il s'enferma, grognon, dans la première.

— Donnez-moi Paris, s'il vous plaît… Danton 44.20…

Les lignes n'étaient pas encombrées et il n'y avait que cinq minutes d'attente. Il fit les cent pas dans le couloir. La sonnerie le rappela avant le délai annoncé.

— La P.J. ?... Passez-moi le bureau des inspecteurs... Ici, Maigret... Allô ! Lucas est encore là ?...

Il se doutait que le brave Lucas avait eu une journée
mouvementée, lui aussi, et qu'il n'irait pas se coucher de
bonne heure.

— C'est vous, patron ?...

— Je suis à Monte-Carlo, oui... Les nouvelles ?

— Vous savez sans doute que, malgré toutes nos précautions, la presse est au courant ?...

— Je sais, oui...

— La troisième édition de *France-Soir* est sortie avec
un grand article en première page... À quatre heures de
l'après-midi, des journalistes anglais sont arrivés de
Londres en même temps qu'un M. Philps, une sorte
d'avocat ou de notaire...

— Solicitor...

— C'est ça... Il a tenu à voir personnellement le
grand patron... Ils sont restés enfermés plus d'une
heure... À sa sortie, il a été assailli, interviewé, photogra-
phié, et il a donné un coup de parapluie à un photographe dont il voulait briser l'appareil...

— C'est tout ?

— On parle de la petite comtesse, la maîtresse de
Ward, qui aurait commis le crime, et on annonce que
vous êtes personnellement sur ses talons... Un certain
John Arnold m'a téléphoné... Il paraît furieux...

— Ensuite ?

— Les journalistes ont envahi le George-V, qui a fait
appel à ses agents pour les jeter dehors...

— Lapointe ?

— Il est ici. Il désire vous parler... Je vous le
passe ?...

La voix de Lapointe.

— Allô ! patron ?… Je suis allé à l'Hôpital Américain de Neuilly comme convenu… J'ai questionné l'infirmière, la standardiste, la réceptionniste… En partant, la comtesse Palmieri a remis une lettre à cette dernière en lui demandant de bien vouloir la poster… Elle était adressée au comte Marco Palmieri, rue de l'Étoile… Comme je n'avais rien appris d'intéressant à l'hôpital, je suis allé à cette adresse… C'est une maison meublée assez élégante… J'ai interrogé la gérante, qui a d'abord fait quelques difficultés… Il paraît que le comte Palmieri n'a pas couché chez lui la nuit dernière, ce qui lui arrive assez souvent… Il est rentré vers onze heures, ce matin, l'air préoccupé, sans même passer par la loge pour voir s'il y avait du courrier pour lui… Moins d'une demi-heure plus tard, il repartait, une petite valise à la main… Depuis, on n'a pas de nouvelles…

Maigret se taisait, car il n'avait rien à dire, et, à l'autre bout du fil, il sentait Lapointe dérouté.

— Qu'est-ce que je fais ? Je continue à le rechercher ?

— Si tu veux…

La réponse était bien faite pour désorienter Lapointe davantage encore.

— Vous ne croyez pas… ?

Qu'est-ce que Van Meulen lui avait dit tout à l'heure ? Tout le monde est capable de tuer, à condition d'avoir une raison suffisante. La passion… Cela pouvait-il être le cas, alors que Louise avait été mariée près de trois ans à un autre et qu'elle était la maîtresse du colonel depuis plus d'un an ? N'était-elle pas, justement, en train de quitter celui-ci pour retourner à son premier mari ?

L'intérêt ? Qu'est-ce que Palmieri pouvait avoir à gagner à la mort de Ward ?

Maigret était un peu découragé, comme cela lui arrivait souvent au début d'une enquête. Il y a toujours un moment où les personnages paraissent irréels et où leurs faits et gestes ont quelque chose d'incohérent.

Pendant ces périodes-là, Maigret était maussade, plus lourd, comme plus épais. Encore que dernier venu dans son équipe, le jeune Lapointe commençait à le connaître assez pour se rendre compte, même au bout du fil, de ce qui se passait.

— Je ferai de mon mieux, patron... J'ai dressé une liste des personnes qui figurent sur les photographies... Il n'en reste que deux ou trois à identifier...

L'air était étouffant dans la cabine, d'autant plus que Maigret n'était pas habillé pour la Côte d'Azur. Il alla finir son verre au bar, aperçut des tables dressées pour le dîner à la terrasse.

— On peut manger ?

— Oui. Mais je crois que ces tables-là sont réservées. Elles le sont chaque soir. On vous donnera une place à l'intérieur...

Parbleu ! Et, si on l'avait osé, on l'aurait sans doute prié de manger avec le personnel !

5

Où Maigret rencontre enfin quelqu'un qui n'a pas d'argent et qui se fait du souci

Il dormit mal, sans perdre complètement conscience de l'endroit où il était, de l'hôtel aux deux cents fenêtres ouvertes, des lampadaires encadrant le jardin public aux pelouses bleuâtres, du casino désuet comme les vieilles dames aux toilettes d'un autre âge qu'il y avait vues entrer après le dîner, de la mer paresseuse qui, toutes les douze secondes – il avait compté et recompté, comme d'autres comptent les moutons –, laissait retomber une frange ruisselante sur les rochers du rivage.

Des autos s'arrêtaient et repartaient, faisaient des manœuvres compliquées. Des portières claquaient. On entendait si distinctement les voix qu'on avait l'impression d'être indiscret, et il y avait encore les cars bruyants qui amenaient les joueurs par pleines fournées pour en emporter d'autres, et aussi de la musique, en face, à la terrasse du Café de Paris.

Quand, par miracle, un court silence s'établissait, on découvrait en arrière-fond, comme la flûte dans un orchestre, le bruit léger, anachronique d'un fiacre.

Il avait laissé sa fenêtre ouverte parce qu'il avait chaud. Mais, comme il n'avait emporté aucun bagage et qu'il était couché sans pyjama, il se retrouva transi, alla la refermer, avec un regard maussade aux lumières du Sporting, là-bas, au bout de la plage, où Joseph Van Meulen, « papa », comme disait la petite comtesse, présidait une table de vingt couverts.

Parce que son humeur n'était plus la même, les gens lui apparaissaient sous un jour différent et il s'en voulait maintenant, se sentait presque humilié d'avoir écouté le financier belge comme un enfant sage, sans pour ainsi dire oser l'interrompre.

Est-ce qu'il n'avait pas été flatté, au fond, qu'un homme aussi convenable le traite avec une familiarité amicale ? Contrairement à John T. Arnold, le petit Anglais replet, irritant d'assurance, Van Meulen n'avait pas eu l'air de lui faire un cours sur les usages d'un certain milieu et c'était lui qui s'était montré touché de ce que Maigret se soit dérangé, en personne.

— Vous, vous me comprenez, semblait-il dire à tout instant.

Maigret ne s'était-il pas laissé berner ? *Papa... La petite comtesse... David...* Et tous ces autres prénoms, qu'ils employaient les uns et les autres sans se donner la peine de préciser, comme si le monde entier se devait d'être au courant...

Il sombrait un petit peu, se retournait lourdement, revoyait soudain l'autre, le colonel, nu dans sa baignoire, puis le Belge, nu aussi, que le masseur à tête de boxeur était en train de pétrir.

Ces gars-là n'étaient-ils pas trop civilisés pour être au-dessus de tous soupçons ?

— Tout homme est capable de tuer, à condition d'y avoir un intérêt suffisant et d'être plus ou moins assuré qu'il ne sera pas pris...

Van Meulen, cependant, ne pensait pas que la passion soit un intérêt suffisant. N'avait-il pas délicatement fait comprendre que, pour certains, la passion est presque impensable !

« … À notre âge… Une femme jeune, agréable, qui a fait ses classes… »

Leur *petite comtesse* appelait le médecin, geignait, se laissait transporter à l'hôpital puis, en douce, téléphonait, d'abord à Paris, cherchant à rejoindre son premier mari qui était toujours son amant intermittent, enfin le bon *papa* Van Meulen.

Elle savait que Ward était mort. Elle avait vu le cadavre. La pauvre petite ne savait plus à quel saint se vouer.

Appeler la police ? Pas question. Elle avait les nerfs trop ébranlés. Et qu'est-ce que la police, avec ses gros souliers et son esprit borné, pouvait comprendre à des histoires de *leur* monde ?

— Prenez l'avion, mon petit. Venez me voir et je vous conseillerai…

Pendant ce temps-là, l'autre, John T. Arnold, arrivait au George-V, se répandait en recommandations, en nuances à peine voilées.

— Attention ! N'alertez pas la presse. Agissez avec précaution. Cette affaire, c'est de la dynamite. De gros intérêts sont en jeu. Le monde entier va s'émouvoir.

C'était lui, cependant, qui téléphonait aux attorneys de Londres pour qu'ils accourent, sans doute afin de l'aider à truquer l'affaire.

Van Meulen, tranquillement, comme si c'était la chose la plus naturelle, la plus régulière, envoyait la comtesse Palmieri se reposer à Lausanne.

Ce n'était pas une fuite, non. Elle n'essayait pas d'échapper à la police.

— Vous comprenez, là-bas, elle a ses habitudes… Elle évitera l'assaut des journalistes, le brouhaha qui entoure une enquête…

À Maigret de se déranger, de prendre l'avion à nouveau…

Maigret avait horreur de la démagogie. Son jugement sur les êtres ne dépendait pas de leur fortune, qu'ils en aient trop ou trop peu. Il tenait à conserver son sang-froid, mais il ne pouvait s'empêcher d'être irrité par cent détails.

Il entendit rentrer les dîneurs du fameux gala, qui parlaient à voix haute dehors, puis dans les appartements, faisaient couler les robinets, déclenchaient les chasses d'eau.

Il était le premier debout, à six heures du matin, et il se rasait avec le rasoir bon marché qu'il s'était fait acheter, en même temps qu'une brosse à dents, par un chasseur. Il fallut près d'une demi-heure pour obtenir une tasse de café. Dans le hall, quand il le traversa, on vaquait au ménage et, lorsqu'il demanda sa note à l'employé défraîchi de la réception, celui-ci lui répondit :

— M. Van Meulen a laissé des instructions…

— M. Van Meulen n'a pas d'instructions à donner…

Il tenait à payer. Devant la porte, la Rolls du financier belge attendait, le chauffeur tenant la portière ouverte.

— M. Van Meulen m'a recommandé de vous conduire à l'aéroport…

Il prit quand même place dans la voiture, parce qu'il n'avait jamais roulé dans une Rolls. Il était en avance. Il acheta des journaux. Celui de Nice reproduisait en première page son portrait en compagnie de Van Meulen, devant l'ascenseur.

Légende : *Le commissaire Maigret sortant d'une conférence avec le milliardaire Van Meulen.*

Une conférence !

Les journaux de Paris imprimaient en gros caractères :

UN MILLIARDAIRE ANGLAIS TROUVÉ MORT
DANS SA BAIGNOIRE

On mettait du milliardaire partout.

Crime ou accident ?

Les journalistes ne devaient pas être levés car, au moment de l'envol, on le laissa tranquille. Il boucla sa ceinture, regarda vaguement par le hublot la mer qui s'éloignait, puis les petites maisons blanches à toit rouge disséminées dans le vert sombre de la montagne.

— Café ou thé ?

Il avait l'air de bouder. L'hôtesse de l'air, qui s'empressait, n'eut pas droit à un sourire et quand, sous un ciel sans un nuage, il découvrit les Alpes au-dessous de lui, avec de grandes traînées de neige, il ne consentit pas à avouer que c'était un magnifique spectacle.

Il est vrai que, moins de dix minutes plus tard, on entrait dans une buée légère qui filait le long de l'avion et qui ne tardait pas à se transformer en vapeur opaque comme celle qu'on voit, dans les gares, sortir en sifflant des locomotives.

À Genève, il pleuvait. Il ne commençait pas à pleuvoir. Il pleuvait depuis longtemps, cela se sentait, il faisait froid et tout le monde portait des imperméables.

À peine avait-il mis le pied sur la passerelle que les flashes éclataient. Si les journalistes n'étaient pas au départ, ils l'attendaient à l'arrivée, sept ou huit, avec leurs carnets, leurs questions.

— Je n'ai rien à dire…

— Vous allez à Lausanne ?

— Je n'en sais rien…

Il les écartait, aidé, fort aimablement, par un représentant de la Swissair qui, lui évitant les formalités et les queues, le pilotait à travers les coulisses de l'aérogare.

— Vous avez une voiture ? Vous prenez le train pour Lausanne ?

— Je crois que je vais prendre un taxi.

— Je vous en appelle un.

Deux autos suivirent la sienne, bourrées de reporters et de photographes. Toujours grognon, il essaya de somnoler dans un coin, jetant vaguement un coup d'œil, de temps en temps, sur les vignes mouillées, sur des pans de lac gris qu'on entrevoyait entre les arbres.

Ce qui le fâchait le plus, c'était l'impression qu'on avait en quelque sorte décidé de ses faits et gestes. Il ne venait pas à Lausanne parce que c'était son idée d'y venir, mais parce qu'on lui avait tracé un chemin qui y conduisait bon gré, mal gré.

Son taxi s'arrêtait devant les colonnes du Lausanne-Palace. Les photographes le mitraillaient. On lui posait des questions. Le portier l'aidait à se frayer un passage.

À l'intérieur, il retrouvait la même atmosphère qu'au George-V ou qu'à l'Hôtel de Paris, à croire que les gens qui voyagent tiennent à ne pas changer de décor. Peut-être, ici, était-ce un peu plus grave, plus lourd, avec un concierge en redingote noire discrètement rehaussée d'or. Il parlait cinq ou six langues, comme les autres, et la seule différence c'est qu'en français il avait un léger accent allemand.

— La comtesse Palmieri est ici ?

— Oui, monsieur le commissaire. Au 204 comme d'habitude.

Dans les fauteuils du hall, une famille d'Asiatiques attendait Dieu sait quoi, la femme en sari doré, trois enfants aux grands yeux sombres qui le regardaient curieusement.

Il était à peine dix heures du matin.

— Je suppose qu'elle n'est pas levée ?

— Il y a une demi-heure qu'elle a sonné pour son petit déjeuner. Vous voulez que je l'avertisse que vous êtes arrivé ? Je crois qu'elle vous attend.

— Savez-vous si elle a donné ou reçu des coups de téléphone ?

— Il vaudrait mieux vous adresser au standard… Hans… Conduis le commissaire au standard…

C'était au bout d'un couloir, derrière la réception. Trois femmes, côte à côte, maniaient les fiches.

— Pouvez-vous me dire…

— Un instant…

Et, en anglais :

— Vous avez Bangkok, monsieur…

— Pouvez-vous me dire si la comtesse Palmieri a donné ou reçu des coups de téléphone depuis son arrivée ?

Elles avaient des listes devant elles.

— Cette nuit, à une heure, elle a reçu un appel de Monte-Carlo…

Van Meulen, sans doute, *papa*, qui, entre deux danses, au Sporting, ou plus probablement entre deux bancos, s'était dérangé pour prendre de ses nouvelles.

— Ce matin, elle a appelé Paris.

— Quel numéro ?

Celui de la garçonnière de Marco, rue de l'Étoile.

— On a répondu ?

— Non. Elle a laissé un message pour qu'on rappelle…

— C'est tout ?

— Il y a une dizaine de minutes, elle a à nouveau demandé Monte-Carlo.

— Elle l'a eu ?

— Oui. Deux fois trois minutes…

— Voulez-vous m'annoncer ?

— Volontiers, monsieur Maigret.

C'était idiot. À force d'entendre parler d'elle, il était un peu impressionné et cela l'humiliait. Dans l'ascenseur, il se sentait dans l'état d'esprit d'un jeune homme qui va voir pour la première fois en chair et en os une actrice célèbre.

— Par ici…

Le chasseur frappait à une porte. Une voix répondait « entrez ». On lui ouvrait le battant et Maigret se trouvait dans un salon dont les deux fenêtres donnaient sur le lac.

Il n'y avait personne. Une voix lui parvint de la chambre voisine, dont la porte était entrouverte.

— Asseyez-vous, monsieur le commissaire. Je suis à vous tout de suite…

Sur un plateau, des œufs au bacon auxquels on avait à peine touché, des petits pains, un croissant émietté. Il crut reconnaître le bruit caractéristique d'une bouteille qu'on rebouche. Enfin, un froissement soyeux.

— Excusez-moi…

Toujours comme le monsieur qui surprend une actrice dans son intimité, il était dérouté, déçu. Devant lui se tenait une petite personne très quelconque, à peine maquillée, le teint pâle, les yeux fatigués, qui lui tendait une main moite et tremblante.

— Asseyez-vous, je vous en prie…

Par l'entrebâillement de la porte, il eut le temps d'apercevoir le lit défait, des choses en désordre, un flacon pharmaceutique sur la table de nuit.

Elle s'asseyait en face de lui, croisait sur ses jambes les pans d'une robe de chambre en soie crème qui laissait transparaître la chemise de nuit.

— Je suis si désolée de vous avoir donné tout ce mal…

Elle paraissait bien ses trente-neuf ans et même, en ce moment, plutôt davantage. Un cerne profond, bleuâtre, creusait ses paupières, et une ride très fine se creusait au coin de chaque narine.

Elle ne jouait pas la comédie de la fatigue. Elle était réellement lasse, à bout de forces, prête à pleurer, aurait-il juré. Elle le regardait, ne sachant que dire, quand le téléphone sonna.

— Vous permettez ?

— Je vous en prie.

— Allô ! C'est moi, oui… Vous pouvez me la passer… Oui, Anne… C'est gentil à vous de m'appeler… Merci… Oui… Oui… Je ne sais pas encore… J'ai quelqu'un avec moi en ce moment… Non. Ne me demandez pas de sortir… Oui… Dites à Son Altesse… Merci… À bientôt…

De minuscules perles de sueur sourdaient au-dessus de sa lèvre supérieure et, tandis qu'elle parlait, Maigret percevait une odeur d'alcool.

— Vous m'en voulez beaucoup ?

Elle ne minaudait pourtant pas, semblait naturelle, trop ébranlée pour avoir le courage de jouer un rôle.

— C'est tellement affreux, tellement inattendu !... Et juste le jour où...

— Où vous annonciez au colonel Ward que vous étiez décidée à le quitter ? C'est ce que vous vouliez dire ?

Elle fit oui de la tête.

— Je crois que Jef... je crois que Van Meulen vous a tout raconté, n'est-ce pas ? Je me demande ce que je pourrais vous dire de plus... Est-ce que vous allez me ramener à Paris ?...

— Cela vous fait peur ?

— Je ne sais pas... Il m'a recommandé de vous suivre si vous en décidiez ainsi... Je fais tout ce qu'il me dit... C'est un homme si intelligent et si bon, si supérieur !... On dirait qu'il sait tout, prévoit tout...

— Il n'a pas prévu la mort de son ami Ward...

— Mais il avait prévu que je retournerais avec Marco...

— C'était convenu entre Marco et vous ? Je croyais que, quand vous vous êtes trouvés face à face dans le cabaret, votre premier mari était accompagné d'une jeune Hollandaise et que vous ne lui aviez pas parlé...

— C'est vrai... J'ai quand même décidé...

Ses mains nerveuses, plus vieilles que son visage, ne tenaient pas en place, ses doigts s'étreignaient, laissant des marques blanches à la jointure des phalanges.

— Comment voulez-vous que je vous explique ça, alors que je ne sais pas moi-même ? Tout allait bien. Je me croyais guérie. Nous attendions, David et moi, que les derniers papiers soient signés pour nous marier... David était un homme dans le genre de Van Meulen, pas tout à fait la même chose, mais presque…

— Qu'entendez-vous par là ?

— Avec *papa*, j'ai l'impression qu'il me dit toujours ce qu'il pense… Pas nécessairement tout, parce qu'il ne veut pas me fatiguer par les détails… Je me sens en contact direct, vous comprenez ?… David, lui, me regardait vivre avec ses gros yeux où il y avait toujours une petite lueur amusée… Peut-être n'était-ce pas de moi qu'il se moquait, mais de lui… Il était comme un gros chat très malin, très philosophe…

Elle répéta :

— Vous comprenez ?

— Au début de la soirée, quand vous êtes allée dîner avec le colonel, vous n'aviez pas l'intention de rompre ?

Elle réfléchit un instant.

— Non.

Puis elle se reprit :

— Mais je me doutais que cela arriverait un jour…

— Pourquoi ?

— Parce que ce n'était pas ma première expérience. Je ne voulais pas retourner avec Marco, car je savais bien…

Elle se mordit la lèvre.

— Vous saviez quoi ?

— Que ce serait à recommencer… Il n'a pas d'argent et je n'en ai pas non plus…

Elle partit soudain sur une nouvelle idée, parlant à la façon rapide et hachée d'une intoxiquée.

— Je n'ai pas de fortune, vous savez ? Je ne possède rien du tout. Si Van Meulen n'envoyait pas d'argent à la banque, ce matin, le chèque que j'ai signé à l'aéroport

serait sans provision. Il a dû m'en donner, hier, pour que
je puisse venir ici. Je suis très pauvre...

— Vos bijoux...

— Des bijoux, oui... Et mon vison... C'est tout !...

— Mais le colonel... ?

Elle soupirait, désespérant de se faire entendre.

— Cela ne se passe pas comme vous croyez... Il
payait mon appartement, mes factures, mes voyages...
Mais je n'avais jamais d'argent dans mon sac... Tant que
j'étais avec lui, je n'en avais pas besoin...

— Tandis qu'une fois mariée...

— Cela aurait été pareil...

— Il a fait une pension à ses trois autres femmes...

— Après ! Quand il les a quittées...

Il posa crûment la question.

— Agissait-il ainsi pour éviter que vous donniez de
l'argent à Marco ?

Elle le regarda fixement.

— Je ne crois pas. Je n'y ai pas pensé. David n'avait
jamais d'argent en poche non plus. C'est Arnold qui
payait les factures en fin de mois. Maintenant, j'ai quarante ans et...

Elle regardait autour d'elle avec l'air de dire qu'elle
allait devoir quitter tout ça. Les sillons, aux ailes du nez,
se creusaient, jaunâtres. Elle hésitait à se lever.

— Vous permettez un instant ?...

Elle entra vivement dans la chambre dont elle referma
la porte et, quand elle revint, Maigret reçut une nouvelle
bouffée d'alcool.

— Qu'est-ce que vous êtes allée boire ?

— Une gorgée de whisky, puisque vous voulez le
savoir. Je ne tiens plus debout. Il m'arrive de rester des
semaines sans boire...

— Sauf du champagne ?

— Sauf une coupe de champagne de temps en temps, oui… Mais, quand je suis dans l'état où je me trouve maintenant, j'ai besoin…

Il aurait juré qu'elle avait bu à la bouteille, avidement, comme certains drogués se piquent à travers leurs vêtements pour aller plus vite.

Ses yeux étaient plus brillants, son débit plus volubile.

— Je vous affirme que je n'avais rien décidé. J'ai vu Marco avec cette femme et j'ai reçu un choc…

— Vous la connaissiez ?

— Oui… C'est une divorcée et son mari, qui s'occupe de transports maritimes, était en relations d'affaires avec David…

Ces gens-là se connaissaient, se retrouvaient autour de la table des conseils d'administration, sur les plages, dans les cabarets, et les mêmes femmes, semblait-il, passaient du lit de l'un au lit d'un autre avec un parfait naturel.

— Je savais que Marco et elle avaient eu des relations à Deauville… On m'avait même affirmé qu'elle était décidée à l'épouser, mais je ne l'avais pas cru… Elle est très riche et il n'a rien…

— Vous vous êtes mis en tête d'empêcher le mariage ?

Elle eut les lèvres plus minces, plus dures.

— Oui…

— Vous croyez que Marco se serait laissé faire ?

Ses prunelles se mouillaient, mais elle refusait de pleurer.

— Je ne sais pas… Je n'ai pas réfléchi… Je les épiais tous les deux… Il le faisait exprès de passer très droit en dansant, sans m'accorder un coup d'œil…

— De sorte que, logiquement, c'est Marco qui aurait dû être tué ?

— Que voulez-vous dire ?

— L'idée ne vous est jamais venue de le tuer ? Vous ne l'en avez menacé à aucun moment ?

— Comment le savez-vous ?

— Il ne vous en a pas crue capable ?

— Van Meulen vous l'a dit, n'est-ce pas ?

— Non.

— Ce n'est pas si simple que ça... Nous avions déjà bu en dînant... Au Monseigneur, j'ai vidé une bouteille de champagne et je crois bien que j'ai bu deux ou trois fois au verre de whisky de David... J'hésitais à faire un esclandre, à aller arracher Marco des bras de cette femme affreusement grasse qui a une peau rose de bébé...

» David a insisté pour que nous partions... J'ai fini par le suivre... Dans l'auto, je n'ai pas desserré les dents... J'envisageais de sortir de l'hôtel un peu plus tard et de retourner au cabaret pour... Je ne sais pas pourquoi... Ne me demandez pas de précisions... David a dû le deviner... C'est lui qui a proposé que nous prenions un dernier verre dans mon appartement...

— Pourquoi dans le vôtre ?

La question la surprit et elle répéta, interloquée :

— Pourquoi ?

Elle cherchait la réponse comme pour elle-même.

— C'était toujours David qui venait chez moi... Je crois qu'il n'aimait pas que... Il était assez jaloux de son intimité...

— Vous lui avez annoncé votre intention de le quitter ?

— Je lui ai dit tout ce que je pensais, que je n'étais qu'une chienne, que je ne serais jamais heureuse sans Marco, que celui-ci n'avait qu'à paraître pour...

— Que vous a-t-il répondu ?

— Il buvait paisiblement son whisky, en me regardant avec ses gros yeux malicieux…

» — Et l'argent ? a-t-il fini par objecter. Vous savez bien que Marco…

— Il disait vous ?

— Il ne tutoyait personne.

— La remarque au sujet de Marco était juste ?

— Marco a de gros besoins…

— L'idée ne lui est jamais venue de travailler ?

Elle le fixa, interloquée, comme si cette question révélait une naïveté incommensurable.

— Qu'est-ce qu'il ferait ?… J'ai fini par me déshabiller…

— Il s'est passé quelque chose entre David et vous ?

Nouveau regard surpris.

— Il ne se passait jamais rien… Vous ne comprenez pas… David avait beaucoup bu, lui aussi, comme chaque nuit avant de se coucher…

— Le tiers d'une bouteille ?

— Pas tout à fait… Je sais pourquoi vous me demandez ça… C'est moi, quand il a été parti, qui, ne me sentant pas bien, ai pris un peu de whisky… J'avais envie de m'écraser sur mon lit et de ne plus penser… J'ai essayé de dormir… Puis je me suis dit que cela ne marcherait quand même pas avec Marco, que cela ne marcherait jamais, et que je ferais mieux de mourir…

— Combien de tablettes avez-vous prises ?

— Je ne sais pas… Plein le creux de ma main… Je me suis sentie mieux… Je pleurais doucement, et je commençais à m'endormir… Puis j'ai imaginé mon enterrement, le cimetière, le… Je me suis débattue… J'avais peur qu'il soit trop tard, que je sois incapable d'appeler… Déjà, je ne pouvais plus crier… Les boutons de sonnerie me semblaient très loin… Mon bras était lourd… Vous savez, comme dans les rêves, quand on veut fuir et que les jambes refusent de courir… J'ai dû atteindre le bouton, puisque quelqu'un est venu…

Elle s'interrompit en voyant le visage de Maigret soudain froid et dur.

— Pourquoi me regardez-vous comme ça ?

— Pourquoi mentez-vous ?

Il avait été sur le point de s'y laisser prendre.

— À quel moment êtes-vous allée dans la chambre du colonel ?

— C'est vrai… J'avais oublié…

— Vous aviez oublié que vous y étiez allée ?

Elle secouait la tête, pleurait pour de bon.

— Ne soyez pas dur avec moi… Je vous jure que je n'avais pas l'intention de vous mentir… La preuve, c'est que j'ai dit la vérité à Jef Van Meulen… Seulement, quand je me suis retrouvée à la clinique et que la panique m'a saisie, j'ai d'abord décidé de prétendre que j'ignorais ce qui était arrivé… J'étais sûre qu'on ne me croirait pas, qu'on me soupçonnerait d'avoir tué David… Alors, maintenant, en vous parlant, j'ai oublié que Van Meulen m'a conseillé de ne rien cacher…

— Combien de temps après le départ du colonel êtes-vous allée chez lui ?

— Vous me croirez encore ?

— Cela dépend.

— Vous voyez ! C'est toujours la même chose avec moi… Je fais ce que je peux… Je n'ai rien à cacher… Seulement, la tête finit par me tourner et je ne sais plus où j'en suis. Est-ce que vous me permettez d'aller boire une gorgée, juste une gorgée ?… Je vous promets de ne pas être ivre… Je n'en peux plus, commissaire !…

Il la laissa faire, ayant presque envie de lui demander un verre, lui aussi.

— C'était avant d'avaler les comprimés... Je n'avais pas encore décidé de mourir, mais j'avais déjà bu le whisky... J'étais saoule, malade... J'ai regretté ce que j'avais dit à David... La vie, tout à coup, m'effrayait... Je me voyais vieille, toute seule, sans argent, incapable de gagner ma vie, car je n'ai jamais rien su faire... David, c'était ma dernière chance... Quand j'ai quitté Van Meulen, j'étais plus jeune... La preuve, c'est que...

— Que vous avez ensuite trouvé le colonel.

Elle parut surprise, blessée par son agressivité.

— Pensez de moi tout ce que vous voudrez. Il y a au moins moi pour savoir que vous vous trompez. J'ai eu peur que David me lâche... Je suis allée, en chemise, sans même un peignoir sur le corps, jusqu'à son appartement, et j'ai trouvé la porte entrouverte...

— Je vous ai demandé combien de temps s'était écoulé depuis le moment où il vous avait quittée...

— Je ne sais pas... Je me rappelle que j'ai fumé plusieurs cigarettes... On a dû les retrouver dans le cendrier... David ne fumait que le cigare...

— Vous n'avez vu personne dans l'appartement ?

— Que lui... J'ai failli crier... Je ne suis pas sûre de ne pas avoir crié...

— Il était mort ?

Elle le regarda, les yeux écarquillés, comme si cette idée lui venait pour la première fois.

— Il était... Je crois... En tout cas, je l'ai cru, et je me suis sauvée...

— Vous n'avez fait aucune rencontre dans le couloir ?

— Non… Mais… attendez !… J'ai entendu l'ascenseur qui montait… J'en suis sûre, car je me suis mise à courir…

— Vous avez encore bu ?

— Peut-être… Machinalement… Alors, découragée, j'ai pris les comprimés… Je vous ai raconté le reste… Est-ce que… ?

Sans doute allait-elle lui demander encore la permission d'avaler une gorgée de whisky, mais le téléphone sonnait, elle tendit un bras mal assuré.

— Allô !… Allô !… Oui, il est ici, oui…

C'était reposant, presque rafraîchissant, d'entendre la voix calme de Lucas, une voix normale, enfin, de l'imaginer assis devant son bureau du Quai des Orfèvres.

— C'est vous, patron ?

— J'allais t'appeler un peu plus tard…

— Je m'en doutais, mais j'ai cru qu'il valait mieux vous mettre tout de suite au courant. Marco Palmieri est ici.

— On l'a retrouvé ?

— Ce n'est pas nous qui l'avons retrouvé. Il est venu de son plein gré. Il est arrivé il y a une vingtaine de minutes, frais et dispos, très dégagé. Il a demandé si vous étiez là et, quand on lui a répondu que non, il a demandé à parler à un de vos collaborateurs. C'est moi qui l'ai reçu. Pour le moment, je l'ai laissé avec Janvier dans votre bureau.

— Que dit-il ?

— Qu'il n'a appris toute cette histoire que par les journaux.

— Hier soir ?

— Ce matin seulement. Il n'était pas à Paris, mais chez des amis qui ont un château dans la Nièvre et qui donnaient une partie de chasse…

— La Hollandaise l'accompagnait ?

— À la chasse ? Oui. Ils sont partis ensemble dans sa voiture. Il m'affirme qu'ils vont se marier. Elle s'appelle Anna de Groot et elle est divorcée…

— Je sais… Continue…

Tassée dans son fauteuil, la petite comtesse l'écoutait en mordillant ses ongles dont la laque était écaillée…

— Je lui ai demandé son emploi du temps la nuit précédente…

— Alors ?

— Il était dans un cabaret, le Monseigneur…

— Je sais.

— Avec Anna de Groot…

— Je sais aussi…

— Il a aperçu le colonel en compagnie de son ex-femme…

— Ensuite ?

— Il a accompagné la Hollandaise chez elle.

— Où ?

— Au George-V, où elle occupe un appartement au quatrième étage…

— Quelle heure était-il ?

— Selon lui, environ trois heures et demie, peut-être quatre heures. J'ai envoyé quelqu'un vérifier, mais je n'ai pas encore la réponse… Ils se sont couchés et il ne s'est levé qu'à dix heures du matin… Il prétend qu'il y a plus d'une semaine qu'ils ont été invités à cette partie de chasse au château d'un banquier de la rue Auber… Marco Palmieri a quitté le George-V et il s'est rendu chez lui en taxi pour prendre sa valise… Il a gardé le taxi, qui est resté devant la porte… Il est retourné au George-V et, vers onze heures et demie, le couple s'est mis en route dans la Jaguar d'Anna de Groot… Ce matin, au moment de partir pour la chasse, il a parcouru machinalement les journaux dans le hall du château et il a foncé vers Paris, encore botté…

— La Hollandaise l'a accompagné ?

— Elle est restée là-bas. Lapointe a téléphoné au château pour contrôler et un maître d'hôtel lui a répondu qu'elle suivait la chasse…

— Quel effet t'a-t-il fait ?

— Il est très à son aise et paraît sincère. C'est un grand garçon plutôt sympathique…

Parbleu ! Ils étaient tous sympathiques !

— Qu'est-ce que j'en fais ?

— Envoie Lapointe au George-V. Qu'il épluche les allées et venues de cette nuit-là, questionne le personnel de nuit…

— Il faudra qu'il aille chez eux, car ils ne sont pas de service pendant la journée.

— Qu'il y aille… Quant à…

Il préféra ne pas prononcer de nom devant la jeune femme qui le dévorait des yeux.

— Quant à ton visiteur, tu ne peux rien faire d'autre, au point où nous en sommes, que de le laisser partir… Recommande-lui de ne pas quitter Paris… Mets quelqu'un… Oui… Oui… La routine, quoi !… Je te rappellerai plus tard… Je ne suis pas seul…

Pourquoi demanda-t-il au dernier moment :

— Quel temps fait-il, là-bas ?

— Frisquet, avec un soleil un peu acide…

Comme il raccrochait, la petite comtesse murmura :

— C'est lui ?

— Qui ?

— Marco… C'est de lui que vous parliez, n'est-ce pas ?…

— Vous êtes sûre de ne pas l'avoir rencontré dans les couloirs du George-V ou dans l'appartement du colonel ?

Elle bondit de son fauteuil, à tel point surexcitée qu'il craignit la crise de nerfs.

— Je m'en doutais ! cria-t-elle, le visage défiguré. Il était là avec elle, n'est-ce pas, juste au-dessus de ma tête ?… Si ! Je sais… Elle descend toujours au George-V… Je me suis renseignée sur son appartement. Ils étaient là, tous les deux, dans le lit…

Elle paraissait égarée par la colère, par la rage.

— Ils étaient là, à rire, à faire l'amour, pendant que moi…

— Vous ne pensez pas plutôt que Marco était en train…

— En train de quoi ?

— Peut-être de maintenir la tête du colonel sous l'eau ?

Elle n'en croyait pas ses oreilles. Son corps pantelait sous la robe de chambre transparente et soudain elle se jeta sur Maigret, frappant au hasard de ses poings serrés.

— Vous êtes fou ?… Vous êtes fou ?… Vous osez ?… Vous êtes un monstre !… Vous…

Il se sentait ridicule, dans cet appartement d'hôtel, à tenter de saisir les poignets d'une furie dont la colère décuplait l'énergie.

La cravate de travers, les cheveux défaits, le souffle un peu court, il parvenait enfin à l'immobiliser quand on frappa à la porte.

6

Où Maigret est invité à déjeuner,
et où il est toujours question de V.I.P.

Cela s'était terminé moins mal que Maigret aurait pu le craindre. Pour la petite comtesse, ces coups frappés à la porte étaient providentiels, car ils lui permettaient de se tirer d'une scène qu'elle ne savait sans doute pas comment finir.

Une fois de plus, elle s'était précipitée vers la chambre à coucher tandis que le commissaire, sans se presser, arrangeant sa cravate, et lissant ses cheveux, allait ouvrir la porte du couloir.

C'était tout bonnement le garçon d'étage qui, soudain intimidé, demandait s'il pouvait emporter le plateau du petit déjeuner. Avait-il écouté à la porte ou, sans écouter particulièrement, surpris des échos de la scène ? Si oui, il n'en montrait rien et, quand il sortit, la comtesse reparut, plus calme, s'essuyant les lèvres.

— Je suppose que vous avez l'intention de m'emmener à Paris ?

— Même si je le désirais, il me faudrait accomplir des formalités assez longues.

— Mon avocat d'ici ne vous laisserait pas obtenir l'extradition. Mais c'est moi qui veux y aller, car je tiens à

assister aux obsèques de David. Vous prenez l'avion de
quatre heures ?

— C'est probable, mais, vous, vous ne le prendrez
pas.

— Et pour quelle raison, je vous prie ?

— Parce que je ne désire pas voyager avec vous.

— C'est mon droit, non ?

Maigret pensait aux journalistes, aux photographes
qui ne manqueraient pas de la mitrailler aussi bien à
Genève qu'à Orly.

— C'est peut-être votre droit mais, si vous essayez de
prendre cet avion, je trouverai un moyen plus ou moins
légal pour vous en empêcher. Je suppose que vous
n'avez aucune déclaration à me faire ?

En définitive, cette entrevue s'était terminée d'une
façon presque grotesque et, pour reprendre pied dans
une réalité familière, le commissaire avait eu ensuite une
conversation téléphonique de près d'une demi-heure
avec Lucas. La direction de l'hôtel, spontanément, lui
avait offert un petit bureau près de la réception.

Si le docteur Paul n'avait pas encore envoyé son rapport officiel, il avait donné à Lucas un premier rapport
téléphonique. Après l'autopsie, il était plus que jamais
persuadé que quelqu'un avait maintenu David Ward
dans sa baignoire, car on ne pouvait expliquer autrement les ecchymoses aux épaules. D'autre part, il n'y
avait aucun traumatisme à la nuque ou dans le dos,
comme on en aurait presque sûrement trouvé si le
colonel s'était assommé en glissant et en heurtant le
bord.

Janvier avait pris Marco en filature et, comme il fallait
s'y attendre, le premier soin de l'ex-mari de la petite

comtesse, en quittant le Quai des Orfèvres, avait été de téléphoner à Anna de Groot.

Lucas était assailli de coups de téléphone, beaucoup en provenance de grandes banques et de sociétés financières.

— Vous revenez cet après-midi, patron ?

— Par l'avion de quatre heures.

Au moment où il raccrochait, on lui remit une enveloppe qu'un policier en uniforme venait d'apporter pour lui. C'était un mot charmant du chef de la sûreté de Lausanne qui se disait enchanté d'avoir enfin l'occasion de rencontrer le fameux Maigret et l'invitait à déjeuner « très simplement, au bord du lac, dans une calme auberge vaudoise ».

Maigret, qui avait une demi-heure devant lui, téléphona boulevard Richard-Lenoir.

— Tu es toujours à Lausanne ? lui demanda Mme Maigret.

Le Quai des Orfèvres l'avait avertie, la veille, du départ de son mari et elle en avait eu des nouvelles le matin par les journaux.

— Je reprends l'avion cet après-midi, ce qui ne signifie pas que je serai à la maison de bonne heure. Ne m'attends pas pour dîner.

— Tu ramènes la comtesse ?

Ce n'était pas de la jalousie, certes, mais, pour la première fois, il semblait au commissaire qu'il percevait une inquiétude, en même temps qu'une pointe à peine perceptible d'ironie, dans la voix de sa femme.

— Je n'ai aucune envie de la ramener.

— Ah !

Il alluma sa pipe, sortit de l'hôtel en annonçant au concierge que, si on le demandait, il serait de retour dans quelques minutes. Deux photographes le suivirent, espérant qu'il allait accomplir une démarche révélatrice.

Les mains dans les poches, il se contentait de regarder les vitrines, d'entrer dans un magasin de tabacs pour acheter une pipe, car il était parti si précipitamment qu'il n'en avait qu'une en poche, contre son habitude.

Il se laissa tenter par des boîtes de tabacs inconnus en France, en prit de trois sortes différentes, puis, comme saisi de remords, entra dans la boutique voisine et acheta pour Mme Maigret un mouchoir brodé aux armes de Lausanne.

Le chef de la police vint le chercher à l'heure dite. C'était un grand gaillard bâti en athlète, qui devait être un fervent du ski.

— Cela ne vous ennuie pas que nous allions manger à la campagne, à quelques kilomètres ? Ne craignez rien pour votre avion. Je vous ferai conduire à l'aéroport par une de nos voitures.

Il avait le teint clair, les joues rasées de si près qu'elles en étaient luisantes. Son aspect, sa démarche, étaient d'un homme qui a gardé un contact étroit avec la campagne et Maigret devrait apprendre qu'en effet son père était vigneron près de Vevey.

Ils s'installèrent dans une auberge, au bord du lac, où, en dehors d'eux, il n'y avait qu'une tablée de gens du pays qui parlaient de la chorale à laquelle ils appartenaient.

— Vous permettez que je fasse le menu ?

Il commanda de la viande séchée des Grisons, du jambon et du saucisson de campagne, puis un poisson du lac, un omble chevalier.

Il observait Maigret, à petits coups d'œil discrets, furtifs, qui révélaient sa curiosité et son admiration.

— C'est une curieuse femme, n'est-ce pas ?

— La comtesse ?

— Oui. Nous la connaissons bien, nous aussi, car elle vit à Lausanne une partie de l'année.

Il expliquait, non sans une fierté assez touchante :

— Nous sommes un petit pays, monsieur Maigret. Mais, justement parce que nous sommes un petit pays, la proportion de V.I.P., comme disent les Anglais, de vraiment importantes personnes, est plus grande ici qu'à Paris ou que, même, sur la Côte d'Azur. Si vous en avez plus que nous, elles sont, chez vous, noyées dans la masse. Ici, il n'y a pas moyen de ne pas les voir. Ce sont les mêmes, d'ailleurs, que l'on retrouve aux Champs-Élysées et sur la Croisette…

Maigret faisait honneur au menu et au petit vin blanc du pays qu'on avait servi frais dans une carafe embuée.

— Nous connaissons le colonel Ward, et à peu près toutes les personnes auxquelles vous avez affaire en ce moment. Au fait, la troisième femme de Ward, Muriel, est partie précipitamment ce matin pour Paris.

— Quelle vie mène-t-elle à Lausanne ?

Son interlocuteur avait des yeux bleus qui, quand il réfléchissait, devenaient plus clairs, presque transparents.

— Ce n'est pas facile à expliquer. Elle occupe un appartement confortable, assez luxueux même, mais plutôt petit, dans un immeuble neuf, à Ouchy. Sa fille, Ellen, est pensionnaire dans un établissement fréquenté surtout par des Américaines, des Anglaises, des Hollandaises et des Allemandes de grandes familles. Nous avons beaucoup d'écoles de ce genre, en Suisse, et on nous envoie des enfants du monde entier.

— Je sais…

— Muriel Ward – je dis Ward, car le divorce n'est pas définitif et elle se fait toujours appeler ainsi – appartient à ce que nous appelons le club des dames seules. Ce n'est pas un vrai club, bien entendu. Il n'y a ni statuts, ni carte de membre, ni cotisation. Nous désignons ainsi les dames qui viennent vivre seules en Suisse, pour des raisons diverses. Certaines sont divorcées, d'autres veuves. On compte aussi quelques cantatrices ou virtuoses, et quelques-unes que leur mari vient voir une fois de temps en temps. Les raisons qu'elles ont pour être ici les regardent, n'est-ce pas ? C'est parfois une raison politique, ou une raison financière, parfois aussi une raison de santé. Il y a des altesses royales et des personnes non titrées, des veuves richissimes et des femmes qui n'ont que des rentes modestes.

Il disait tout cela un peu à la façon d'un guide, avec un sourire léger, qui teintait ses paroles d'humour.

— Toutes, soit par leur nom, par leur fortune, ou autrement, ont pour caractéristique d'être des personnes importantes, des V.I.P., comme je disais. Et cela forme des groupes. Pas un club. Une série de groupes plus ou moins amis ou ennemis. Quelques-unes habitent à l'année le Lausanne-Palace, que vous avez vu. Les plus riches ont une villa à Ouchy, un château dans les environs. Elles se reçoivent pour le thé, se retrouvent dans les concerts... Mais n'est-ce pas la même chose à Paris ?... La différence, je le répète, c'est qu'ici on les remarque davantage... Nous avons des hommes aussi, venus d'un peu partout, qui ont décidé de vivre toute l'année ou une partie de l'année en Suisse... Tenez, pour parler à nouveau du Lausanne-Palace, il s'y trouve actuellement une vingtaine de personnes de la famille du roi Séoud... Ajoutez les délégués aux conférences internationales, Unesco et autres, qui ont lieu dans notre pays, et vous comprendrez que nous avons du travail… Je pense que notre police, encore que discrète, est assez bien faite… Si je peux vous être utile…

Maigret avait peu à peu le même sourire que son interlocuteur. Il comprenait que, si l'hospitalité suisse était large, la police n'en était pas moins fort au courant des faits et gestes de toutes ces personnalités en vue.

Ce qu'on venait de lui dire, en somme, c'était :

— Si vous avez des questions à poser…

Il murmura :

— Il paraît que Ward s'entendait parfaitement avec ses anciennes femmes…

— De quoi leur en aurait-il voulu ? C'était lui qui les quittait quand il en avait assez.

— Il se montrait généreux ?

— Pas à l'excès. Il leur donnait de quoi vivre avec dignité, mais ce n'était pas la fortune.

— Quelle femme est Muriel Halligan ?

— Une Américaine.

Et ce mot-là, dans sa bouche, prenait tout son sens.

— J'ignore pourquoi le colonel a choisi de demander le divorce en Suisse… À moins qu'il ait eu d'autres raisons de se domicilier ici… Toujours est-il qu'il y a deux ans que traîne la procédure… Muriel a choisi les deux meilleurs avocats du pays et elle doit savoir ce que cela lui coûte… Elle soutient la thèse, admise, paraît-il, par certains tribunaux américains, que, du moment que son mari l'a habituée à un certain train de vie, il doit lui assurer le même train de vie jusqu'à la fin de ses jours…

— Le colonel ne s'est pas laissé faire ?

— Il a d'excellents avocats, lui aussi. Le bruit a couru trois ou quatre fois qu'un accord était intervenu, mais je ne pense pas que les derniers papiers soient signés…

— Je suppose que, tant que dure le procès, la femme se garde des aventures ?

Le policier lausannois remplit les verres avec une lenteur voulue, comme s'il tenait à peser ses mots.

— Des aventures, non… Ces dames du club, en général, n'ont pas d'histoires voyantes… Vous avez rencontré John T. Arnold, je suppose ?

— Il a été le premier à se précipiter au George-V.

— Il est célibataire, dit laconiquement le policier.

— Et… ?

— Pendant un certain temps, on a chuchoté qu'il avait des goûts spéciaux. Je sais, par le personnel des hôtels où il descend, qu'il n'en est rien.

— Que savez-vous d'autre ?

— Il était très lié, presque depuis toujours, avec le colonel. C'était à la fois son confident, son secrétaire, son homme d'affaires… En dehors de ses femmes légitimes, le colonel a toujours eu des aventures plus ou moins brèves, plus souvent brèves, voire d'une nuit ou d'une heure… Comme il avait la paresse de faire sa cour aux femmes, et comme, dans sa situation, il trouvait délicat d'adresser des propositions à une danseuse de cabaret, par exemple, ou à une vendeuse de fleurs, John T. Arnold s'en chargeait…

— Je comprends.

— Alors, vous devinez le reste. Arnold prenait sa commission en nature… On prétend, sans que j'en aie la preuve formelle, qu'il la prenait avec les femmes légitimes de Ward aussi.

— Muriel ?

— Il est venu deux fois seul à Lausanne pour la voir. Mais rien ne prouve qu'il n'était pas chargé d'une mission de Ward…

— La comtesse ?

— Certainement ! Lui et d'autres. Lorsqu'elle a bu assez de champagne, elle éprouve souvent le besoin de s'épancher dans le sein d'un compagnon…

— Ward le savait ?

— Je n'ai pas beaucoup approché le colonel Ward. Vous oubliez que je ne suis qu'un policier…

Ils souriaient tous les deux. C'était une curieuse conversation, à mi-mots, avec, pour eux, plein de sous-entendus.

— À mon avis, Ward savait beaucoup de choses, mais n'en était pas très touché… Vous avez rencontré, à Monte-Carlo, je l'ai appris par les journaux de ce matin, M. Van Meulen, qui est un de nos clients aussi… Tous les deux, qui étaient grands amis, ont beaucoup vécu, et ils ne demandaient pas aux gens, aux femmes en particulier, plus que ce qu'elles pouvaient leur donner… Ils étaient à peu près du même calibre, à la différence que Van Meulen, plus froid, se contrôle davantage, tandis que le colonel se laissait aller à boire… Je suppose que vous prendrez du café ?

Maigret devait garder longtemps le souvenir de ce déjeuner dans le petit restaurant qui lui rappelait une guinguette des bords de la Marne, mais avec la gravité suisse, moins de piquant peut-être, plus de réelle intimité.

— La comtesse prend le même avion que vous ?

— Je le lui ai interdit.

— Cela dépendra de ce qu'elle boira d'ici quatre heures. Vous désirez qu'elle ne le prenne pas ?

— Elle est assez voyante et encombrante…

— Elle ne le prendra pas, promit le chef. Cela vous ennuierait-il fort de passer quelques minutes dans nos bureaux ? Mes hommes ont une telle envie de faire votre connaissance…

On lui fit les honneurs des locaux de la Sûreté, dans un immeuble neuf, au même étage qu'une banque privée et juste en dessous d'un coiffeur pour dames. Maigret serra des mains, sourit, répéta dix fois les mêmes paroles gentilles, et le petit vin vaudois l'imprégnait de bien-être.

— Maintenant, il est temps que je vous mette en voiture. Si vous tardez, on sera obligé de faire marcher la sirène tout le long du chemin…

Il retrouva l'atmosphère des aérogares, les appels du haut-parleur, les bars avec des pilotes en uniforme et des hôtesses de l'air buvant un café en hâte.

Puis ce fut l'avion, des montagnes moins hautes que le matin, des prés et des fermes qu'on apercevait entre deux nuages.

Lapointe l'attendait à Orly avec une des autos noires de la P.J.

— Vous avez fait bon voyage, patron ?

Il retrouvait la banlieue, le Paris d'une belle fin d'après-midi.

— Il n'a pas plu ?

— Pas une goutte. J'ai cru bien faire en venant vous chercher.

— Du nouveau ?

— Je ne suis pas au courant de tout. C'est Lucas qui centralise les informations. Je suis allé voir une partie du personnel de nuit, ce qui m'a obligé à accumuler les kilomètres car la plupart de ces gens-là habitent la banlieue.

— Qu'as-tu appris ?

— Rien de précis. J'ai essayé d'établir un schéma, avec les heures d'entrée et de sortie de chacun. C'est difficile. Il paraît qu'il y a trois cent dix clients à l'hôtel, que tout ce monde va et vient, téléphone, sonne le garçon ou la femme de chambre, appelle un taxi, un chasseur, la manucure, que sais-je ? En outre, le personnel craint de trop parler. La plupart répondent évasivement…

Tout en conduisant, il tira un papier de sa poche et le passa à Maigret.

« *8 heures du soir.* – La femme de chambre du troisième pénètre au 332, l'appartement de la comtesse, et trouve celle-ci, en peignoir, occupée à se faire manucurer.

» — C'est pour la couverture, Annette ?

» — Oui, madame la comtesse.

» — Revenez dans une demi-heure, voulez-vous ?

» *8 heures 10.* – Le colonel Ward est au bar de l'hôtel en compagnie de John T. Arnold. Le colonel regarde sa montre, quitte son compagnon et monte dans son appartement. Arnold commande un sandwich.

» *8 heures 22.* – Le colonel demande, de son appartement, une communication avec Cambridge et parle pendant une dizaine de minutes à son fils. Il paraît qu'il lui téléphonait ainsi deux fois par semaine, toujours vers la même heure.

» *8 heures 30 environ.* – Au bar, Arnold entre dans la cabine téléphonique. Il doit avoir une communication avec Paris, car elle n'est pas enregistrée par la standardiste.

» *8 heures 45.* – Le colonel, du 347, appelle par téléphone le 332, sans doute pour savoir si la comtesse est prête.

» *9 heures environ.* – Le colonel et la comtesse sortent de l'ascenseur, déposent leur clef en passant. Le portier leur appelle un taxi. Ward donne l'adresse d'un restaurant de la Madeleine. »

Lapointe suivait des yeux la progression de la lecture.

— Je suis allé au restaurant, expliqua-t-il. Rien à signaler. Ils y dînent souvent et on leur donne toujours la même table. Trois ou quatre personnes sont venues serrer la main du colonel. Le couple n'a pas paru se disputer. Pendant que la comtesse mangeait son dessert, le colonel, qui n'en prend jamais, a allumé un cigare et parcouru les journaux du soir.

« *11 heures et demie environ.* – Le couple arrive au Monseigneur. »

— Là aussi, disait Lapointe, ce sont des habitués, et il y a un air que l'orchestre tzigane joue automatiquement dès que la comtesse paraît. Champagne et whisky. Le colonel ne danse jamais.

Maigret imagina le colonel, d'abord au restaurant, où il profitait de ce qu'il ne mangeait pas de dessert pour lire son journal, puis sur la banquette de velours rouge au Monseigneur. Il ne dansait pas, ne flirtait pas non plus, car il connaissait sa compagne depuis longtemps. Les musiciens venaient jouer à sa table.

— *Là aussi*, avait dit Lapointe, *ce sont des habitués...*

Trois soirs, quatre soirs par semaine ? Et, ailleurs, à Londres, à Cannes, à Rome, à Lausanne, il fréquentait des cabarets presque identiques, où l'on devait jouer le même air à l'entrée de la comtesse et où il ne dansait pas non plus.

Il avait un grand fils de seize ans, à Cambridge, à qui il téléphonait quelques minutes tous les trois jours, une fille, en Suisse, à qui, sans doute, il téléphonait aussi.

Il avait trois femmes, la première, remariée, qui menait une existence semblable à la sienne, puis Alice Perrin, qui se partageait entre Londres et Paris, enfin Muriel Halligan, celle du club des dames seules.

Dans les rues, des gens qui quittaient leur travail se hâtaient vers les bouches de métro et les arrêts d'autobus.

— Nous y sommes, patron…

— Je sais…

La cour, qui commençait à être obscure, du Quai des Orfèvres, l'escalier toujours grisâtre où les lampes étaient allumées.

Il n'alla pas chez Lucas tout de suite, entra dans son bureau, tourna le commutateur et prit sa place habituelle, le mémorandum de Lapointe devant lui.

« *Minuit 15.* – Ward est appelé au téléphone. Pas pu savoir d'où venait l'appel… »

Machinalement, eût-on dit, Maigret tendit la main vers son appareil.

— Passez-moi mon appartement… Allô !… C'est toi ?… Je suis arrivé… Oui, je suis dans mon bureau… Je ne sais pas encore… Tout va bien… Mais non !… Je t'assure… Pourquoi serais-je triste ?

Quelle raison avait sa femme de lui poser cette question ? Il avait eu envie de reprendre contact avec elle, voilà tout.

« *Minuit et demi environ.* – Arrivée de Marco Palmieri et d'Anna de Groot au Monseigneur.

» (*Note :* Anna de Groot a quitté le George-V dès sept heures du soir. Elle était seule. Elle a retrouvé Marco au Fouquet's, où ils ont dîné rapidement avant de se rendre au théâtre. Ni l'un ni l'autre en tenue de soirée. Au

Fouquet's, comme au Monseigneur, on les connaît et on semble considérer leur liaison comme officielle.) »

Maigret se rendait compte du nombre d'allées et venues que ce rapport représentait, de la patience que Lapointe avait déployée pour obtenir des renseignements en apparence si peu importants.

« *Minuit 55*. – Le barman du George-V annonce aux cinq ou six clients qui restent qu'il va fermer. John T. Arnold commande un havane et entraîne dans le hall les trois hommes avec qui il jouait aux cartes.

» (*Note* : Je n'ai pas pu établir avec certitude si Arnold a quitté le bar au cours de la soirée. Le barman n'est pas catégorique. Jusqu'à dix heures du soir, toutes les tables ont été occupées, tous les tabourets. Il a aperçu alors Arnold, dans le coin gauche, près de la fenêtre, en compagnie de trois Américains récemment débarqués, dont un producteur de cinéma et l'agent d'un acteur. Ils jouaient au poker. Pas pu savoir non plus si Arnold les connaissait déjà ou s'il a fait leur connaissance ce soir-là au bar. Ils se sont servis de jetons mais, quand ils ont terminé, le barman a vu des dollars changer de mains. Il pense qu'ils jouaient gros jeu. Il ignore qui a gagné.)

» *1 heure 10*. – Le garçon est appelé dans le petit salon Empire qui se trouve au fond du hall et on lui demande s'il est encore possible d'avoir des consommations. Il répond que oui et on lui commande une bouteille de whisky, du soda et quatre verres. Les quatre clients du bar ont trouvé cet endroit pour continuer leur partie.

» *1 heure 55*. – Entrant dans le salon Empire, le garçon n'y trouve plus personne. La bouteille est presque vide, les jetons sur la table, des mégots de cigare dans le cendrier.

» (Questionné le concierge de nuit à ce sujet. Le producteur s'appelle Mark P. Jones et accompagne en France un célèbre comique américain qui doit tourner un film ou des séquences d'un film dans le Midi. Art Levinson est l'agent de la vedette. Le troisième joueur est inconnu du concierge. Il l'a aperçu plusieurs fois dans le hall, mais ce n'est pas un client de l'hôtel. Il croit l'avoir vu sortir cette nuit-là vers deux heures du matin. Je lui ai demandé si Arnold l'accompagnait. Il ne peut répondre ni oui ni non. Il était au téléphone, une cliente du cinquième étage se plaignant du tapage que faisaient ses voisins. Il est monté lui-même pour aller prier diplomatiquement le couple en question d'être moins exubérant.) »

Maigret se renversa sur sa chaise, bourra lentement sa pipe en regardant la grisaille du soir au-delà des fenêtres.

« *2 heures 5 environ*. — Le colonel et la comtesse quittent le Monseigneur, prennent un taxi en stationnement devant le cabaret et se font conduire au George-V. Retrouvé facilement le taxi. Le couple n'a pas prononcé un mot pendant le parcours.

» *2 heures et quart*. – Arrivée au George-V. Chacun prend ses clefs des mains du concierge. Le colonel demande s'il n'y a pas de message pour lui. Il n'y en a pas. Conciliabule au pied de l'ascenseur, qui met un certain temps à descendre. Ils n'ont pas l'air de se disputer.

» *2 heures 18*. – Le garçon d'étage est appelé au 332. Le colonel dans un fauteuil, l'air fatigué, comme d'habitude à cette heure-là. La comtesse, en face de lui, occupée à retirer ses chaussures et à se masser les pieds. Elle commande une bouteille de champagne et une bouteille de whisky.

» *3 heures environ.* – Retour d'Anna de Groot, accompagnée par le comte Marco Palmieri. Enjoués et tendres mais discrets. Elle est un peu plus animée que lui, sans doute par le champagne. Entre eux, ils conversent en anglais, bien que tous les deux parlent couramment le français, la Hollandaise avec un assez fort accent. Ascenseur. Quelques instants plus tard, ils sonnent pour demander de l'eau minérale.

» *3 heures 35.* – On décroche l'appareil du 332. La comtesse dit à la téléphoniste qu'elle se sent mourir et réclame un médecin. La téléphoniste appelle d'abord l'infirmière, puis téléphone au docteur Frère. »

Maigret parcourut plus rapidement la suite, se leva, ouvrit la porte du bureau des inspecteurs et trouva Lucas au téléphone, près de sa lampe à abat-jour vert.

— Je ne comprends pas, criait Lucas, l'air excédé... Puisque je vous dis que je ne comprends pas un mot de ce que vous racontez... Je ne sais même pas quelle langue vous parlez... Mais non, je n'ai pas d'interprète sous la main...

Il raccrocha, s'essuya le front.

— Si j'ai bien entendu, c'est un appel de Copenhague. J'ignore si on m'a parlé allemand ou danois... Cela n'arrête pas depuis le matin... Tout le monde réclame des détails...

Il se leva, confus.

— Excusez-moi. Je ne vous ai même pas demandé si vous avez fait bon voyage....Au fait, j'ai eu un coup de téléphone pour vous de Lausanne... Pour dire que la comtesse prendra le train de nuit et arrivera à Paris à sept heures du matin...

— C'est elle qui a appelé ?

— Non. La personne avec qui vous avez déjeuné.

C'était gentil et Maigret apprécia la délicatesse du procédé. Un coup de main discret... Le chef de la police n'avait pas dit son nom. Il est vrai que Maigret, qui n'avait pas conservé sa carte, l'avait déjà oublié.

— Qu'est-ce qu'Arnold a fait aujourd'hui ? questionna le commissaire.

— D'abord, ce matin, il s'est rendu dans un hôtel du Faubourg Saint-Honoré, le Bristol, où est descendu Philps, le solicitor anglais...

Celui-là n'était pas descendu au George-V, trop international à son gré, ni au Scribe, trop français, mais il avait choisi de s'installer en face de l'ambassade britannique, comme s'il tenait à ne pas se sentir trop loin de son pays.

— Ils sont restés une heure en conférence, puis se sont rendus dans une banque américaine de l'avenue de l'Opéra, ensuite dans une banque anglaise de la place Vendôme et, dans les deux, ils ont été reçus aussitôt par le directeur. Ils y sont restés assez longtemps. À midi juste, ils se sont quittés sur le trottoir de la place Vendôme et le solicitor a pris un taxi pour se faire reconduire à son hôtel, où il a déjeuné seul.

— Arnold ?

— Il a traversé les Tuileries à pied, sans se presser, en homme qui a tout le temps devant lui, regardant parfois sa montre pour s'en assurer. Il a même farfouillé un peu dans les boîtes des quais, feuilletant de vieux livres et regardant des gravures, pour se présenter, à une heure moins le quart, à l'Hôtel des Grands-Augustins... Il a attendu au bar, en buvant un martini et en jetant un coup d'œil aux journaux. La troisième femme de Ward n'a pas tardé à le rejoindre...

— Muriel Halligan ?

— Oui… Elle a l'habitude de descendre à cet hôtel-là. Il paraît qu'elle est arrivée à Orly vers onze heures et demie, qu'elle a ensuite pris un bain, s'est reposée une demi-heure avant de se rendre au bar…

— Elle a téléphoné ?

— Non…

C'est donc de Lausanne, avant de partir, qu'elle avait donné rendez-vous à Arnold.

— Ils ont déjeuné ensemble ?

— Dans un petit restaurant qui a l'air d'un bistrot, mais qui est très cher, rue Jacob… Torrence, qui y était entré derrière eux, prétend qu'on y mange à merveille, mais que l'addition est salée… Ils ont bavardé calmement, comme de vieux amis, à voix trop basse pour que Torrence entende quoi que ce soit… Arnold l'a ensuite reconduite à l'hôtel et a pris un taxi pour rejoindre M. Philps. Au Bristol, le téléphone n'arrête pas, avec Londres, Cambridge, Amsterdam, Lausanne… Ils ont reçu aussi plusieurs personnes dans l'appartement, entre autres un notaire parisien, M. Demonteau, qui est resté plus longtemps que les autres. Il y a un groupe de journalistes dans le hall. Ils attendent de savoir quand auront lieu les obsèques, si ce sera à Paris, à Londres ou à Lausanne… On dit en effet que c'est à Lausanne que Ward avait son domicile officiel… Ils sont curieux aussi de connaître le testament, mais jusqu'ici ils n'ont pas obtenu le moindre renseignement… Enfin, les reporters affirment qu'on attend les deux enfants de Ward d'un moment à l'autre… Vous avez l'air fatigué, patron…

— Non… Je ne sais pas…

Il était plus mou que d'habitude et, à vrai dire, il aurait été en peine de dire à quoi il pensait. Le même phénomène se produisait qu'après une traversée en bateau : il avait encore le mouvement de l'avion dans le corps et des images se bousculaient dans sa tête. Tout cela avait été trop vite. Trop de gens, trop de choses coup sur coup. Joseph Van Meulen, nu sur son lit, entre les mains de son masseur, puis le quittant, dans le hall de l'Hôtel de Paris, pour se rendre, en smoking, au gala du Sporting... La petite comtesse avec son visage fripé, des creux aux ailes du nez, ses mains que l'alcool faisait trembler... Puis ce blond chef de la sûreté lausannoise... comment s'appelait-il donc ?... qui lui servait du vin très clair, très frais, avec un sourire franc, teinté d'une légère ironie à l'égard des gens dont il parlait... Le club des dames seules...

Maintenant, il y avait en plus les quatre hommes jouant au poker, dans le bar, puis dans le salon Empire...

Et M. Philps, dans son hôtel anglais, en face de l'ambassade britannique, les directeurs de banques qui s'empressaient... Conférences, coups de téléphone, M. Demonteau, notaire, les journalistes dans le hall du Faubourg Saint-Honoré et à la porte du George-V où il n'y avait pourtant plus rien à voir...

Un jeune garçon, à Cambridge, qui allait sans doute être un milliardaire à son tour, apprenait soudain que son père, qui lui avait téléphoné la veille d'un hôtel du continent, était mort.

Et une jeune fille, une gamine de quatorze ans, que ses camarades d'école enviaient peut-être parce qu'elle faisait ses valises pour aller à l'enterrement de son père...

À cette heure-ci, la petite comtesse devait être ivre, mais elle n'en prendrait pas moins le train de nuit. Il lui suffisait, à chaque défaillance, de boire un coup de plus pour se remonter. Jusqu'à ce qu'elle tombe.

— On dirait que vous avez une idée, patron ?

— Moi ?

Il haussa les épaules, comme un homme désenchanté. Et ce fut son tour de poser une question.

— Tu es très fatigué ?

— Pas trop.

— Dans ce cas, allons dîner tranquillement tous les deux à la Brasserie Dauphine…

Ils n'y trouveraient ni la clientèle du George-V, ni celle des avions, de Monte-Carlo ou de Lausanne. Une lourde odeur de cuisine, comme dans les auberges de campagne. La mère à son fourneau, le père derrière le comptoir d'étain, la fille aidant le garçon à servir.

— Et après ?

— Après, je veux tout recommencer, comme si je ne savais rien, comme si je ne connaissais pas ces gens-là…

— Je vais avec vous ?

— Ce n'est pas la peine… Pour faire ce métier-là, j'aime autant être seul…

Lucas savait ce que cela signifiait. Maigret allait rôder avenue George-V, maussade, tirant de petits coups sur sa pipe, jetant des coups d'œil à gauche et à droite, s'asseyant ici ou là et se relevant presque tout de suite comme s'il ne savait que faire de son grand corps.

Personne, pas même lui, ne pouvait dire le temps que cela durerait et, sur le moment, cela n'avait rien d'agréable.

Quelqu'un qui l'avait vu ainsi un jour avait remarqué peu respectueusement :

— Il a l'air d'une grosse bête malade !

7

Où non seulement Maigret se sent indésirable,
mais où on le regarde avec suspicion

Il prit le métro, car il avait tout le temps et il ne comptait guère circuler cette nuit-là. On aurait dit qu'il l'avait fait exprès de trop manger, pour se sentir encore plus lourd. Quand il avait quitté Lucas, place Dauphine, celui-ci avait eu une hésitation, avait ouvert la bouche pour dire quelque chose et le commissaire l'avait regardé comme quelqu'un qui attend.

— Non… Rien… avait décidé Lucas.

— Dis-le…

— J'ai failli vous demander si c'était la peine que j'aille me coucher…

Parce que, quand le patron était de cette humeur-là, cela indiquait généralement qu'il ne se passerait plus beaucoup de temps avant que le dernier acte se joue entre les quatre murs de son bureau.

Comme par hasard, cela se passait presque toujours la nuit, avec le reste du bâtiment dans l'obscurité, et ils étaient parfois plusieurs à se relayer auprès du personnage, homme ou femme, qui entrait au Quai des Orfèvres comme simple suspect pour en sortir, après un temps plus ou moins long, les menottes aux poignets.

Maigret comprit l'arrière-pensée de Lucas. Sans être superstitieux, il n'aimait pas anticiper sur les événements et, dans ce moment-là, il n'avait jamais confiance en lui.

— Va te coucher.

Il n'avait pas chaud. Il était parti de chez lui, la veille au matin, sûr de rentrer à midi boulevard Richard-Lenoir pour déjeuner. La veille, seulement ? Il lui semblait qu'il y avait beaucoup plus longtemps que tout cela avait commencé.

Il sortit de terre aux Champs-Élysées alors que l'avenue jetait tous ses feux et l'arrière-saison était assez douce pour qu'il y ait encore foule aux terrasses. Les mains dans les poches de son veston, il prit l'avenue George-V où, en face de l'hôtel, un géant en uniforme lui jeta un coup d'œil surpris en le voyant pousser la porte tournante.

C'était le portier de nuit. La veille, Maigret avait vu le personnel de jour. Le portier se demandait évidemment ce que cet homme au visage grognon, au complet fripé par le voyage, qui n'était pas un client de l'hôtel, venait faire.

Il y eut la même curiosité, la même surprise de la part du chasseur en faction de l'autre côté de la porte tournante et il fut sur le point de lui demander ce qu'il désirait.

Une vingtaine de personnes étaient éparpillées dans le hall, la plupart en smoking ou en robe du soir, on voyait des visons, des diamants, on passait, en s'avançant, d'un parfum à un autre.

Comme le chasseur ne le quittait pas des yeux, prêt à le suivre et à l'interpeller s'il s'aventurait trop loin, Maigret préféra se diriger vers la réception où les employés en jaquette noire lui étaient inconnus.

— M. Gilles est dans son bureau ?

— Il est chez lui. Vous désirez ?

Il avait souvent remarqué, dans les hôtels, que le personnel de nuit est moins aimable que celui de jour. On dirait, presque toujours, que c'est un personnel de seconde classe qui en veut au monde entier de l'obliger à vivre à rebrousse-poil, de travailler pendant que les autres dorment.

— Commissaire Maigret... murmura-t-il.

— Vous désirez monter là-haut ?

— J'y monterai probablement... Je veux seulement vous prévenir que je compte aller et venir dans l'hôtel pendant un certain temps... Ne craignez rien... Je serai aussi discret que possible...

— Les clefs du 332 et du 347 ne sont plus chez le concierge... Je les ai ici... On a laissé les appartements dans l'état où ils étaient, sur la demande du juge d'instruction...

— Je sais...

Il fourra les clefs dans sa poche et, embarrassé de son chapeau, chercha un endroit où le mettre, le posa enfin sur un fauteuil, s'assit dans un autre comme d'autres personnes qui, dans le hall, attendaient quelqu'un.

De sa place, il vit l'homme de la réception saisir le téléphone et comprit que c'était pour mettre le directeur au courant de sa visite. Quelques instants plus tard, il en avait la preuve, car l'employé en jaquette venait vers lui.

— J'ai eu M. Gilles au bout du fil. Je donne des instructions au personnel pour qu'on vous laisse circuler
à votre guise. M. Gilles se permet toutefois de vous
recommander...

— Je sais ! Je sais... M. Gilles habite l'hôtel ?

— Non. Il a une villa à Sèvres...

Pour questionner le concierge de nuit, Lapointe
avait dû aller à Joinville. Le barman, Maigret le savait,
habitait encore plus loin de Paris, dans la vallée de
Chevreuse, et il prenait lui-même soin d'un assez grand
potager, élevait des poules et des canards.

N'était-ce pas paradoxal ? Les clients payaient des
prix astronomiques pour dormir à deux pas des
Champs-Élysées et le personnel, ceux, en tout cas, qui
pouvaient s'offrir ce vrai luxe, s'enfuyaient vers la campagne dès le travail terminé.

Les groupes debout, surtout les groupes en tenue du
soir, étaient des gens qui n'avaient pas encore dîné, qui
attendaient d'être au complet pour se rendre au
Maxim's, à la Tour d'Argent ou dans un autre restaurant de même classe. Il y en avait au bar aussi, qui prenaient un dernier cocktail avant de commencer ce qui
représentait pour eux la partie la plus importante de la
journée : le dîner et l'après-dîner.

Les choses devaient se passer de la même façon
l'avant-veille, avec une figuration identique. La fleuriste, dans son box, préparait des boutonnières. Le
préposé aux théâtres remettait des billets aux retarda-
taires. Le concierge disait où aller à ceux qui ne le
savaient pas encore.

Maigret avait bu un calvados après son dîner,
exprès, par esprit de contradiction, parce qu'il allait se
replonger dans un monde où on ne boit guère de

calvados, encore moins de marc. Whisky, champagne, fine Napoléon.

Un groupe de Sud-Américains accueillit avec des bravos une jeune femme en manteau de vison couleur paille qui jaillissait, affairée, d'un des ascenseurs et réussissait une entrée de vedette.

Était-elle jolie ? De la petite comtesse aussi on disait qu'elle était étonnante et Maigret l'avait vue de près, démaquillée, l'avait même surprise buvant le whisky au goulot comme une pocharde des quais s'envoie un grand coup de rouge.

Pourquoi, depuis quelques instants, avait-il la sensation de vivre dans un bateau ? L'atmosphère du hall lui rappelait son voyage aux États-Unis où un milliardaire américain – encore un milliardaire ! – l'avait supplié de venir débrouiller une affaire. Il se souvenait des confidences du commissaire de bord, une nuit qu'ils étaient restés les derniers dans le salon, après les jeux assez puérils qu'on y avait organisés.

— Savez-vous, commissaire, qu'en première classe on compte trois personnes pour servir un seul passager ?

Sur les ponts, en effet, dans les salons, dans les coursives, on rencontrait tous les vingt mètres un membre du personnel, en veste blanche ou en uniforme, prêt à vous rendre un service quelconque.

Ici aussi. Dans les chambres, il y avait trois boutons : maître d'hôtel, femme de chambre, valet de chambre, avec, à côté de chaque bouton – est-ce que tous les clients ne savaient pas lire ? –, la silhouette du serviteur correspondant.

À la porte, dans la lumière jaunâtre du trottoir, deux ou trois portiers et voituriers, sans compter les porteurs de bagages en tablier vert, se tenaient au garde-à-vous comme à l'entrée d'une caserne et, dans tous les coins, d'autres hommes en uniforme attendaient, très droits, le regard vague.

— Vous le croirez si vous voulez, avait poursuivi le commissaire de bord, le plus difficile, sur un bateau, ce n'est pas de faire marcher les machines, de diriger la manœuvre, de naviguer par gros temps, d'arriver à l'heure dite à New York ou au Havre. Ce n'est pas non plus de nourrir une population égale à celle d'une sous-préfecture, ni d'entretenir les chambres, les salons, les salles à manger. Ce qui nous donne le plus de souci, c'est...

Il avait pris un temps.

— ... c'est d'amuser les passagers. Il faut les occuper depuis le moment où ils se lèvent jusqu'au moment où ils se couchent, et certains ne se couchent pas avant l'aube...

C'est pourquoi, le petit déjeuner à peine terminé, on servait du bouillon sur le pont. Puis commençaient les jeux, les cocktails... Ensuite le caviar, le foie gras, le caneton à l'orange et les omelettes flambées...

— Ce sont, pour la plupart, des gens qui ont tout vu, qui se sont amusés de toutes les façons imaginables, et pourtant il nous faut coûte que coûte...

Pour ne pas s'assoupir, Maigret se leva, partit à la recherche du salon Empire qu'il finit par découvrir, peu éclairé, solennel et vide à cette heure, à l'exception d'un vieux monsieur en smoking, aux cheveux blancs, qui dormait dans un fauteuil, la bouche ouverte, un cigare éteint entre les doigts. Plus loin, il aperçut la salle à manger et le maître d'hôtel qui montait la garde à la porte le détailla des pieds à la tête. Il ne lui proposa pas une table. Avait-il compris qu'il n'était pas un vrai client ?

Malgré sa mine réprobatrice, Maigret jetait un coup d'œil dans la salle où, sous les lustres, une dizaine de tables étaient occupées.

Une idée, peu originale, d'ailleurs, se faisait jour dans son esprit. Il passait devant un ascenseur à côté duquel était planté un jeune homme blond en livrée olive. Ce n'était pas l'ascenseur qu'il avait pris avec le directeur la veille, au matin. Et il en découvrit un troisième ailleurs.

On le suivait des yeux. Le chef de la réception n'avait pas dû avoir le temps d'alerter tout le personnel et sans doute s'était-il contenté de mettre les chefs de service au courant de sa présence.

On ne lui demandait pas ce qu'il voulait, ce qu'il cherchait, où il allait, mais il ne quittait le champ d'un regard méfiant que pour entrer dans un autre secteur tout aussi surveillé.

Sa petite idée... Ce n'était pas encore précis, et pourtant il avait l'impression de faire une découverte importante. C'était ceci, en résumé : ces gens-là – et il englobait les clients du George-V, ceux de Monte-Carlo, et de Lausanne, les Ward, les Van Meulen, les comtesse Palmieri, tous ceux qui mènent ce genre d'existence –, ces gens-là ne se sentiraient-ils pas perdus, comme désarmés, tout nus, en quelque sorte, aussi impuissants, maladroits, fragiles que des bébés, si tout à coup ils étaient plongés dans la vie ordinaire ?

Pourraient-ils jouer des coudes pour prendre le métro, consulter un horaire des chemins de fer, demander leur billet au guichet, porter une valise ?

Ici, de l'instant où ils quittaient leur appartement jusqu'à celui où ils s'installaient dans un appartement tout pareil de New York, de Londres ou de Lausanne, ils n'avaient pas à se soucier de leurs bagages, qui passaient de main en main, comme à leur insu, et ils retrouvaient leurs affaires à leur place dans les meubles... Eux-mêmes passaient de main en main...

Qu'est-ce que Van Meulen avait dit d'un *intérêt suffisant* ? Quelqu'un qui a un intérêt suffisant pour tuer...

Maigret découvrait qu'il ne s'agit pas nécessairement d'une somme plus ou moins forte. Il commençait même à comprendre les divorcées américaines qui exigent de mener leur vie durant le genre d'existence auquel leur ex-mari les a habituées.

Il voyait mal la petite comtesse entrer dans un bistrot, commander un café-crème et manier un téléphone automatique.

C'était le petit côté de la question, certes... Mais les petits côtés ne sont-ils pas souvent les plus importants... Est-ce que, dans un appartement, la Palmieri serait capable de régler le chauffage central, d'allumer le réchaud à gaz dans la cuisine, de se préparer des œufs à la coque ?

Sa pensée était plus compliquée que ça, si compliquée qu'elle manquait de netteté.

Combien étaient-ils, de par le monde, à aller d'un endroit à un autre, sûrs de retrouver partout la même ambiance, les mêmes soins empressés, les mêmes gens, pour ainsi dire, qui s'occupaient à leur place des menus détails de l'existence ?

Quelques milliers, sans doute. Le commissaire de bord du *Liberté* lui avait encore dit :

— On ne peut rien inventer de neuf pour les dis-
traire, car ils tiennent à leurs habitudes…

Comme ils tenaient au décor. Un décor identique, à
quelques détails près. Était-ce un moyen de se rassurer, de se donner l'illusion d'être chez eux ? Jusqu'à
la place des miroirs, dans les chambres à coucher, celle
des porte-cravates, qui était partout la même.

— Il est inutile d'entrer dans notre profession si on
n'a pas la mémoire des physionomies et des noms…

Ce n'était pas le commissaire de bord qui avait parlé
ainsi, mais un concierge d'hôtel, aux Champs-Élysées,
où Maigret enquêtait vingt ans auparavant.

— Les clients exigent qu'on les reconnaisse, même
s'ils ne sont venus qu'une fois…

Cela aussi, probablement, les rassurait. Petit à petit,
Maigret se sentait moins sévère à leur égard. On aurait
dit qu'ils avaient peur de quelque chose, peur d'eux-
mêmes, de la réalité, de la solitude. Ils tournaient en
rond dans un petit nombre d'endroits, où ils étaient
sûrs de recevoir les mêmes soins et les mêmes égards,
de manger les mêmes plats, de boire le même champagne ou le même whisky.

Cela ne les amusait peut-être pas mais, une fois le pli
acquis, *ils auraient été incapables de vivre autrement.*

Est-ce que c'était une *raison suffisante* ? Maigret
commençait à le penser et, du coup, la mort du colonel
Ward prenait un nouvel aspect.

Quelqu'un, dans son entourage, s'était trouvé, ou
s'était cru menacé, d'avoir soudain à vivre comme tout
le monde et n'en avait pas eu le courage.

Encore fallait-il que la disparition de Ward per-
mette à ce quelqu'un-là de continuer à mener l'existence à laquelle il ne pouvait renoncer.

On ne savait rien du testament. Maigret ignorait entre les mains de quel notaire ou solicitor il se trouvait. John T. Arnold laissait entendre qu'il y avait peut-être plusieurs testaments, entre des mains différentes.

Le commissaire ne perdait-il pas son temps à rôder ainsi dans les couloirs du George-V et le plus sage n'était-il pas d'aller se coucher et d'attendre ?

Il entra au bar. Le barman de nuit ne le connaissait pas non plus, mais un des garçons le reconnut d'après ses photographies et parla bas à son chef. Celui-ci fronça les sourcils. Cela ne le flattait pas de servir le commissaire Maigret et cela semblait plutôt l'inquiéter.

Il y avait beaucoup de monde, beaucoup de fumée de cigares et de cigarettes, une seule pipe en dehors de celle du commissaire.

— Vous désirez ?

— Vous avez du calvados ?

Il n'en voyait pas sur l'étagère, où s'alignaient toutes les marques de whisky. Le barman en dénicha pourtant une bouteille, saisit un immense verre à dégustation en forme de ballon comme si, ici, on ne connaissait pas d'autres verres pour les alcools.

On parlait surtout l'anglais. Maigret reconnut une femme, une étole de vison négligemment jetée sur les épaules, qui avait eu affaire au Quai des Orfèvres à l'époque où, à Montmartre, elle travaillait pour le compte d'un petit souteneur corse.

Il y avait deux ans de cela. Elle n'avait pas perdu de temps, car elle portait un diamant au doigt, un bracelet de diamants autour du poignet. Elle condescendit pourtant à reconnaître le policier et à lui adresser un discret battement de paupières.

Trois hommes entouraient une table du fond, à gauche, près de la fenêtre voilée par des rideaux de soie, et Maigret demanda à tout hasard :

— Ce n'est pas Mark Jones, le producteur ?

— Le petit gros, oui…

— Lequel est Art Levinson ?

— Celui qui a les cheveux très bruns et des lunettes d'écaille.

— Et le troisième ?

— Je l'ai vu plusieurs fois, mais je ne le connais pas.

Le barman répondait à contrecœur, comme s'il répugnait à trahir ses clients.

— Je vous dois ?

— Laissez…

— Je tiens à payer.

— Comme vous voudrez…

Sans utiliser l'ascenseur, il monta lentement jusqu'au troisième étage, faisant la remarque que peu de clients devaient fouler le tapis rouge des escaliers. Il rencontra une femme en noir, un cahier à la main, un crayon derrière l'oreille, qui était quelque chose dans la hiérarchie hôtelière. Il supposa que c'était elle qui, pour un certain nombre d'étages, dirigeait les femmes de chambre, distribuait les draps et les serviettes, car elle avait un trousseau de clefs à la ceinture.

Elle se retourna sur lui, sembla hésiter, et probablement signala-t-elle à la direction la présence d'un curieux individu dans les coulisses du George-V.

Car, sans le vouloir, il se trouvait tout à coup dans les coulisses. Il avait poussé la porte par laquelle la femme avait surgi et il découvrait un autre escalier, plus étroit, sans tapis. Les murs n'étaient plus aussi blancs. Une porte entrouverte laissait voir un réduit encombré de balais avec un gros tas de linge sale au milieu.

Il n'y avait personne. Personne non plus, à l'étage au-dessus, dans une autre pièce, plus spacieuse, meublée d'une table et de chaises en bois blanc. Un plateau était sur la table, avec des assiettes, des os de côtelettes, de la sauce et quelques pommes de terre frites figées.

Au-dessus de la porte, il découvrit une sonnerie, trois ampoules électriques de couleurs différentes.

Il vit beaucoup de choses en une heure, rencontra quelques personnes, des garçons, des femmes de chambre, un valet qui cirait des souliers. La plupart le regardèrent avec surprise, le suivirent des yeux, méfiants. Mais, à part une exception, on ne lui adressa pas la parole.

Peut-être pensait-on que, s'il était là, c'est qu'il avait le droit d'y être ? Ou bien, derrière son dos, s'empressait-on de téléphoner à la direction ?

Il rencontra un ouvrier en salopette, des outils de plombier à la main, ce qui laissait supposer qu'il y avait des ennuis de tuyauterie quelque part. Celui-ci, après l'avoir regardé des pieds à la tête, la cigarette collée aux lèvres, demanda :

— Vous cherchez quelque chose ?

— Non. Je vous remercie.

L'homme s'éloigna en haussant les épaules, se retourna, disparut enfin derrière une porte.

Peu curieux des deux appartements qu'il connaissait, Maigret monta plus haut que le troisième, se familiarisant avec les lieux. Il avait appris à reconnaître les portes qui séparaient les couloirs aux murs impeccables, aux tapis épais, des coulisses moins luxueuses et des escaliers étroits.

295 de 320 du document

Passant d'un côté à l'autre, apercevant ici un monte-plats, ailleurs un garçon endormi sur sa chaise, ou deux femmes de chambre occupées à se raconter leurs maladies, il finit par aboutir sur le toit, surpris de voir soudain les étoiles au-dessus de lui et le halo coloré des lumières des Champs-Élysées dans le ciel.

Il resta là un certain temps, vidant sa pipe, faisant le tour de la plate-forme, se penchant de temps en temps au-dessus de la balustrade, regardant les voitures glisser sans bruit dans l'avenue, s'arrêter devant l'hôtel et repartir avec leur plein de femmes richement habillées, de messieurs en noir et blanc.

En face, la rue François-Ier était très éclairée et la pharmacie anglaise, au coin de la rue et de l'avenue George-V, encore ouverte. Était-elle de garde ? Restait-elle ouverte tous les soirs ? Avec la clientèle du George-V et de l'hôtel voisin, le Prince de Galles, qui se dorlotait et vivait à contretemps, la nuit davantage que le jour, elle devait faire d'excellentes affaires.

À gauche, la rue Christophe-Colomb, plus calme, n'était éclairée que par l'enseigne au néon rouge d'un restaurant ou d'une boîte de nuit, et de grosses voitures luisantes étaient assoupies tout le long des deux trottoirs.

Derrière, dans la rue Magellan, un bar, dans le genre bistrot pour chauffeurs qu'on voit dans les quartiers riches. Un homme en veste blanche traversait la rue et entrait, sans doute un garçon.

Maigret pensait au ralenti et il chercha un bon moment le chemin qui l'avait conduit sur le toit. Plus tard, il se perdit, surprit un maître d'hôtel qui mangeait les restes d'un plateau.

Quand il reparut au bar, il était onze heures et les consommateurs se faisaient plus rares. Les trois Américains qu'il avait aperçus plus tôt étaient toujours à leur place et, en compagnie d'un quatrième, Américain aussi, immense et maigre, jouaient au poker.

Les chaussures à hauts talons du quatrième intriguèrent un instant le commissaire, qui finit par découvrir qu'en réalité c'étaient des bottes de l'Ouest dont la tige aux cuirs de diverses couleurs était cachée par le pantalon. Un homme du Texas, ou de l'Arizona. Il était plus démonstratif que les autres, parlait d'une voix forte et on s'attendait à le voir tirer un revolver de sa ceinture.

Maigret finit par s'asseoir sur un tabouret et le barman lui demanda :

— La même chose ?

Il fit oui de la tête, questionna à son tour :

— Vous le connaissez ?

— Je ne sais pas son nom, mais c'est un propriétaire de puits de pétrole. Il paraît que les pompes marchent toutes seules et que cet homme-là, sans rien faire, gagne un million par jour.

— Il était ici avant-hier soir ?

— Non. Il est arrivé ce matin. Il repart demain pour Le Caire et l'Arabie, où il a des intérêts.

— Les trois autres y étaient ?

— Oui.

— Avec Arnold ?

— Attendez... Avant-hier... Oui... Un de vos inspecteurs m'a déjà questionné à ce sujet...

— Je sais... qui est le troisième, le plus blond ?

— J'ignore son nom. Il n'est pas descendu à l'hôtel. Je crois qu'il est au Crillon et on m'a dit qu'il possède une chaîne de restaurants…

— Il parle le français ?

— Ni lui ni les autres, sauf M. Levinson, qui a vécu à Paris quand il n'était pas encore l'agent d'une vedette de cinéma…

— Vous savez ce qu'il faisait ?

Le barman haussa les épaules.

— Vous voudriez aller poser une question, de ma part, à celui qui est descendu au Crillon ?

Le barman fit la grimace, n'osa pas dire non, demanda sans enthousiasme :

— Quelle question ?

— J'aimerais savoir où, avant-hier, quand il a quitté l'Hôtel George-V, il s'est séparé de M. Arnold.

Le barman s'avança vers la table des quatre joueurs, tout en préparant son sourire. Il se pencha vers le troisième homme, qui regarda curieusement dans la direction de Maigret, après quoi les trois autres l'imitèrent, venant d'apprendre qui il était. L'explication fut plus longue qu'on aurait pu s'y attendre.

Enfin, le barman revint, cependant que la partie reprenait dans le coin gauche.

— Il m'a demandé pourquoi vous aviez besoin de savoir ça et m'a fait remarquer que, dans son pays, les choses ne se passent pas ainsi… Il ne s'est pas souvenu tout de suite… Il avait beaucoup bu, avant-hier… Il en sera de même ce soir à la fermeture… Ils ont continué la partie dans le salon Empire…

— Cela, je le sais…

— Il a perdu dix mille dollars, mais il est en train de se rattraper…

— Arnold a gagné ?

— Je n'ai pas posé la question. Il croit se rappeler qu'ils se sont serré la main à la porte du salon Empire… Il m'a dit qu'il avait pensé qu'Arnold, qu'il ne connaît que depuis quelques jours, habitait le George-V.

Maigret ne réagit pas, il passa un bon quart d'heure devant son verre, à observer vaguement les joueurs. La fille qu'il avait reconnue n'était plus là, mais il y en avait une autre, toute seule, qui n'avait encore que de faux diamants et qui semblait aussi intéressée que lui par la partie.

Maigret la désigna d'un coup d'œil au barman.

— Je croyais que vous ne permettiez pas à ces personnes-là…

— En principe. On fait exception pour deux ou trois qu'on connaît et qui savent se tenir… C'est presque une nécessité… Autrement, les clients vont ramasser dehors n'importe quoi et vous ne pouvez imaginer les numéros qu'il leur arrive de ramener…

Un instant, Maigret pensa… Mais non !… D'abord on n'avait rien volé au colonel… En outre, cela ne cadrait pas avec son caractère…

— Vous partez ?

— Je reviendrai peut-être tout à l'heure…

Il avait l'intention d'attendre trois heures du matin et il avait du temps devant lui. Ne sachant où se mettre, il rôda à nouveau, tantôt côté clients, tantôt côté personnel, et les allées et venues se raréfiaient à mesure que la nuit s'avançait. Il vit deux ou trois couples rentrer du théâtre, entendit des sonneries, rencontra un garçon avec des bouteilles de bière sur un plateau, un autre qui allait servir un repas complet.

À certain moment, au détour d'un corridor, il se heurta presque au chef de la réception.

— Vous n'avez pas besoin de moi, commissaire ?

— Merci.

L'employé feignait d'être là pour son service, mais Maigret était persuadé qu'il était venu se rendre compte de ses faits et gestes.

— La plupart des clients ne rentrent guère avant trois heures du matin…

— Je sais. Merci.

— Si vous avez besoin de quoi que ce soit…

— Je vous le demanderai…

L'autre revint encore sur ses pas.

— Je vous ai bien donné les clefs ?

Cette présence du commissaire dans la maison le mettait visiblement mal à l'aise. Maigret n'en continua pas moins à errer, se retrouva dans les sous-sols aussi vastes que la crypte d'une cathédrale et entrevit des hommes en bleu travaillant dans une chaufferie qui aurait pu être celle d'un bateau.

Ici aussi, on se retournait sur lui. Un employé, dans une cage vitrée, pointait les bouteilles qui sortaient de la cave à vins. Dans les cuisines, des femmes étaient occupées à laver le carrelage à grande eau.

Encore un escalier, avec une lampe grillagée au plafond, une porte va-et-vient, une autre cage vitrée, dans laquelle il n'y avait personne. L'air était plus frais et Maigret poussa une seconde porte, fut surpris de se retrouver dans la rue, avec, sur l'autre trottoir, un homme en bras de chemise qui baissait le volet du petit bar qu'il avait repéré du toit.

Il était rue Magellan et à droite, au bout de la rue Bassano, c'étaient les Champs-Élysées. Sur le seuil voisin, un couple était enlacé et l'amoureux était peut-être l'employé qui aurait dû se trouver dans la cage vitrée ?

Est-ce que cette issue était gardée jour et nuit ? Y pointait-on les entrées et les sorties du personnel ? Maigret n'avait-il pas vu, tout à l'heure, un garçon en veste blanche traverser la rue pour s'engouffrer dans le bistrot d'en face ?

Il enregistrait tous ces détails, machinalement. Quand il retourna au bar, la moitié des lumières étaient éteintes, les joueurs de poker n'étaient plus là et les garçons s'affairaient à débarrasser les tables.

Il ne retrouva pas non plus ses quatre Américains au salon Empire, qui était vide et avait l'air d'une chapelle silencieuse.

Quand il revit le barman, celui-ci était en tenue de ville et Maigret faillit ne pas le reconnaître.

— Les joueurs de poker sont partis ?

— Je crois qu'ils sont montés dans l'appartement de Mark Jones, où ils vont sans doute jouer toute la nuit... Vous restez ?... Bonsoir...

Il n'était qu'une heure et quart et Maigret entra dans l'appartement de feu David Ward où tout était resté à sa place, y compris les vêtements épars et l'eau dans la baignoire.

Il ne se livra pas à un examen des lieux, se contenta de s'installer dans un fauteuil, d'allumer une pipe et de rester là à somnoler.

Peut-être avait-il eu tort de courir à Orly, à Nice, à Monte-Carlo, à Lausanne. Au fait, à cette heure-ci, la petite comtesse devait dormir dans son wagon-lit. Allait-elle descendre comme d'habitude au George-V ? Espérait-elle encore que Marco allait la reprendre ?

Elle n'était plus rien, ni la femme de Ward, ni sa veuve, ni la femme de Marco. Elle avait avoué qu'elle n'avait pas d'argent. Combien de temps vivrait-elle de ses fourrures et de ses bijoux ?

Le colonel avait-il prévu qu'il pourrait mourir avant que son divorce d'avec Muriel Halligan devienne définitif et qu'il ait épousé la comtesse ?

C'était improbable.

Elle n'avait même pas, elle, la ressource d'aller, à Lausanne, prendre place parmi celles du club des dames seules qui, au restaurant, exigent des plats sans sel et sans beurre, mais boivent quatre ou cinq cocktails avant chaque repas.

Ne répondait-elle pas aux conditions énumérées par Van Meulen ?

Il n'essayait pas de conclure, de résoudre un problème. Il ne pensait pas, laissait son esprit divaguer.

Tout allait dépendre, peut-être, d'une petite expérience. Et encore l'expérience ne serait pas nécessairement concluante. Il valait mieux que les journalistes qui vantaient ses méthodes ne sachent pas comment il lui arrivait de s'y prendre, car son prestige ne manquerait pas d'en souffrir.

Deux fois, il faillit s'endormir, sursautant à temps pour regarder sa montre. La seconde fois, il était deux heures et demie et, pour se tenir éveillé, il changea de décor, entra au 332, où on s'était contenté, par prudence, d'enlever les bijoux de la comtesse pour les ranger dans le coffre de l'hôtel.

Personne, semblait-il, n'avait touché à la bouteille de whisky et, après une dizaine de minutes, Maigret alla rincer un verre dans la salle de bains, se versa une rasade.

À trois heures, enfin, il franchit la porte des coulisses, au moment où passait un couple assez éméché. La femme chantait, portait sur son bras, comme un bébé, un énorme ours en peluche blanche qu'on avait dû lui vendre dans une boîte de nuit.

Il rencontra un seul garçon, au visage lugubre, qui aurait dû être à la retraite, s'orienta, descendit, d'abord trop bas, pour se retrouver dans le premier sous-sol, découvrant enfin la cage vitrée dans laquelle il n'y avait toujours personne, puis l'air vif de la rue Magellan.

Le bar, en face, était fermé depuis longtemps. Il en avait vu baisser le volet. La lumière au néon rouge, dans la rue voisine, était éteinte et, si les autos étaient encore là, il ne vit personne sur le trottoir, n'aperçut qu'une fois arrivé rue Bassano un passant qui marchait vite et qui parut avoir peur de lui.

Le Fouquet's était fermé aussi, au coin des Champs-Élysées, et la brasserie d'en face. Une fille se tenait contre le mur de l'agence de voyages et lui dit à voix basse quelque chose qu'il ne comprit pas.

De l'autre côté de l'avenue, où ne glissaient que quelques autos, deux grandes vitrines restaient éclairées, non loin du Lido.

Maigret hésita au bord du trottoir, et il devait avoir l'air d'un somnambule, car il s'efforçait de se mettre dans la peau d'un autre, d'un autre qui, quelques minutes plus tôt, aurait tué un homme en lui maintenant la tête dans l'eau de sa baignoire et qui, depuis l'appartement 347, aurait suivi le même chemin que lui.

Un taxi descendait l'avenue à vide, ralentit en passant devant lui. Est-ce que le meurtrier lui aurait fait signe de s'arrêter ? Ne se serait-il pas dit que c'était dangereux, que la police retrouve presque toujours les chauffeurs qui ont fait telle ou telle course ?

Il le laissa passer, faillit descendre, sur le même trottoir, vers la Concorde.

Puis il regarda à nouveau, de l'autre côté, le café éclairé, le long comptoir de cuivre. De loin, il voyait le garçon servir de la bière, la caissière, quatre ou cinq clients immobiles, dont deux femmes.

Il traversa, hésita encore, et finit par entrer.

Les deux femmes le regardèrent, ébauchant déjà un sourire, puis elles eurent l'air, sans pourtant le reconnaître, de comprendre qu'il n'y avait rien à attendre de lui.

Cela s'était-il passé de la même façon l'avant-veille ? L'homme derrière le comptoir le regardait aussi, interrogateur, attendant sa commande.

Maigret, à cause de l'alcool, avait mauvaise bouche, et son regard tomba sur la pompe à bière.

— Donnez-moi un demi…

Deux ou trois femmes sorties de l'ombre vinrent, dehors, l'examiner à travers la vitre.

L'une d'elles risqua un petit tour dans le café puis, sur le trottoir, dut dire aux autres qu'il n'était pas intéressant.

— Vous restez ouvert toute la nuit ?

— Toute la nuit.

— Il y a d'autres bars ouverts d'ici la Madeleine ?

— Seulement les cabarets à *strip-tease*.

— Vous étiez ici avant-hier à la même heure ?

— J'y suis toutes les nuits, sauf le lundi…

— Vous aussi ? demanda-t-il à la caissière, qui avait un châle en laine bleue sur les épaules.

— Moi, je suis de congé le mercredi.

L'avant-veille était un mardi. Ils y étaient donc tous les deux.

Plus bas, il questionna en désignant les deux filles :

— Elles aussi ?

— Sauf quand elles emmènent un client rue Washington ou rue de Berry…

Le garçon fronçait les sourcils, se demandant qui pouvait être ce drôle de consommateur dont le visage lui rappelait quelque chose. Ce fut une des filles qui le reconnut en fin de compte et qui remua les lèvres pour avertir le garçon.

Elle ne pensait pas que Maigret la voyait dans la glace, répétait le même mot, à vide, comme un poisson, et le garçon ne comprenait pas, la regardait, puis regardait le commissaire pour la regarder à nouveau d'un air interrogateur.

À la fin, Maigret fit en quelque sorte office de traducteur.

— Vingt-deux ! dit-il.

Et, comme le garçon n'avait pas l'air de savoir où il en était, il expliqua :

— Elle vous dit que je suis un flic.

— Et c'est vrai ?

— C'est vrai.

Il devait être drôle en parlant ainsi, car la fille, un instant confuse, ne put s'empêcher d'éclater de rire.

8

Ceux qui ont vu et ceux qui n'ont rien vu,
ou de l'art de mélanger les témoins

— Mais non, patron. Cela ne me fait rien du tout. Je m'y attendais si bien que je l'avais annoncé à ma femme en nous couchant.

Lucas avait repris ses esprits dès que le téléphone avait sonné, mais il ne devait pas avoir l'horloge sous les yeux. Peut-être n'avait-il pas encore fait la lumière dans la chambre ?

— Quelle heure est-il ?

— Trois heures et demie... Tu as un papier et un crayon ?...

— Un instant...

Par la vitre de la cabine, Maigret voyait la dame des lavabos endormie sur sa chaise, un tricot dans son giron, et il savait que là-haut, au comptoir, on parlait de lui.

— Je vous écoute...

— Je n'ai pas le temps de t'expliquer... Contente-toi de suivre mes instructions à la lettre...

Il les lui donna lentement, répétant chaque phrase pour être sûr qu'il ne se produise pas d'erreur.

— À tout à l'heure.

— Pas trop fatigué, patron ?

— Pas trop.

Il raccrocha, appela Lapointe, qui fut plus long à se réveiller, peut-être parce qu'il était plus jeune.

— Va d'abord boire un verre d'eau fraîche. Tu m'écouteras après…

À lui aussi, il fournit des instructions précises, hésita à appeler Janvier, mais celui-ci habitait la banlieue et il ne trouverait sans doute pas un taxi tout de suite.

Il remonta. La fille qui s'était proposée pour aller attendre Olga à la porte du meublé de la rue Washington et pour la ramener n'était pas de retour et Maigret but un second verre de bière. L'alcool l'alourdissait peut-être un peu, mais, pour ce qu'il avait à faire, cela valait plutôt mieux.

— C'est indispensable que j'y aille aussi ? insistait le garçon, de l'autre côté du bar. Les deux filles ne suffiront pas ? Même s'il ne se souvient pas de Malou, à qui il n'a pas parlé, il n'a sûrement pas oublié Olga, et on va vous la trouver. Non seulement il lui a offert un verre et a bavardé avec elle, mais j'ai compris qu'il hésitait à l'emmener. Or, avec ses cheveux roux et la poitrine qu'elle a, Olga ne s'oublie pas…

— Je tiens à ce que vous y soyez…

— Ce que j'en dis, ce n'est pas pour moi, mais pour mon collègue, que je vais devoir tirer de son lit. Il râlera…

La fille, qui s'était absentée, revenait avec la fameuse Olga, une rousse flamboyante, en effet, qui mettait en valeur une poitrine orgueilleuse.

— C'est lui, lui dit sa copine. Le commissaire Maigret. N'aie pas peur…

Olga se méfiait encore un peu. Maigret lui offrit un verre, lui donna des instructions comme aux autres.

Enfin, tout seul, il sortit du café et descendit les Champs-Élysées, sans se presser, les mains dans les poches, à fumer sa pipe à petites bouffées.

Il passa devant le portier du Claridge et faillit s'arrêter, l'embaucher aussi. S'il ne le fit pas, c'est qu'il aperçut un peu plus loin une vieille femme assise par terre, le dos au mur, devant un panier de fleurs.

— Vous étiez ici l'avant-dernière nuit ?

Elle l'observait d'un œil méfiant et il dut parlementer, obtint enfin ce qu'il voulait et lui remit de l'argent, après avoir répété deux ou trois fois ses directives.

Il pouvait marcher un peu plus vite, à présent. Sa figuration était au complet. Lucas et Lapointe se chargeaient du reste. Il faillit prendre un taxi, mais il serait arrivé trop tôt.

Il atteignit l'avenue Matignon, hésita, se dit que l'homme, habitué à suivre ce chemin-là, avait dû couper au court par le Faubourg Saint-Honoré, de sorte qu'il passa devant l'ambassade britannique et devant l'hôtel où M. Philps se reposait de ses allées et venues de la veille.

La Madeleine, le boulevard des Capucines… Encore un homme en uniforme, à la porte du Scribe, une porte tournante, un hall moins éclairé que celui du George-V, un décor plus vieillot…

Il montra sa médaille à l'employé de la réception.

— M. John T. Arnold est chez lui ?

Coup d'œil au tableau de clefs. Signe affirmatif.

— Il y a longtemps qu'il est couché ?

— Il est rentré vers dix heures et demie.

— Cela lui arrive souvent ?

— C'est plutôt rare mais, avec cette histoire, il a eu une journée chargée.

— À quelle heure l'avez-vous vu rentrer la nuit précédente ?

— Un peu après minuit.

— Et la nuit d'avant ?

— Beaucoup plus tard.

— Après trois heures ?

— C'est possible. Vous devez savoir que nous n'avons pas le droit de fournir de renseignements sur les allées et venues de nos clients.

— Tout le monde est tenu de témoigner dans une affaire criminelle.

— Dans ce cas, adressez-vous au directeur.

— Le directeur était ici l'avant-dernière nuit ?

— Non. Je ne parlerai qu'avec son autorisation.

Il était têtu, borné, désagréable.

— Passez-moi le directeur à l'appareil.

— Je ne peux le déranger que pour une chose grave.

— La chose est assez grave pour que, si vous ne l'appelez pas tout de suite, je vous emmène au Dépôt.

Il dut comprendre que c'était sérieux.

— Dans ce cas, je vous donne le renseignement. C'était après trois heures, et même bien après trois heures et demie, car c'est un peu plus tard que j'ai dû monter faire cesser le vacarme des Italiens.

À lui aussi, Maigret donna des instructions, et il fallut quand même appeler le directeur de l'hôtel au bout du fil.

— Maintenant, soyez assez gentil pour me passer John T. Arnold… Qu'on sonne simplement son appartement… C'est moi qui parlerai…

Le combiné à la main, Maigret était assez ému, car c'était une partie difficile, délicate, qu'il était en train de jouer. Il entendait la sonnerie, dans l'appartement qu'il ne connaissait pas. Puis on décrocha. Il questionna d'une voix sourde :

— Monsieur Arnold ?

Et une autre voix faisait :

— *Who is it ?*

Mal réveillé, Arnold parlait naturellement sa langue maternelle.

— Je suis confus de vous déranger, monsieur Arnold. Ici, le commissaire Maigret. Je suis sur le point de mettre la main sur l'assassin de votre ami Ward et j'ai besoin de votre aide.

— Vous êtes toujours à Lausanne ?

— Non, à Paris.

— Quand voulez-vous me voir ?

— Tout de suite.

Il y eut un silence, une hésitation.

— Où ?

— Je suis en bas, à votre hôtel. J'aimerais monter un instant et bavarder avec vous.

Nouveau silence. L'Anglais avait le droit de refuser cette entrevue. Le ferait-il ?

— C'est de la comtesse que vous voulez me parler ?

— D'elle aussi, oui…

— Elle est arrivée avec vous ? Elle vous accompagne ?

— Non… Je suis seul…

— Bien… Montez…

Maigret raccrocha, soulagé.

— Quel appartement ? demanda-t-il à l'employé.

— 551… Le chasseur va vous conduire…

Des couloirs, des portes numérotées. Ils rencontrèrent un seul garçon qui frappa, lui aussi, au 551.

John T. Arnold, les yeux bouffis, paraissait plus âgé que quand le commissaire l'avait rencontré au George-V. Il portait une robe de chambre noire à ramages sur un pyjama de soie.

— Entrez... Excusez le désordre... Qu'est-ce que la comtesse vous a dit ?... C'est une hystérique, vous savez ?... Et, quand elle a bu...

— Je sais... Je vous remercie d'avoir accepté de me recevoir... L'intérêt de tous, n'est-ce pas, sauf du meurtrier, bien entendu, est que l'affaire soit rapidement terminée... On m'a appris que vous vous êtes donné beaucoup de mal, hier, avec le solicitor anglais, pour arranger la succession de Ward...

— C'est très compliqué... soupira le petit homme au teint rose.

Il avait commandé du thé au garçon.

— Vous en voulez aussi ?

— Merci.

— Autre chose ?

— Non. À vrai dire, monsieur Arnold, ce n'est pas ici que j'ai besoin de vous...

Il était attentif aux réactions de son interlocuteur, qu'il feignait pourtant de ne pas regarder.

— Mes hommes, Quai des Orfèvres, ont fait certaines découvertes que je voudrais vous soumettre...

— Quelles découvertes ?

Il fit mine de ne pas avoir entendu.

— J'aurais pu, évidemment, attendre demain matin pour vous convoquer. Comme vous êtes la personne qui était la plus proche du colonel, la plus dévouée aussi, j'ai pensé que vous ne m'en voudriez pas de vous déranger en pleine nuit...

Il était bénin au possible, embarrassé, en fonctionnaire qui, par devoir, risque une démarche désagréable.

— Dans les enquêtes comme celle-ci, le temps est un facteur capital. Vous avez souligné l'importance des affaires de Ward, les répercussions de sa mort dans les milieux financiers... Si cela ne vous ennuyait pas de vous habiller et de venir avec moi...

— Où ?

— À mon bureau...

— Nous ne pouvons pas parler ici ?

— Ce n'est que là-bas que je pourrai vous mettre les pièces en main, vous soumettre certains problèmes...

Cela prit encore un peu de temps mais, en fin de compte, Arnold se décida à s'habiller, passant du salon à la chambre à coucher, de la chambre à coucher à la salle de bains.

Pas une fois Maigret ne prononça le nom de Muriel Halligan, mais il parla beaucoup de la comtesse, sur un ton mi-sérieux, mi-plaisant. Arnold but son thé brûlant. Malgré l'heure, malgré l'endroit où ils se rendaient, il fit une toilette aussi soignée que d'habitude.

— Je suppose que nous n'en avons pas pour longtemps ? Je me suis couché de bonne heure car, demain, j'ai une journée encore plus chargée qu'aujourd'hui. Vous savez que Bobby, le fils du colonel, est arrivé en compagnie de quelqu'un de son collège ? Ils sont descendus ici.

— Pas au George-V ?

— J'ai cru préférable, étant donné ce qui s'est passé là-bas...

— Vous avez bien fait.

Maigret ne le pressait pas, au contraire. Il fallait donner à Lucas et aux autres le temps de faire tout ce qu'ils avaient à faire, de mettre le dispositif en place.

— Votre vie va être très changée, n'est-il pas vrai ? Combien de temps, au fait, êtes-vous resté avec votre ami Ward ?

— Près de trente ans...

— Le suivant partout ?

— Partout...

— Et, du jour au lendemain... Je me demande si c'est à cause de lui que vous ne vous êtes pas marié...

— Que voulez-vous dire ?

— Marié, vous n'auriez pas été aussi libre pour l'accompagner... En somme, vous lui avez sacrifié votre vie personnelle...

Maigret aurait préféré s'y prendre autrement, se camper en face du petit homme grassouillet et soigné, lui déclarer carrément :

— À nous deux... Vous avez tué Ward parce que...

Le malheur, c'est qu'il ne savait pas pourquoi au juste et que l'Anglais ne se serait sans doute pas troublé.

— La comtesse Palmieri arrivera à sept heures à la gare de Lyon. Elle est dans le train en ce moment...

— Qu'est-ce qu'elle a dit ?

— Elle est allée dans l'appartement du colonel et l'a vu mort...

— Vous l'avez convoquée Quai des Orfèvres ?

Il fronça les sourcils.

— Vous n'allez pas me faire attendre son arrivée ?

— Je ne le pense pas.

Ils se dirigeaient enfin tous les deux vers l'ascenseur, dont Arnold pressait le bouton d'un geste machinal.

— J'ai oublié de prendre un pardessus…

— Je n'en ai pas non plus. Il ne fait pas froid et nous n'en avons que pour quelques minutes en taxi…

Maigret ne voulait pas le laisser retourner seul dans la chambre. Tout à l'heure, dès qu'ils seraient en voiture, un inspecteur la passerait au crible.

Ils traversèrent le hall assez vite pour qu'Arnold ne s'aperçoive pas que ce n'était pas le même employé qui se tenait à la réception. Un taxi attendait.

— Quai des Orfèvres…

Les boulevards étaient déserts. Un couple, par-ci par-là. Quelques taxis qui, la plupart, se dirigeaient vers les gares. Maigret n'en avait plus que pour quelques minutes à jouer son rôle déplaisant et à se demander s'il ne faisait pas fausse route.

Le taxi n'entrait pas dans la cour et les deux hommes passaient, à pied, devant le factionnaire, pénétraient sous la voûte de pierre où il faisait toujours plus froid qu'ailleurs.

— Je vous conduis, vous permettez ?…

Le commissaire marchait devant, dans le grand escalier mal éclairé, poussait la porte vitrée qu'il tenait ouverte pour son compagnon. Le vaste couloir, sur lequel donnaient les portes des divers services, était vide, avec seulement deux des lampes allumées.

— Comme dans les hôtels, la nuit ! pensa Maigret, qui se rappelait tous les couloirs dans lesquels il avait déambulé cette nuit-là.

Et, à voix haute :

— Par ici… Entrez, je vous en prie…

Il n'introduisait pas Arnold dans son bureau, mais il le faisait passer par le bureau des inspecteurs. Lui-même s'effaçait, car il savait quel spectacle attendait l'Anglais de l'autre côté de la porte.

Un pas... deux pas... Un temps d'arrêt... Il eut conscience d'un frémissement qui parcourait le dos de son compagnon, d'un mouvement qu'il était tenté de faire pour se retourner, mais qu'il réfréna.

— Entrez...

Il refermait la porte et trouvait en effet la mise en scène qu'il avait imaginée. Lucas était assis à son bureau, où il paraissait fort occupé à écrire un rapport. Au bureau d'en face, le jeune Lapointe était installé, une cigarette aux lèvres, et Maigret remarqua qu'il était, de tous, le plus pâle. Comprenait-il que le commissaire jouait une carte difficile, sinon dangereuse ?

Le long des murs, sur les chaises, des silhouettes, des visages immobiles comme des figures de cire.

On n'avait pas placé les figurants n'importe comment, mais dans un ordre déterminé. D'abord, un pardessus ouvert sur son pantalon noir et sur sa veste blanche, le garçon de nuit attaché au troisième étage du George-V. Puis un chasseur en uniforme. Ensuite, un petit vieux aux yeux bilieux, celui-là qui, en principe, aurait toujours dû se tenir dans la cage vitrée, près de l'entrée de service de la rue Magellan.

C'étaient les plus mal à l'aise et ils évitaient de regarder Arnold qui ne pouvait pas ne pas les avoir reconnus, le premier en tout cas, et le second à cause de son uniforme.

Le troisième aurait pu être n'importe qui. Cela n'avait pas d'importance. Venaient ensuite Olga, la fille rousse à la poitrine abondante, qui trompait son énervement en mâchant du chewing-gum, et la copine qui était allée l'attendre à la porte du meublé de la rue Washington.

Enfin le garçon du bar, en pardessus, une casquette à carreaux à la main, la vieille marchande de fleurs et l'employé de la réception du Scribe.

— Je suppose, disait Maigret, que vous connaissez ces personnes ? Nous allons nous installer dans mon bureau et les entendre une à une. Vous avez les dépositions écrites, Lucas ?

— Oui, patron...

Maigret poussait la porte de communication.

— Entrez, je vous en prie, monsieur Arnold...

Celui-ci fut un moment avant de s'ébranler, comme rivé au plancher, et son regard fixait intensément les yeux du commissaire.

Il ne fallait pas que Maigret détourne la tête et il devait coûte que coûte garder son air d'assurance.

Il répéta :

— Entrez, je vous en prie.

Il allumait la lampe à abat-jour vert sur son bureau, désignait un fauteuil en face du sien.

— Vous pouvez fumer...

Quand il regarda à nouveau son interlocuteur, il comprit que celui-ci n'avait pas cessé de le fixer avec une véritable épouvante.

Aussi naturel que possible, il bourra une pipe, commença :

— Et maintenant, si vous le voulez bien, nous allons appeler les témoins un à un afin d'établir vos allées et venues depuis le moment où, dans la salle de bains du colonel Ward...

Tandis que sa main s'avançait ostensiblement vers le timbre électrique, il vit les yeux proéminents d'Arnold s'embuer, sa lèvre inférieure se soulever comme pour un sanglot. Il ne pleura pas. Avalant sa salive pour se décontracter la gorge, il prononça d'une voix pénible à entendre :

— C'est inutile...

— Vous avouez ?

Un silence. Les paupières battirent.

Et alors, il se passa une chose à peu près unique dans la carrière de Maigret. Il avait été si tendu, si angoissé, qu'il y eut un soudain mollissement de tout son être trahissant son soulagement.

Arnold, qui ne le quittait pas des yeux, en fut d'abord stupéfait, puis il fronça les sourcils, devint terreux.

— Vous...

Les mots sortaient avec peine.

— Vous ne le saviez pas, n'est-ce pas ?

Enfin, comprenant tout :

— Ils ne m'ont pas vu ?

— Pas tous, avoua Maigret. Je m'excuse, monsieur Arnold, mais il valait mieux en finir, ne croyez-vous pas ? C'était le seul moyen...

Ne lui avait-il pas évité des heures, peut-être des journées entières d'interrogatoire ?

— Je vous assure que c'est préférable pour vous aussi...

Ils attendaient toujours, à côté, tous les témoins, ceux qui avaient vraiment vu quelque chose et ceux qui n'avaient rien vu. En les plaçant à la file les uns des autres, dans l'ordre où Arnold *aurait pu* les rencontrer, le commissaire avait donné l'impression d'une chaîne solide de témoignages.

Les bons, en quelque sorte, faisaient passer les mauvais.

— Je suppose que je peux leur rendre la liberté ?

L'Anglais essaya bien un peu de se débattre.

— Qu'est-ce qui prouve, maintenant, que…

— Écoutez-moi, monsieur Arnold. Maintenant, comme vous dites, je sais. Il vous est possible de revenir sur votre aveu, et même de prétendre qu'il vous a été arraché par des brutalités…

— Je n'ai pas dit ça…

— Voyez-vous, il est trop tard pour revenir en arrière. Je n'ai pas cru devoir, jusqu'ici, déranger certaine dame qui est descendue dans un hôtel du quai des Grands-Augustins et avec qui vous avez déjeuné ce midi. Je peux le faire. Elle prendra votre place, en face de moi, et je lui poserai assez de questions pour qu'elle finisse par répondre…

Il y eut un silence pesant.

— Vous aviez l'intention de l'épouser ?

Pas de réponse.

— Dans combien de jours le divorce serait-il devenu définitif et aurait-elle dû abandonner ses prétentions à l'héritage ?

Maigret, sans attendre, alla ouvrir la fenêtre et le ciel commençait à pâlir, on entendait des remorqueurs qui, en amont de l'île Saint-Louis, appelaient leurs chalands.

— Trois jours…

Avait-il entendu ? Maigret, comme si de rien n'était, ouvrait la porte de communication.

— Vous pouvez aller, mes enfants… Je n'ai plus besoin de vous… Toi, Lucas…

Il avait hésité entre Lucas et Lapointe. Devant la mine déçue de ce dernier, il ajouta :

— Toi aussi... Venez tous les deux et prenez sa déposition...

Il retourna au milieu de son bureau, choisit une pipe fraîche qu'il bourra lentement, chercha son chapeau des yeux.

— Vous permettez que je vous laisse, monsieur Arnold ?...

Celui-ci était comme tassé sur sa chaise, soudain très vieux, et perdait davantage de minute en minute cette sorte de... Cette sorte de quoi ?... Maigret aurait eu de la peine à exprimer sa pensée... Ce je ne sais quoi d'aisé, de brillant, cette assurance qui distingue les gens qui font partie d'un certain monde et qu'on rencontre dans les palaces...

Il n'était déjà presque plus qu'un homme, un homme effondré, malheureux, qui avait perdu la partie.

— Je vais me coucher, dit Maigret à ses collaborateurs. Si vous avez besoin de moi...

Ce fut Lapointe qui remarqua qu'en passant, le commissaire, comme distraitement, posait un instant la main sur l'épaule de John T. Arnold, et il suivit le patron jusqu'à la porte d'un regard troublé.

Noland (Vaud), le 17 août 1957.

Table

Liberty Bar 7

Maigret voyage 155

Composition réalisée par FACOMPO (Lisieux)

Achevé d'imprimer en mai 2012, en France
par CPI Bussière à Saint-Amand-Montrond (Cher)
Dépôt légal 1re publication : juin 2011
N° d'impression : 120591/4
Édition 02 – mai 2012
LIBRAIRIE GÉNÉRALE FRANÇAISE – 31, rue de Fleurus – 75278 Paris Cedex 06

31/6127/0